U0094746

嫁反派
上卷
布丁琉璃——著
夏青——繪

# 目錄

CONTENTS

# 第一章　重生

虞靈犀病了，被寧殷嚇病的。

也不能怪她嬌弱，任憑誰清晨醒來，一抬頭就看到殿前琉璃燈下蕩著兩具女刺客的屍身，都會被駭去三魂七魄。

燈下的寧殷一襲紫袍，俊美無儔，給那畫面取了個風雅至極的名字，叫做「美人燈」，饒有興致地邀虞靈犀一同欣賞。

虞靈犀一口氣上不來，回去就病倒了。

燒了一整夜，總算從鬼門關繞了回來。

但活在寧殷身邊，遠比鬼門關更可怕。

在她之前，也有不少人往寧殷身邊塞過各色美人，巴結也好，刺殺也罷，無一都沒能活著見到第二日的朝陽。

只有虞靈犀是個例外。

許是她自小體弱多病，一副病懨懨混吃等死的模樣，看起來毫無威脅；又許是她與世無爭，哄人的手段還算稱心……

總之，寧殷暫時沒有殺她。

也，只是「暫時」而已。

虞靈犀很識趣地順著瘋子的脾性，乖乖扮演好金絲雀的角色，不去招惹他。

無奈寧殷倒是很喜歡招惹自己。虞靈犀心再大，也架不住每日伺候個瘋子呀。

也就這兩日嚇病了，她才能喘息片刻。

陽春三月，連日晴好。

虞靈犀大病初癒，好不容易有段安寧日子，倚在貴妃榻上看書。

天已轉暖，她卻還裹著厚厚的狐裘，臉色有些蒼白，卻絲毫不減她的容色。

窗邊的薄光鍍亮了她精緻的側顏，肌膚勝雪，青絲如上等的綢緞貼服著玲瓏的身段，更顯得柔弱可欺，唯有指間戴著的獸頭戒指，方顯出她曾經是大將軍府么女的尊貴身分。

戒指是父兄戰歿後，重病的母親含著淚交給她的，讓她無論如何都要好好活下去。

虞靈犀的視線落在戒指上，難免一陣心酸。

若是家人還在，自己也曾是眾星捧月般享盡寵愛，而非龜縮在攝政王府中做籠中雀，與一個瘋子朝夕相對。

唯一慶幸的是，寧殷不發病的時候，待她倒也不算苛刻。

她畏寒，寢殿裡便終年供應著銀絲碳；千金難買的香料，連皇宮裡都難以尋見，也只有在攝政王府裡才能整日燃燒。

不去計較，倒也能湊合著過。

虞靈犀興致缺缺翻了頁書，就見貼身侍婢躬身進來。

胡桃奉上一份燙金的請帖，小心翼翼道：「小姐，今早趙府遞來了請柬。」

胡桃口中的趙府，是當朝戶部侍郎趙徽的府邸。而趙徽，是虞靈犀的姨父。

若沒記錯，今日是姨父壽辰，府中必定大肆操辦。

姨父是個利慾薰心之人，當初虞靈犀的父兄戰歿、母親病逝，不得不寄居在趙家。她無法相信，自己被當做「禮物」強行獻給寧殷時，背後沒有姨父在推波助瀾。

這是她無法釋懷的心結。

虞靈犀懶得虛與委蛇，正欲丟了請柬，卻發覺紙張不對。

一張薄薄的密箋從趙府請柬的夾層中掉了出來，遲疑地打開，上頭的署名令她瞳仁微縮。

若說這世上還有一個非親非故，卻願意捨命幫助自己的人，那一定是薛岑。

與她青梅竹馬的薛二郎，相府嫡孫，出身高貴，一手飄逸灑脫的行書無人能仿，一筆一劃皆是她最熟悉的模樣。

入眼短短兩行小字：趙府相見，我會救妳。

看到這力透紙背的八個字，虞靈犀第一個反應並非開心，而是慌亂。

岑哥哥要做什麼，不要命了？

她忙將那密箋丟進炭盆中燒了，連紙灰都戳碎，確定沒有留下任何端倪。

擱下撥碳的銅鉤，她心中仍是不安，問殿外侍從：「王爺呢？」

侍從答道：「王爺進宮處理要事，要晚時方回。夫人有何要事，奴可代為通傳。」

說是「要事」，無非是抄家放火，折騰那些刺客的幕後主使去了。

聽寧殷短時間內不會回府，虞靈犀稍稍鬆了口氣。

她思忖良久，裝作平常的語氣吩咐侍婢：「胡桃，去將上個月新得的一對百年雪參取來，隨我去趙府賀壽。」

趙府壽宴來往人員眾多，是最好的遮掩。

虞靈犀以帷帽遮面登門，特地避開賓客，尋了個無人的花苑角落坐下。

趙府的茶不知道是什麼品種，入口很香，回味卻十分苦澀。

虞靈犀只飲了一口，便擱下茶盞。

身後很快傳來了腳步聲。回首間，虞靈犀怔然。

兩年不見，薛岑好像瘦了些許，但依舊清俊儒雅，光風霽月。

「二妹妹，妳受苦了。」他看著虞靈犀尖尖的下頷，紅了眼眶：「放心，他欺辱不了妳多久了……」

虞靈犀沒有時間寒暄敘舊。

她撩開帷帽的輕紗，肅然道：「岑哥哥，我如今很好，你不可貿然做傻事。」

薛岑以為她在強撐，眼中心疼更甚。

「攝政王倒行逆施，殘暴無良，他該死。」他壓低嗓音：「別怕，待我計畫成功，妳這兩年所受的痛楚與屈辱，我會讓他用命來償還！到那時，再也無人能阻止我們……」

「薛岑！」虞靈犀恨不能喝醒他。

薛岑大概忘了，寧殷是如何在屍山血海中坐穩攝政王的寶座的。

他殺兄弒父，六親不認，朝堂江山於他手中不過棋子玩物，豈是能輕易撼動的？

事情根本不會那麼簡單！

王府簷下的「美人燈」就是前車之鑑。

虞靈犀心急如焚，苦口婆心勸薛岑惜命：「看在我們青梅竹馬一場的份上，不管你在謀劃什麼，都趕快停下！」

四周一時靜得只有風掠過的沙沙聲。

這片死寂中，突兀地響起一聲極輕的「嘖」聲：「好一個青梅竹馬。」

帶著笑意的、無比熟悉的嗓音，令虞靈犀瞬間蒼白了面頰。

薛岑也看到了來人，臉色霎時十分精彩。

海棠葳蕤的月洞門下，一身檀紫色王袍的俊美男人長身而立，雙手交疊拄著玉柄鑲金的手杖，身邊顫巍巍跪了一地的官吏及侍從。

寧殷不知在那站了多久，陰冷的眸掃過虞靈犀，落在薛岑身上。

在攝政王府兩年，沒人比她更清楚寧殷的脾性。

今日瞞著寧殷私見薛岑，已是冒了極大的風險，偏生還被他撞見這般場面……要知道，和瘋子是不能講道理的。更何況這等場面，便是一籮筐道理也解釋不清楚。

「王爺……」

虞靈犀腿一軟便跪了下來，這時候，乖乖示弱總是沒錯的。

她思緒飛動，還未張嘴辯解，就見一旁的薛岑橫到面前。

他想起了某段屈辱的記憶，拉起虞靈犀護在自己身後，寒著臉道：「二妹妹，我們不必給這種人下跪！」

寧殷瞇了瞇眼，這是他動怒的前兆。

虞靈犀又怕又氣，怕寧殷發瘋，也氣薛岑火上澆油。當即一口老血噎在胸中，說不出話來。

「很好，薛公子骨氣見長。」

寧殷揚著唇角，笑得虞靈犀汗毛都要豎了起來。

她太熟悉寧殷的性格了：這瘋子笑得有多好看，殺人的時候就有多狠。

後面的事可想而知：虞靈犀被拎回了攝政王府，禁足於寢殿。

薛岑被寧殷的人拖走了，生死不明。

在場百餘名賓客——包括薛府的幕僚黨羽，無一敢開口求情。

王府寢房。

侍婢燃上銀絲炭盆，給她裹上厚軟的狐裘，可虞靈犀的指尖冷得像冰，一顆心懸在刀尖下，胃裡也一陣陣翻湧。

從趙府回來後，她的身子就難受得不行。

虞靈犀沒有薛岑那樣的骨氣，她想活。

她望著獸首戒指許久，終是拍拍臉頰打起精神，喚貼身侍婢道：「胡桃，給我梳妝。」

剛梳妝完畢，寧殷便從大理寺回來了。

殿門被推開，虞靈犀猛然站起，眼睫上還掛著未乾的淚珠，貝齒輕咬紅潤飽滿的下唇，欲言又止。

寧殷目不斜視，越過她進門。

他左腿有陳年舊疾，聽說是年少流亡在外時傷的，走得慢，反倒生出一股閒庭信步的優雅。

虞靈犀注意到他靴子上濺著星星點點的暗紅，不用猜也知道是誰的血，心中越發忐忑。

薛岑一定受了重刑，不過應該還活著。若是死了，寧殷定會提著他的腦袋進門，請虞靈犀一起「欣賞」的。

落地的花枝燈將殿內照得通明，侍從悄然摒退。

寧殷坐在榻沿，慢條斯理地拭淨修長的指節，喚道：「過來。」

在攝政王府的這兩年，虞靈犀最怕的就是他一邊擦著手上新沾的鮮血，一邊笑著對她說：「靈犀，過來。」

但她沒有法子，薛岑的命就捏在寧殷手中。

虞靈犀定下心神，竭力讓自己的身形看上去不那麼僵硬，低著頭輕輕挪蹭過去。

然後，撲通一聲跪在寧殷面前，小小聲道：「王爺，我錯了。」

寧殷仍不緊不慢地擦著手指。

因為不良於行，他便集中訓練上身，臂力異於常人。他的指節蒼白修長，手背上筋絡微微凸起，輕而易舉就能捏碎一個人的頸骨。

他乜視過來，嗓音特別溫柔：「說說，錯哪兒了？」

虞靈犀俯身時，纖腰顯出一嫋極為誘人的曲度，手指絞著袖邊，努力讓自己的嗓音真誠些。

「錯在未經王爺允許，便出門與結義兄長敘舊。」

她特地加重了「結義兄長」幾字，巧妙辯駁，盼著能打消寧殷的怒氣。

虞靈犀要救薛岑，並非因為他是清俊儒雅的相府嫡孫，也不是因為還對他存有年少懵懂的旖旎情思。

只因她被人按上軟轎獻進王府的那晚，明月朗懷般清傲的薛二郎匍匐於年輕的攝政王腳下，在滂沱夜雨中卑微跪到天明。

他是已故兄長唯一的摯友，長安無數少女為他傾心，前程一片大好，虞靈犀欠他一份情。

寧殷似是哼笑了一聲：「結義兄長？本王怎麼聽說，妳與相府薛二郎青梅竹馬，藕斷絲連呢。」

「青梅竹馬是真，藕斷絲連是假，不過是父母在世時的玩笑話……」

話還未說完，就感覺後頸處一涼。

令世人聞風喪膽的攝政王，皮相卻生得極為俊美，笑起來尤其驚豔，有種病態的蒼白溫潤。

「不如本王成全你們這對亡命鴛鴦，如何？」他輕聲說。

那雙奪走無數人性命的、修長勻稱的手，就徘徊在虞靈犀纖細的脖頸處，帶起一陣毛骨悚然的顫慄。

虞靈犀強壓住心底的恐懼，抬首道：「不……不如何。」

寧殷不辨喜怒，手指不輕不重捏著她的後頸。

懂了，看來不拿出點手段，今晚怕不能善了了。

虞靈犀只得將心一橫。

她咬了咬紅唇，顫巍巍抬起嬌嫩的指尖，生疏地去碰寧殷的腰帶和外袍。

長睫撲簌，菉荑素手軟若無骨。

寧殷微微挑眉。

虞靈犀緊張得不行，一條白玉腰帶哼哧解了老半天。

寧殷倒是不急，食指不緊不慢地叩著大腿，連姿勢都沒有改變分毫。

燭火明麗，從寧殷的角度，可以看到她脆弱白皙的頸項一直延伸至衣領深處，比最上等的羊脂玉還要誘人。

他看透一切，神情慵懶，好整以暇地享受著虞靈犀拙劣的示好。

饒是涼薄如寧殷，也不得不承認虞靈犀這副皮囊美極。哪怕她如今身分不再高貴，可那冰肌玉骨明麗依舊，燈火下彷彿連髮絲都在發光。

這光刺得寧殷難受，讓人想拽下來，狠狠揉碎在指間。更遑論，她是為了另一個男人來討好自己。

他靜靜看著忙得臉頰緋紅的燈下美人，淡淡道：「虞靈犀，妳未免太高估自己了。」

他的眼睛像是凝著黑冰，俊美深邃，透著深暗和涼薄。

虞靈犀鬢角滲出細碎的薄汗，心中委屈得不行：「高不高估，總得……試試才知。」

束腰的生絹解落，裙裾堆疊在腳邊，她於春寒料峭中微微瑟縮。

然後顫巍巍環住他的脖頸，貼近些，屏息將柔軟的芳澤印在寧殷微涼的薄唇上。

見他沒做聲，便又大著膽子上移，舔了舔他挺拔的鼻尖。

好歹相處兩年，她知道如何給一個瘋子順毛。

若他那晚心情好，只是會難捱些；若是他心情不好，是會見血的。

不幸的，瘋子今晚不知道受了什麼刺激，心情並不好。

「笑一個。」帳中昏暗，寧殷冷冷命令。

相比他的衣衫齊整，虞靈犀要狼狽得多。她渾身都難受極了，胃裡湧上一股奇異的燒灼，勉強動了動嘴角，笑不出來。

寧殷挑眉，明顯不滿意。

他捏著虞靈犀的唇瓣，往兩邊扯。唇上被他咬破了，還流著血，是比口脂還要靡麗的顏色。

直到她被扯出一個不倫不類的假笑，疼得淚眼朦朧，寧殷才放開她大笑起來，笑得連胸腔都在震動。

他撐著太陽穴倚在榻頭，伸指按在虞靈犀唇瓣上，慢慢地將滲出的血珠抹勻，嗓音低啞帶笑：「這麼一張小嘴，怎麼有膽吃下本王？」

戲謔的話語令虞靈犀臉頰一陣刺痛。

她曾是光芒萬丈的將軍府貴女，矜貴高傲。兩年來她忍下恐懼、忍下疼痛，以為自己沒什麼可在乎的了，可在聽到寧殷用戲謔的言辭提醒她如今有多卑賤時，還是委屈得掉了眼淚。

胃部灼痛，身體難受心裡也難受，有什麼緊繃的東西快要斷裂，虞靈犀也不知道自己哪來的勇氣。

她杏眼通紅，使勁掙開寧殷的鉗制，要離開，卻被輕而易舉地拉回床上禁錮。

她不服氣，掙扎間踢到寧殷的左腿，一時兩個人都定住了。

終身殘疾的左腿是他的逆鱗，無人敢觸碰，更遑論被人踢一腳。

寧殷的俊臉瞬間沉了下來，「嘖」了聲，掐著虞靈犀的下頷冷笑：「臉皮這麼薄還爬什麼床？」

虞靈犀也知道自己踩他底線了，頓時嚇得像隻僵住的鵪鶉。

她想說什麼，可只感覺到洶湧的腹痛。

繼而視線開始眩暈渙散，整個人像是涸澤之魚般喘息，喉中發不出一點聲音。

寧殷盯著她難看的臉色，只當她見了姓薛的後，連表面的敷衍也不願做了。

若是往常，她早哼唧唧貼上來，軟言相哄。

「現在才開始厭惡本王，是否晚了些？」寧殷不痛快，自然也不讓旁人痛快，不由攥住虞靈犀亂踢的腳踝，陰聲道：「不如將妳的腿也打折了，栓上鎖鏈，使妳連爬出府門見老相好的力氣都沒有，妳就能乖乖……」

聲音戛然而止。

虞靈犀最後的看見的畫面，是自己一口黑血如箭噴出，濺在寧殷雪白的衣襟上。

繼而臟腑劇烈絞痛，眼一黑沒了意識。

虞靈犀沒想到，自己的小命就這麼沒了。

她想了許久也沒想明白，怎麼突然就一命嗚呼了。總不能真是被寧殷嚇死的？離譜，十分離譜！

整整三天，她的魂魄飄在房梁下，看著自己那具躺在冰床上的詭異屍身，從最開始的不敢置信到恐慌，再到麻木接受……

她終於洩氣地想：死了也好，瘋子氣不著自己了。

也不知道寧殷會把她的屍首丟去哪裡，是一把火燒個乾淨呢，還是草席一捲丟去亂葬崗？

可她萬萬沒想到，寧殷不設靈堂也就罷了，甚至連一張草席都懶得施捨，任由她的屍身被遺忘在黑暗的斗室中，躺了一日又一日。

大概是沒有得到安葬，虞靈犀的魂魄無法入九泉輪迴之地，就這樣孤魂野鬼似的飄蕩在寧殷身邊，咬牙看著他上朝搞事，下朝殺人。

虞靈犀死後第三天，寧殷去了姨父趙徽的府邸。

他進門一句話沒說，只讓人列出貪墨瀆職等大小十餘宗罪，將趙府上下幾十餘口人盡數扣押。

姨父趙徽駭得面如土色，忙將鎮宅的一塊羊脂古玉並數箱珍寶搬了出來，跪著膝行奉至寧殷面前，請他網開一面。

寧殷掀開眼皮看了那玉一眼，笑道：「玉是好玉，只可惜少了點顏色。」

姨父以為事情有轉機，剛露出喜色，便聽寧殷輕飄飄補上一句：「聽說人血養出來的玉，才算得上真正的稀世極品。」

寒光閃現，飛濺的鮮血染紅趙府怒放的海棠。

趙徽抽搐著栽倒，血泊在他肥碩的屍身下蔓延，將那塊價值連城的羊脂玉浸成了詭譎的殷紅色。

他們甚至來不及慘叫，趙府成了人間煉獄。

狠辣的手段，連虞靈犀這隻鬼見了都忍不住顫慄。

很快，只剩表姐趙玉茗還活著了，可她的臉色比死人還可怕，睜大眼睛，淚水止不住汩汩湧出。

寧殷用手杖挑起趙玉茗的下頜，居高臨下審視她柔婉清麗的臉，半晌，似是惋惜般道：「妳的臉讓本王想起一個故人，殺了的確可惜。」

趙玉茗眼中劃過一線生機，顫巍巍撲倒，乞求般攥住寧殷的下裳。

下一刻，手杖底端藏著的利刃伸出，在趙玉茗那張清秀的臉上劃出一道深深的血痕，從嘴角直到鬢邊。

趙玉茗捂著臉慘叫起來。

寧殷冷眼旁觀，吩咐侍從：「將她充入賤籍，發配邊疆軍營。記住，別讓她尋死了，有些罪須活著受才有意思。」

門在身後關攏，虞靈犀的魂魄被迫跟著他飄去，腦中仍迴盪著表姐趙玉茗淒厲的哭嚎。

饒是趙徽罪有應得，虞靈犀對姨父一家沒有多少感情，見了趙府眼下的慘狀，心中也是驚懼大過快意。

寧殷說趙玉茗的臉讓他想起一個故人，只有虞靈犀知道：表姐長得像她。

她沒料到，寧殷竟然厭她如斯，連看到和自己相像的臉都要毀去，還將其充入營妓任人凌辱……

虞靈犀仔細想了想，這兩年自己兢兢業業，沒有功勞也有苦勞，似乎沒有什麼地方對不起寧殷。

總不能是記恨床上那一腳吧？

虞靈犀死的第五日。

寧殷索性將虞家剩下的旁支族人也抓來了，一併流放。

然後他優哉游哉去了大理寺牢獄底層，欣賞薛岑的慘狀一番，順便掰折了他兩根手指。

虞靈犀險些氣哭：自己都死了，寧殷還肯不放過她身邊的人！

她渾渾噩噩地飄在寧殷身後，扎小人詛咒，恨不能像話本小說一樣化作厲鬼報復寧殷。

可她不能，她拼盡全力揚起的巴掌輕飄飄穿過寧殷的身體，連他一根頭髮也傷不著。

虞靈犀死後第六日，寧殷終於想起了她。

春日回暖，即便密室中置了冰床，她的身體死了這麼久也著實不太好看。

寧殷好像喝了酒，眼神呈現迷離之態。他在冰床邊坐了會兒，便取了虞靈犀生前慣用的胭脂水粉過來，慢悠悠給她描眉補妝。

他描繪的手藝十分好，妝容精緻穠麗，可虞靈犀著實沒心情讚賞。沒了活氣，脂粉敷在臉上呈現假白的慘色，襯著鮮紅的唇，怎麼看怎麼詭異。

可寧殷彷若不察，甚至還有心思按住她的唇角往上推了推，懶洋洋道：「笑一個。」

作孽啊！

虞靈犀又被氣得險些魂飛魄散，懷疑寧殷有什麼嚴重的性情缺陷，或是癔症瘋病。

身體都僵了，如何笑得出來？

她不會笑了，再也笑不出來了。

寧殷好像終於意識到這個問題。

他撐在冰床上，微藍的冷光打在他的側顏上，像是鍍上一層蒼寒的霜。

他就這樣垂著眼，一動也不動地沉默著。

頭七那日，虞靈犀感覺到自己的魂魄像煙霧一樣輕淡，風一吹就能散去。

可寧殷依舊沒有給她下葬入土。

他讓人將和虞靈犀有關的物件都收拾好，鎖入了密室。

他甚至不讓府中侍從提及她的名號，違令者死。

虞靈犀有些哀傷。

她知道，那間小小的密室就是她最終的墳塚，無牌無位，連張紙錢都不配擁有。

臨到頭還是不甘，極度的不甘。

自己從未做過半點傷天害理的事，不該落得如此下場。

墜入無盡的虛無前，她的意識混沌飄散：若有來世，她定要讓寧殷那混蛋當牛做馬，償還他今生造的孽！

虞靈犀一睜眼，回到了天昭十三年。

上一刻她還飄在攝政王府的密室裡，鬱憤恐慌。

下一刻就墜入黑暗，在將軍府的閨房中哭著醒來。

妝檯銅鏡中映出她嬌美虛弱的面容，雪腮嫩得能掐出水般，呈現只有少女才有青蔥明麗。

掐了掐掌心，生疼。

她的的確確回到了十五歲。

短暫的呆滯過後，便是巨大的狂喜湧上心頭。

她幾度深呼吸，等到自己的眼睛不那麼紅了，便起身推門，迫不及待地朝花廳跑去。

不怨寧殷嗎？自然是怨的。

無墳無塚，她心裡還殘存著成為孤魂野鬼的恐慌，恨不能立即挺身找到寧殷，從他身上咬下一塊肉來！

反正是死過一次的人了，有怨報怨，也無甚可怕的。

可惜，自己並不知道如今的寧殷身在何方。

即便是前世，寧殷也將自己的過往藏得很深，沒人知道他被趕出宮的那五年間流亡去了何處，過得是怎樣的生活。

人們記得的，只有他從屍山血海中歸來的模樣，一步步，將深宮變成他復仇的戰場。

直到這一刻，虞靈犀才意識到，自己對寧殷的瞭解如此稀少。

何況，眼下有比找寧殷算帳更重要的事！

她想念阿爹、阿娘，想念這個還未覆滅的家！

大將軍府巍峨富庶，秋色正濃，是記憶裡最熟悉的模樣。

虞靈犀呼吸急促，臉頰緋紅，恨不能腳下生風，奔向爹娘的懷抱。

剛穿過庭院，便聽花廳內傳來熟悉溫婉的女聲：「何時啟程？」

雄厚的男聲，低沉道：「十日後。」

是阿爹、阿娘！

虞靈犀心下狂喜，提裙奔上石階。

廳中婦人默了片刻，嗔怪道：「……夫君非得這個時候領旨北上嗎？大女兒不在家，歲歲又還病著，妾身獨自一人，如何支撐？」

男人安撫道：「聖上口諭已下，豈能抗旨不遵？不過小戰而已，大人不必憂懷。」

恍若一盆冷水兜頭潑下，虞靈犀僵在門外。

她險些忘了，天昭十三年秋，阿爹和兄長奉命北征，卻受奸人所害，飲恨戰死。

算算時間，爹娘方才所議的……多半就是此事。

雀躍的心還未來得及飛上天際，便折翼墮回深淵。

這場北征才是一切災禍的源頭。

若是父兄沒有北上，虞家不曾沒落，她也就不會淪為人人可欺的孤女，莫名其妙死在寧殷的榻上……

「歲歲，妳病剛好些，怎麼又出來吹風了？」婦人發現站在門外的她，忙放下手裡的活計起身。

熟悉的乳名，給人鎮定的力量。

因她兒時體弱多病，喝了多少藥也不見好，母親便去慈安寺為她求了這兩個字，企盼她「歲歲常安寧」。

「阿娘！」虞靈犀情緒決堤，緊緊抱住這個纖弱溫柔的婦人。

一切彷若塵埃落定。

「怎麼了，歲歲？」虞夫人撫了撫她的背脊，只當她在撒嬌。

「就是……想您了。」虞靈犀搖了搖頭，前世種種湧在嘴邊，卻無法訴說。

一切都過去了，她不忍阿娘傷心。

虞靈犀又看向朝自己走來的高大男人，眼眶一熱：「阿爹。」

阿爹還是記憶中的樣子，面容粗獷，兩鬢微霜，官袍前繡的獅子威風凜凜。

而他身後，長子虞煥臣穿著天青色束袖戎服，劍眉星目，抱臂望著妹妹笑：「病了一場，怎麼變呆了？」

這便是虞家的兩根頂梁柱，虞靈犀的避風港。

虞靈犀的視線落在阿爹的食指上，那枚象徵家族榮辱的獸首戒指在燭光下熠熠生輝。

前世母親將這枚戒指交給她，囑咐她要好好活下去，可她沒有做到……

這輩子，她定要彌補所有缺憾！

虞靈犀深呼吸，鼓起勇氣道：「阿爹，兄長，你們能否不要北上？」

虞將軍虎目中含著柔情，哄道：「不行啊，乖女。」

虞煥臣倚在窗邊擦拭佩劍，朗聲道：「聖上點將，是對虞家的信任，豈能說不去就不去？」

虞靈犀向前一步，難掩急切：「若此行有詐呢？朝中武將不少，可皇上偏偏點了阿爹和父兄，小小騷亂，用得著虞家父子兩員大將一同前往嗎？」

虞將軍卻是笑了，他抬起粗糙的大手，摸了摸女兒的鬢髮：「乖女年紀小，還不懂。國泰方能民安，阿爹是武將，豈能做那貪生怕死之輩？」

意料之中的回答，虞靈犀心一沉，濕紅了眼眶。

父兄一生殺伐，不信鬼神，不懼宵小。即便自己將重生種種和盤托出，阿爹和兄長依然會選擇北上出征。

他們就是這樣的人，忠肝義膽，視君命大如天。

何況，虞靈犀前世還未來得及查出陷害虞家的人是誰，就一命嗚呼。

她給不出能讓父兄信服的理由。

靜默片刻，虞靈犀掐著手指，抬頭時綻開笑來：「女兒知道了。那，父兄保重。」

虞將軍愛憐道：「回去歇著，將身子養好，等阿爹凱旋。」

虞靈犀嬌聲說「好」，福禮告退。

邁出花廳的那一刻，她眼裡的笑意消散，化作憂愁。

入夜，燈火闌珊。

虞靈犀披衣倚在榻上，久久不眠。

前世扶棺入京的慘像猶在眼前，她不可能眼睜睜放任父兄領旨出征。

自己身嬌體弱，沒有兄長和阿姐那樣厲害的身手，不能上戰場為父親保駕護航。唯一能做的，就是阻止父兄步入奸人圈套。

該怎麼辦？有什麼辦法能讓阿爹和兄長順理成章地推辭北征，而又不會讓皇帝怪罪？

虞靈犀只恨自己不擅計謀，若是寧殷的話，定有千百種手段……

呸呸！怎麼又想起那瘋子了？

她自嘲：虞靈犀啊虞靈犀，前世什麼下場忘了嗎？

「小姐，夜已深了，早些洗漱睡吧。」

胡桃進門奉上宵食，還貼心地準備了一小碟的椒粉，辛香撲鼻。

見到這熟悉的佐料，虞靈犀一陣感動。

她身子嬌弱，卻有一個怪癖：酷愛辛辣，無論吃什麼都喜歡加上重重的椒粉。

上輩子剛進攝政王府時，寧殷命她煎茶，她習慣性放了一小撮椒粉進去……

後果可想而知，寧殷辣得眼角都泛了紅，陰著笑，將她連人帶茶一起丟出殿外。

從此，王府中再也不見椒粉的蹤跡，每日清湯淡菜，吃得虞靈犀憋屈無比。

可現在，那瘋子管不著自己了。

虞靈犀收回飄飛的思緒，往雞茸粥中加了半碟的椒粉，然後一飲而盡，碧瓷碗往案几上一頓。

辛辣過後，久違的暖意漫上四肢百骸。

呼，爽快！

虞靈犀感覺混亂的思緒越發清晰，索性將剩下的半碟椒粉也一股腦倒了進去。

剛要喝，卻見胡桃一把按住，勸道：「小姐少吃些辣，等會還要喝藥呢。」

虞靈犀這才想起，十五歲的自己就是個藥罐子，整日除了喝藥哪兒也去不了，只得悻悻作罷。

腦中靈光乍現，虞靈犀猛然直身。

藥……是了，她怎麼沒想到呢？還有這個法子。

記得前世剛入王府，寧殷有段時間特別喜歡調製「毒藥」。

他在偏殿中搗鼓那些蛇蟲毒草，虞靈犀便戰戰兢兢在旁邊奉茶，藥方也從不避著她。

其中有一副方子的毒性很奇怪，人喝了後會有風寒之症，渾身無力，連呼吸也如同龜息般微弱，連著好幾日都下不來床。

然而，卻不會危及性命——

虞靈犀如此篤定，是因為寧殷讓她給這味藥試過毒。

記得那時自己被逼著喝下那碗藥後，渾身力氣一點點從身體裡抽離，她篤定自己活不成了，紅著眼可憐兮兮地爬到榻上，仰躺著等死。

也不知道是藥方沒研製成功還是怎的，她昏昏沉沉睡了七八日，醒來就看見寧殷好整以暇地望著她，撐著太陽穴笑：「別看了，還活著呢。」

虞靈犀非但沒死成，反而因禍得福，睡了幾日後神清氣爽，連著一整年間都沒有再復發舊疾。

若是父兄服下此藥，定能瞞天過海，託病辭去北征之事！

彷彿鑿開一線天光，虞靈犀激動不已。

她迫不及待披衣下榻，吩咐侍婢道：「胡桃，備紙墨！快！」

虞靈犀慶幸自己記性極佳，不到一盞茶的時間，她便將那方子的二十餘味藥材默了出來。

父親是個剛正的人，平日最不屑弄虛作假，若是他知道這味藥是為了推卸平亂之職，定不肯飲下。

虞靈犀不敢聲張，為免起疑，便將二十多味藥材拆分成幾份，挑了兩個信得過的侍婢馬不停蹄地出門採買。

折騰了兩日，藥材基本配齊了，唯有一味「九幽香」不知是什麼珍貴之物，下人跑遍整個京城也問不到。

閨房內，陽光緩緩在博古架上移動，消失在窗臺邊。

各家掌櫃都說沒有見過九幽香，難道是自己記錯了嗎？

「不可能記錯呀。」

虞靈犀細細核對著藥方，隨手拿起一塊點心蘸上椒粉，送入嘴裡。

九幽香是藥引，寧殷就將它寫在所有藥材的最前列，她印象深刻。

既然前世寧殷能弄到這味藥，那她一定也能弄到。只是，到底要去哪裡弄呢？

正想著，忽聞下人來報：「小姐，唐公府清平鄉君來了。」

虞靈犀愣了一會兒，才想起清平鄉君是誰。

還未來得及起身，便見院中踱進來一位紅衣戎裝少女，脆生生喚道：「歲歲，聽聞妳又病了，可大好了？」

見到這抹英姿颯爽的身形，久遠的記憶爭相浮現腦海，與眼前少女重疊。

唐公府的獨苗孫女唐不離，明明是個明亮少女，卻有個男孩兒的名字，是虞靈犀閨閣時期的手帕交。

上輩子虞家沒落後，虞靈犀寄居姨父府邸，與外界斷了聯繫，唐不離還曾寫信寬慰她。

只是後來唐老夫人仙逝，無父無母的唐不離亦成了孤女，很快嫁做人婦。直到虞靈犀死，都沒能與她再見上一面。

「妳在琢磨什麼呢？」唐不離是個自來熟的性子，大咧咧拿起虞靈犀擱在案几上的藥方，瞧了瞧道：「九幽香？妳圈起這味藥作甚？」

虞靈犀雖信得過她，但還是謹慎地將藥方拿了回來，不動聲色道：「我急用這藥救人，可京城各大藥鋪都說此藥絕跡，有價無市，找了許久都找不到。」

「這麼貴重？」不知想到什麼，唐不離眼睛一轉，撐著案几上道：「有個地方或許有，只是……」

虞靈犀眼睛一亮：「只是什麼？」

唐不離摸著下頷，上下打量虞靈犀嬌美窈窕的身段，神神祕祕道：「只是那個地方，不是妳這種嬌嬌娘子能去的。」

虞靈犀來了興致：「何處？」

唐不離哼笑一聲，勾勾手指，湊在虞靈犀耳畔道：「欲界仙都，有求必應。」

聽到這個名號，虞靈犀一頓。

京城洛陽地下，建有一座燈火晝夜不熄的銷金窟。

那是陽光照不進的地方，人命賤如螻蟻，充斥著靡麗的聲色歌舞，血腥的廝殺決鬥，以及見得不人的黑市交易。

哪怕是虞靈犀備受寵愛的那些年，家人也從不允許她靠近欲界仙都。

因為活在那裡的人，都不是什麼良人。

# 第二章　輾轉

虞靈犀對欲界仙都僅有的印象，是天昭十四年的那場大火，欲界仙都被燒成了人間煉獄。

那時虞靈犀幽居在趙府偏院，隔著半座城池的距離，依舊能清楚地看到火光映紅了半片夜空，人們驚慌奔走呼號，聞之驚心。

沒人知道那把火是怎麼燒起來的，只知從此，世間再無欲界仙都。

虞靈犀心中動搖。

父兄奉旨出征的日子越發接近，欲界仙都的黑市是她眼下唯一的希望了。

此事交給別人去做不太放心，虞靈犀望向正在啃梨吃的唐不離，眨眨眼道：「阿離，妳幫我個忙成麼？」

半個時辰後，虞靈犀瞞過家人，帶上兩個靈敏嘴嚴的侍衛，順利上了唐公府前來接應的馬車。

馬車搖搖晃晃，駛向欲界仙都。

「對了，還得把這個戴上。」

唐不離不知從哪裡掏出兩條面紗，一紅一素。

她將素色的那條分給虞靈犀，解釋道：「欲界仙都的規矩，去那消遣之人多是有頭有臉的人物，最怕被人揪住把柄。以防節外生枝，去那的人都會戴上面紗或面具，遮掩身分。」

虞靈犀點頭表示明瞭，依著她的模樣繫上面紗，只餘一雙嫵媚靈動的杏眼露在面紗外，撲簌眨著。

唐不離打量著虞靈犀的反應，忽而道：「歲歲，自妳病了一場後，我怎麼覺著妳變了許多呢？」

虞靈犀倚在車窗旁，手托下頷問：「哪裡變了？」

唐不離搖頭，撩開面紗啃梨道：「說不上來，只是覺得妳膽子大了許多。若是以往，別說主動來這種地方，便是聽到欲界仙都的名號都能嚇妳一跳。」

「是嗎？」虞靈犀微微恍神。

前世待在寧殷身邊兩年，更可怕的場面都見過了，何況一個小小的、即將覆滅的欲界仙都？

好在唐不離並非刨根問底之人，掀開車簾看了一眼：「到了。」

剛入欲界仙都大門，似乎和普通的繁華街市並無太大差別，到處是朱門翠簾、琉璃紗燈。

然而跟著唐不離往裡走，進了昏暗的地下廳堂，便見一堵高不見頂的浮雕門樓兀立眼前。

刻有猙獰獸紋的浮雕門樓徐徐打開，彷彿打開了另一個瘋狂的世界般，山呼海嘯般的熱鬧撲面而來。

這座地下城池暗不見天，燈火晝夜不熄，來往消遣的人都隱藏在各色面具下，賭博格殺，紙醉金迷。

花樓的木籠子裡關著不少漂亮麻木的姑娘，意興闌珊地朝街道招手攬客。

再往前，賭坊的人在圍毆一個欠債的賭客，慘叫連連，周圍看戲的人卻瘋狂起鬨：「打死他。」

浮華之下滿是飲血啖肉的癲狂，虞靈犀皺眉感慨：「這樣的地方，燒掉也不足惜。」

唐不離一臉莫名：「燒掉什麼？」

虞靈犀輕咳一聲：「沒什麼。」

穿過躁動的人群，再往下一層，燈火漸暗。

所謂黑市不過是一條冷清的商鋪，充斥著陳舊腐朽的氣息。

唐不離帶著虞靈犀進了一家藥坊，兩個侍衛緊跟其後。

掌櫃是個清秀羸弱的青年，可當他從櫃檯後抬頭，油燈照亮他另半邊臉上的傷疤，驚悚如鬼魅。

「要什麼？」他手下算盤不停，半死不活道。

虞靈犀就像沒見到他那半張猙獰的臉般，淡然問：「請問，有九幽香嗎？」

撥算盤的枯手一頓。

掌櫃掀起眼皮掃了虞靈犀一眼，道：「此乃禁藥，三百兩，不議價。」

「多少？」唐不離咋舌：「什麼破藥這麼貴？」

虞靈犀倒是鬆了口氣，忙道：「成交！」

只要能助父兄躲過北征之劫，再多錢她也願意。

虞靈犀將少年時積攢的銀錢都帶了出來，加上手鐲釵飾，還找唐不離借了二十兩，才勉強湊齊九幽香的藥錢。

她取出袖中折疊藏好的藥方，再三比對一番，確認齊了。

遂將那味來之不易的九幽香連同藥方包好，笑吟吟道：「阿離，借妳的銀子，明日我再差人送妳府上。」

唐不離豪爽地擺擺手：「嗐，妳我之間的交情，何須如此客氣！」

這種有人依靠的感覺真好。

虞靈犀心中一暖：「回去吧。」

她滿心顧著懷裡的九幽香，轉身出門時沒留意一條黑影迎面踉蹌進來。

「唔！」

肩膀被撞得生疼，虞靈犀當即輕呼一聲，藥方和九幽香脫手灑落在地。

唐不離忙扶住虞靈犀，怒瞪闖進來的少年：「你眼睛不看路的嗎？」

虞靈犀第一個反應是蹲身去拾藥材，抬首道：「沒事……」

聲音彷若被生生扼住，虞靈犀倏地睜大眼。

有那麼一瞬，心臟彷若被緊緊攥住，不能呼吸。

面前站著的，是位一身黑色武服的少年，布料看不出材質，上半張臉罩了一截青黑色的面具，只露出英挺的鼻尖和蒼白的薄唇。

他捂著被撞的胸口處，瞥眼時面具孔洞下的眼睛微挑，透著淡漠和涼薄……

就這麼半張臉，虞靈犀還是一眼就認出來了。

太……太像了！這樣的薄唇和下頜輪廓，她化作灰也認得！

少年滿身寒意，黑冰似的眸子掃過虞靈犀，視線定格在地上那張仰面躺著的藥方上。眸底劃過一抹暗色。

虞靈犀忙將藥方和九幽香拾起，藏在身後。

前世那些好不容易忘卻的怨憤和委屈決堤，虞靈犀膝蓋下意識發軟，一句「王爺」幾欲脫口而出。

身子本能發顫，可眼裡卻壓不下惱怒。

要冷靜，虞靈犀。

即便這個人真的是寧殷，他也不認識自己，沒什麼可怕的！

是的，沒什麼可怕的。

虞靈犀這麼一想有底氣多了，強忍著滿身寒意，與黑衣少年的眼神對峙。

「來了？」掌櫃似乎認識黑衣少年，呵笑一聲打破沉寂：「這麼快就能下地走動，真是命硬。」

黑衣少年這才收回冰冷的試探，走到櫃檯取了藥。他付的並非銀錢，而是將一塊帶血的鐵皮墜子拋在櫃檯上，轉身走了。

他的步伐很快，擦身而過時，虞靈犀能感覺到一道陰冷的視線自她身上掠過，遍體生寒。

虞靈犀明明記得前世他左腿有疾，手杖不離身，走路很慢。

他……真的是寧殷嗎？

虞靈犀遲疑，可那種深入骨髓的壓迫感告訴她不會有錯。

正想著，身旁的侍衛面色一變：「小姐，妳在流血。」

虞靈犀順著他的視線低頭，自己袖口果然沾了一片血色。

唐不離也嚇了一跳，忙拉過她道：「沒事吧靈犀？傷哪兒了？」

虞靈犀檢查一下手臂，並未受傷，便定神道：「無礙，並非我的血。」

那只可能是疑似寧殷的那個少年撞上時，不小心沾染上的。

想來前世也是如此，寧殷身上總沾滿著各種倒楣鬼的血，到頭來還要她忍著噁心一根根為他濯手擦拭，而寧殷則高高在上地俯視，勾著笑欣賞她皺眉卻又無可奈何的模樣。

明明拿到了藥，可虞靈犀的心卻依舊亂亂的，充斥著不安。

她無法控制地想：莫非寧殷消失的那幾年，就是待在欲界仙都消遣鬼混？

如此一來就說得通，為何前世無人能查到他流亡時的蹤跡。

心中湧起萬般疑惑，刺激著虞靈犀的思緒。

她索性一咬牙，將藥材往唐不離懷中一塞：「阿離，妳先幫我保管一下。」

說罷，她扭頭朝寧殷離去的方向快步追去。

侍衛不放心，匆匆朝唐不離一抱拳，也跟了上去。

留下唐不離抱著藥材一臉茫然佇立原地，嘀咕道：「找那人算帳去了？」

奇怪，歲歲並非那等錙銖必較之人呀。

前後不過須臾間，那抹瘦弱熟悉的身影並未走遠。

燈影橙黃靡麗，胡姬當街起舞，戴著各色面具的人光彩燁然，唯有他一襲黑袍比夜色還濃重。

虞靈犀逆著躁動的人群前行，跟得十分艱難。

轉過街角，追到一幢金碧輝煌的七層高樓面前，寧殷消失不見了。

虞靈犀抬眼一瞧，只見那大樓的獸首門扉上掛著一塊金光閃閃的牌匾，上書「鬥獸場」三字。

她欲進門，卻被親衛攔下。

青霄的性子忠義老實，抱拳為難道：「小姐，這種地方您去不得。」

虞靈犀問：「為何？」

侍衛青霄瞥了進出此處的權貴們一眼，壓低嗓音道：「鬥獸場內鬥的不是獸，是人。各家權貴豢養打奴，讓他們上臺自相殘殺，以此押寶取樂……」

青霄言盡於此。

虞靈犀想起寧殷前世滿身邪氣的瘋狂樣，想來是喜好這等血腥消遣的，這裡或許就是他的藏身之處。

虞靈犀環顧這座銷金窟的縱情與荒誕，心下了然：果然他從小就貪圖享樂，不是什麼好人！

回想起前世身死後的淒涼，她心中頓湧出千百個念頭……

幾番衝動，可還是理智稍占上風。

自己險些魔怔了。寧殷可不是什麼好對付的人，縱使心中有氣，也還是得從長計議。

虞靈犀平復些許，見寧殷沒再出門，便轉身欲走。

鬥獸場的大門卻在這時打開了，接著，一條熟悉的黑影被人粗暴地推了出來，鐐銬鐵索叮噹作響。

「叫你亂跑！」施暴之人滿臉橫肉，粗聲喝道：「貴客已經等了你兩盞茶的時間了，還不去磕頭認錯！」

看到那抹身形，虞靈犀一時忘了離開，只愣愣地杵在人群中，見證這個世界的荒誕離奇。

黑袍少年拴著鐐銬，被人一腳踹在膝窩，頓時撲地，懷中剛買的藥材撒了一地。

他有些狼狽，可背脊依舊挺直，蒼白的唇抿成一條線。他撐著膝蓋，顫巍巍想要站起來，但沒有成功。

兩個護院打扮的、凶狠惡煞的漢子上前，按住他的肩狠狠一壓，少年又噗通跪了下來。

「算了，饒了他這次，等會還需他上場決鬥呢。」馬車裡鑽出一個身形肥胖的錦袍男人，戴著一張可笑的儺戲面具，手把文玩核桃立在車前道：「若是打殘了，鬥起來還有什麼意思？」

聞言，兩個護院這才放開少年。

「算你好運，貴客肯花重金買你上場。」其中一個踢了少年一腳，惡聲道：「小畜生，還不迎貴人下駕！」

少年垂著頭，面具下一片深重的陰晦，就這樣以屈辱的姿勢跪挪到馬車旁，然後一點一點，伏下清瘦的背脊。

「瞧他，真是一條好狗！」

周圍衣著鮮麗的男女圍觀哄笑，彷彿被按在地上的少年是什麼骯髒穢物，眼神帶著鄙夷和厭惡。

馬車上的男人對他的表現很滿意，腆了腆肥胖的肚腩，將一塵不染的靴子踩在少年的背脊上，竟以他做人凳下車！

那男人腸肥腦滿，重量非比常人。

少年悶哼一聲，上身被踩得下沉，雙手青筋暴起，顫顫發抖。

青黑色的半截面具被磕掉，骨碌滾至一旁，露出少年帶著傷的、蒼白俊美的面容。

汗水自他下頜淌下，額前碎髮散落，遮住那雙陰鬱的眼睛。

那一瞬，虞靈犀心中最後一點僥倖也消失殆盡。

耳畔彷彿有重錘落下，轟鳴一聲。

隔著憧憧人影，她情不自禁後退一步，感覺有什麼認知分崩離析，天翻地覆。

那的確是寧殷，少年時的寧殷。

那個不可一世的攝政王，那個永遠紫袍高貴、笑著屠戮的瘋子，三年後整個天下聞之色變的男人……此時正被狠狠踩在腳下，朝一個不知姓名的權貴下跪磕頭。

窗外冷雨淅瀝，寒霧濛濛。

虞靈犀一夜沒睡好，裹著狐裘倚在榻上出神，半披散的鬢髮勾勒出初顯妙曼的身姿，別有一番玲瓏之態。

兩天了，她還是沒能想明白在欲界仙都所見的畫面。

虞靈犀認識的寧殷，從來都是俊美高貴，睥睨眾生。

他拄著玉柄鑲金的手杖，即便是殺人沾血時，姿態也是極為優雅的，不見一絲狼狽。

看到他跪在別人腳下做人凳，虞靈犀有一瞬間懷疑世界的真實。

人在極度震驚之下，是感受不到報復的快感的。

她踉蹌後退，身體唯一做出的反應是落荒而逃。

她也不知自己在驚怯什麼，只不可思議地想：莫不是自己死後扎小人詛咒寧殷的那些話應驗了，上天真的讓寧殷當牛做馬，償還他前世之罪？

「小姐，廚房說您吩咐的藥湯煎好了，是現在給您送過來麼？」胡桃進門稟告，將虞靈犀的思緒拉回現實。

還是正事要緊。

虞靈犀只好壓下心事，道：「不必，我自己去取。」

說罷拍拍臉頰醒神，起身去了膳房。

昨晚下了徹夜的冷雨，虞靈犀特地挑了這個降溫驟寒的天氣。

膳房檯面上擱著兩個紅漆雕花的托盤，一個裡頭是虞靈犀私下煎的祕藥，另一個裡則是熱騰騰的紅糖薑湯。

這是阿娘的習慣。

以往每年秋冬降溫之時，阿娘都會命庖廚煎一碗薑湯，給需要出門奔忙的夫君和長子暖身。

虞靈犀不動聲色，尋了個理由支開侍婢：「我這藥太苦，妳去我房中拿些蜜餞來壓壓苦味兒。」

侍婢不疑有他，道了聲「是」，便擱下蒲扇出門了。

支開了侍婢，虞靈犀忙端起父兄的薑湯，每人撇去半碗，再將自己熬好的那碗藥勻入他們的薑湯中，晃蕩均勻。

兩碗顏色相差無幾，也沒有奇怪的藥味，應該瞧不出來。

侍婢很快捧著蜜餞回來，虞靈犀隨手撚了顆含在嘴裡，猶不放心，便對侍婢道：「妳且下去吧，這薑湯我親自給阿爹他們送過去。」

書房裡，虞將軍父子正坐在案几後，共看一幅邊境輿圖。

虞靈犀定了定神，進門將薑湯擱在父兄面前，竭力如常道：「阿爹、兄長，阿娘給你們熬的薑湯。」

虞將軍頭也不抬，道：「乖女，擱下吧。」

虞靈犀將托盤抱在胸前，頓了頓，小聲提醒：「若是涼了，就不好喝了。」

虞將軍這才端起薑湯，將碗沿送至嘴邊。

虞靈犀屏住呼吸。

結果一口還未飲下，便見兄長虞煥臣指著輿圖某處，湊過來道：「父親，此處路線不妥。」

虞將軍皺眉，又放下薑湯。

虞靈犀的視線隨著瓷碗起落，而後瞪了礙事的兄長一眼。

再不喝怕是要節外生枝。

想到什麼，虞靈犀眼眸一轉道：「阿爹，這將湯我方才嘗了一口，味道些許寡淡。可否要女兒給您加碟椒粉進來，發發汗？」

話音剛落，父兄的額角齊齊一跳，抄起薑湯一飲到底，唯恐慢了就會受到椒粉折磨。

自家姑娘的怪癖他們早就領教過，消受不起消受不起。

虞靈犀憋笑憋得辛苦。

喝完薑湯，父子倆又更衣去了兵部一趟，商議糧草先行事宜。

虞靈犀沒有阻止。

藥性需要幾個時辰才會發作，父兄多去幾個地方，方能分散她身上的嫌疑。

她耐著性子坐在閨房中，等候消息。

到了午時，父兄果真被人攙扶著回來了。

虞夫人大駭，詢問隨行侍衛，方知丈夫和兒子不知怎的突發風寒，頭暈目眩不能站立，這才被兵部府用馬車送了回來。

父子倆起初發熱無力，尚能勉強維持神智。

到了夜晚時，已經昏睡不醒。

宮裡的大太監、太醫來來往往換了好幾撥，可就是說不出虞家父子為何會突發急症。

到了昏睡的第三日，虞家父子呼吸漸漸綿長衰弱，連最好的太醫也緊鎖眉頭，束手無策。

大太監見這急症並非作假，搖了搖頭，作勢寬慰了搖搖欲墜的虞夫人幾句，便回宮覆命去了。

虞靈犀提在嗓子眼的心，總算平安著地。

雖說出征前換主將，於軍心不利，但虞靈犀畢竟重活一世，知道這次戎族劫糧並非大亂，只是有心之人針對虞家布下的毒餌。即便更換別的武將北征，也不會損傷國運。

她也是迫不得已，才用了這個法子。

只是，難免苦了阿娘。

虞夫人已在丈夫和長子的病榻前守了幾天幾夜，瘦得衣帶都鬆散了，可一見到女兒，她還是費力撐出脆弱的笑來，微哽道：「歲歲別擔心，阿娘在呢，妳爹和兄長不會有事的。」

虞靈犀望見阿娘哭腫的眼睛，心中的那點愧疚便動搖起來。

她張了張嘴，有那麼一瞬，她想將所有真相和盤托出。

可她不能。

怪力亂神之事有誰會信呢？說出來也只是徒增傷悲罷了。

何況能生出寧殷那般狠絕兒子的皇帝，絕非無能之輩，這個計畫只有先騙過親人，才能讓皇帝也澈底釋疑。

「阿娘，您回房歇會兒吧。」虞靈犀輕步上前，擁住母親瘦削的肩頭，「這裡我來照顧。」

虞夫人只是搖頭，「妳身子弱，別染著病症了。要是連妳也……阿娘就真不知道該怎麼活了！」

「不會的，阿娘！最多四日，阿爹和兄長就能醒過來了。」虞靈犀彷若一夜成長，堅定道：「身為女兒，我理應在父親榻前盡孝。」

虞夫人拗不過她，只得應允。

榻上虞家父子並排躺著，雙目緊閉，幾乎看不出呼吸起伏，和自己當初的症狀一樣。燭火昏暗，虞靈犀走過去，仔細替父兄掖好被角。

而後坐在榻沿，望著生息微弱的父親，漸漸紅了眼眶。

「抱歉，阿爹，女兒只騙您這一次。」她握住父親粗糲的大手，放在臉頰旁蹭了蹭，低聲道：「這一世，女兒一定護好你們……一定！」

虞靈犀做到了。

過了四日，虞家父子果然先後醒了。

父子倆神清氣爽地下榻，卻得知自己突發「惡疾」的這幾日，大衛朝的兵馬已啟程北征，主將是與虞家不太對付的雲麾將軍。

氣得虞大將軍茶飯不思，待風聲一過，便領著兒子進宮面聖謝罪去了。

「小姐，大將軍和少將軍已經平安歸府。」侍衛青霄躬身立在門外，盡職盡責地向虞靈犀彙報動靜，「皇上非但沒有苛責大將軍，反而誇讚『天佑大衛，不損良將』，賞賜兩匹西域寶馬，客客氣氣地將人送了回來。」

虞靈犀勾唇：「知道了。」

皇帝暫且還用得上虞家，如此反應都在預料之中。

大將軍府，夜宴。

「這病來得太蹊蹺了，我和父親素來身子強健，怎會在這種關鍵時刻雙雙病倒？」

虞煥臣心不在焉戳著碗中飯粒，百思不得其解。

抵著下巴思索片刻，他皺眉道：「莫非有人下毒？」

「咳！」正在喝湯的虞靈犀一陣心虛。

她強作鎮定地拭了拭嘴角，試圖順水推舟，將話題扯到前世的「內奸」一事上去。

「是不是朝中政敵嫉妒阿爹威望，與人裡應外合呢？」

雖然眼下敵方奸計未能得逞，但父兄在明、敵在暗，不得不提醒他們提防。

「不無可能。」虞煥臣的腦筋轉得很快，而後頷首，「雲麾將軍李家、兵部劉侍郎，不是在明裡暗裡針對父親麼？咱們染病那日，剛好去了兵部一趟……」

聞言，虞靈犀愧疚之餘，又湧上一陣暖意。

哥哥那麼聰明，卻從來沒有懷疑過他們身上的「毒」是她下的。

無需圓謊解釋，這兩個男人，是至死都會相信她的人。

虞靈犀眼中暈開細碎的光，只覺一切都值了。

亥時，更漏聲聲。

虞靈犀飲了幾杯小酒，雪腮暈紅，踩著被月光照亮的石子小路回到閨房，心裡是從未有過的輕鬆。

待服侍梳洗的侍婢退下後，她便披衣坐起，於書案旁提筆潤墨。

北征危機已經解決，那麼接下來要查清的就是……

她垂目凝神，在宣紙上寫下「死因」二字。

前世死得不明不白，著實太冤。若不查明幕後黑手，她心頭始終橫著一根尖刺，坐立難安。

也曾想過，自己的死是不是寧殷的手筆，但這個答案很快被她否定。

兩年朝夕相對，寧殷有千百種法子殺死她，何必讓自己在床榻上被噴一身黑血？

這不是他的行事作風。

何況她嘔血而亡前看到的最後一眼，寧殷眼底的怔驚不像作假。

托腮沉思，捲翹的眼睫上灑著金粉般的燭光。

前世種種猶如鏡花水月，在虞靈犀沉靜漂亮的眸中掠出波瀾。

皺眉，她又在「死因」旁補了個「寧殷」，落筆時帶了點咬牙切齒。

即便不是寧殷下的殺手，自己的死和他也脫不了干係。

酒意漸漸昏沉，虞靈犀趴在案几上小憩，盯著面前的宣紙看了許久，越看越覺得「寧殷」二字刺眼。

記憶中那張陰涼帶笑的俊顏，與被人踩在腳下的少年臉龐重合，矛盾著，拉扯她的思緒……

虞靈犀索性將宣紙揉成團，丟進炭盆中燒了。

無力地倒回榻上，將被褥蒙頭一蓋，沉沉睡去。

軒窗外，月影西斜。

虞靈犀不知是第幾次夢見寧殷。

夢裡自己還是那抹無墳無塚的遊魂，飄在寧殷身邊。

不知是否錯覺，現在的寧殷，似乎比以前更瘋了。

他的臉色比鬼還要蒼白，透出病態的俊美。

虞靈犀看著他殺了兵部尚書，殺了御史大夫，抄了右相薛家，看不順眼看得順眼的全殺光，屠戮滿城血雨。

然後，把尚是稚童的小皇帝一腳踹下了龍椅。

以前寧殷雖狠戾無常，做事勉強會講個喜好。而現在的寧殷，眼裡只剩下毀滅。

可他還是不開心。

雖然他嘴角總掛著溫潤的弧度，饒有興致地欣賞金鑾殿前的飛濺的鮮血，可虞靈犀就是能看出來，他不開心。

他去獄中折騰薛岑，聽薛岑破口大罵，一副無所謂的悠閒。

世上罵他咒他，想殺他的人那麼多，不在乎多一個薛岑。

可他不殺薛岑，他說死是一件簡單的事，不能便宜了姓薛的。

「薛公子若是死了，這世間便再無人記得……」

話才說了一半，寧殷便抿緊了薄唇。

他似是察覺到什麼，目光一轉，刺向虞靈犀飄蕩的方向。

明知道他看不見自己，虞靈犀仍怵然一顫。

渾身冷汗，從夢中驚醒過來。

虞靈犀睜眼看著帳頂的銀絲團花，夢中的血腥畫面揮之不去。

胸中像是堵了一團棉花，透不過氣來。她為自己昨晚那一瞬的心軟而感到羞恥。

那人眼下再可憐，也抵消不了他將來的滿身殺孽。

可憐他，誰又來可憐前世孤魂野鬼的自己呢？

想到此間種種，虞靈犀丟了懷中的枕頭，憤憤將身一翻。

不行，還是咽不下這口氣！

「得想辦法，出了這口惡氣。」

虞靈犀打定主意。

寧殷這個心頭之患若不解決，必將成為她的執念，夜夜噩夢纏身，魂魄難安。

窗外天色微明，紗燈暖光昏暗。

橫豎睡不著了，虞靈犀索性披衣下榻，朝掌心呵了口氣暖手，撚起上等羊毫筆。

她將鬢邊披散的絲絲墨髮往耳後一別，凝神思索片刻，便行雲流水落筆。

既是要算自己和寧殷的破爛帳，便須公平理智，不放過他一件罪行，但也絕不占他一分便宜。

——寧殷白天嚇她，夜裡欺負她。

——可他在衣食住行上不曾苛待她，給的都是不輸皇宮的最高規格待遇。

——寧殷滅了姨父滿門，將虞氏旁支族人盡數流放。

——可姨父一家有負母親臨終托孤，將她當做禮物隨意送出，貪墨斂財、利慾薰心也都是事實；當初最落魄的時候，虞氏旁支無一向她伸出援手，她亦沒理由為他們伸冤。

虞靈犀掂量許久，頓筆，筆尖在宣紙上洇出一團墨色。

連連寫了好幾條，卻發現曾以為罄竹難書、罪不可恕的男人，待她似乎沒有想像中那般可恨至極。

說恨，罪不至死；說怨，怨憤難消。

前世寧殷曾嗤笑她：「妳還真是大善人，可世上最難做的就是善人，背負那樣多的束縛，活得倒不如我這個惡人瀟灑。」

虞靈犀想，或許他是對的。

直到現在，她也從未想過要殺人，哪怕如今的寧殷，只是欲界仙都裡見不得天的、卑賤的少年。

晨光透過窗櫺照入，燭火燃到盡頭，噗嗤一聲熄滅。

虞靈犀權衡了半晌，索性將筆往案几上一拍，濺出幾點枯墨，自語道：「不管怎樣，他折磨薛岑是真，使我身死不得善終也是真。」

這兩件缺德事，如何都不能抵消。

「小姐，您怎麼起來了？」胡桃撩開紗簾進門，將茶盤匆匆往案几上一擱，以狐裘擁住她嬌柔單薄的肩頭，「這樣披衣坐著，是會著涼的！」

「無礙，正好醒醒神。」

胡桃不識字，虞靈犀還是迅速將寫滿字的宣紙壓在書籍下。

不多時，有七八名端著銀盆、梳篦等物的小侍婢魚貫而入，伺候虞靈犀梳洗更衣。

托盤上疊著銀紅和淺碧各一套衣裙，胡桃笑著請示她：「兩件都是新裁的冬衣，可好看啦！小姐今日想穿哪件？」

虞靈犀心不在焉瞥了一眼，下意識道：「紅的……」

而後頓住，秀麗的眉頭擰了起來。

寧殷素愛靡麗的顏色，越是紅得像血便越喜歡。前世虞靈犀便順著他的喜好，常穿鮮妍嬌豔的衣物，久而久之成了習慣。

這可不是什麼好習慣。

虞靈犀不知在和誰置氣，淡淡改口：「碧色的。」

胡桃也不知道小姐好好的，怎麼突然生氣了，乖乖取了碧色的那套衣裙過來。

「小姐臉色不好，又做噩夢了？」胡桃給虞靈犀繫上月白綢的束腰，那嫋嫋纖腰連她這個女人家見了都臉紅無比。

虞靈犀打了個哈欠，懶洋洋道：「命裡犯小人，心煩。」

「這有何難？」胡桃給她撫平衣袖，小聲道：「奴婢知道民間有個法子，您將那小人的相貌或者生辰八字寫在一張紙上，用力拍打，把小人打出去不就好了？」

「打？」虞靈犀一頓，抬起眼來，「倒是個法子。」

如今我為刀俎他為魚肉，既是要出氣，還講什麼禮義道德？權衡了那麼多，倒不如選最簡單的那條路！

到時候麻袋一套，揍完就溜，從此橋歸橋路歸路，恩怨兩消。

心中的氣好像一下就順暢了，天光大亮。

虞靈犀揚了揚唇，吩咐道：「去將青霄侍衛喚來，我有要事吩咐。」

一個時辰後。

胡桃於門外稟告：「小姐，青霄侍衛已經準備妥當，在外頭候著了。」

虞靈犀頷首，在屋中四下踱步，然後取下牆頭掛著的一根絞金小馬鞭。

顛了顛手，揍人正合適，便往腰帶上一掛，鼓足勇氣邁出門。

將軍府側門松柏長青，青霄果然領著四個挺拔矯健的侍衛候在馬車旁。

幾個侍衛都是從虞家軍中選拔出來的，身手好嘴風嚴，素來只聽命令，不問緣由。

虞靈犀以帷帽遮面，挨個巡視一番，問：「知道我讓你們去做什麼嗎？」

「不知！」幾個人面不改色，齊聲道：「但憑小姐差遣！」

「很好。」虞靈犀露出滿意的神情，上了馬車。

她掀開車簾，問步行在側的青霄：「交代你的事，查得如何？」

青霄略微抱拳：「回小姐，鬥獸場裡的打奴都無名無姓，屬下只打聽到那個黑衣青面具的少年代號『二十七』，前幾日上場受了重傷，便一直在巢穴中養傷……」

「巢穴？」

「因打奴卑賤，世人皆拿他們當走狗牲畜，故而他們的住所……是為巢穴。」

「……」

虞靈犀壓下心中的不適，放下車簾不再追問。

話本裡的惡人，大多是死於話多。

既然下定決心做一回惡人，還是少問幾句為妙。

馬車一路疾馳，盛氣凌人地駛進欲界仙都。

不知過了幾條街巷，空氣中靡麗的脂粉氣漸漸消失，取而代之的是一股說不清道不明的陰森腐朽。

馬車終於停了，車外隨行的青霄道：「小姐，巢穴就在前方，為了安全起見，馬車不能再前行了。」

聞言，虞靈犀掀開車簾一角，從帷帽的輕紗後打量而去，頓時皺眉。

這是什麼鬼地方？

只見坊牆旁，骯髒的石階一直延伸到地底深處，一座陰冷的地牢鋪展眼前。到處是斷壁殘垣，汙水淅瀝，鼠蟲橫行，牢房般的矮房中關著不少衣衫襤褸的男人，個個麻木凶悍，便是用來給權貴們鬥殺取樂的打奴……

虞靈犀呼吸一窒。

洛陽城西最頹敗的流民街，也不如這裡陰暗腐朽。

青霄已經提前踩過點，沒等多久，一條清瘦的黑影從黑市的方向走了過來。

陰影一寸一寸從他身上褪去，熟悉的青黑面具，黑色戎服。

他來了。

虞靈犀於車簾後窺探，下意識握緊手中的小馬鞭。只待他再走近些，便讓侍衛們將他套在麻袋裡綁過來……

寧殷卻是腳步一頓，抬眼朝著虞靈犀馬車的方向望了過來。

繼而好像察覺到什麼，他轉身拔腿就跑。

「被發現了？」虞靈犀一咬唇，顧不得許多，彎腰跳下馬車道：「追！」

「小姐！」青霄攔住虞靈犀，警惕道：「他躲避之人，並非我們。」

彷彿印證青霄的話，三條蒙面人影如鬼魅般從屋脊躍下，朝著寧殷逃走的方向追去。

他們動作極快、極敏銳，不像是打奴，更像訓練有素的刺客。

突如其來的變故讓虞靈犀怔在原地。

怎麼回事，還有人想殺寧殷？

未等虞靈犀想明白，只聽一聲沉悶的聲響，寧殷胸口挨了一拳，身子騰空砸在地上滾了幾圈，面具也掉落一旁。

「有危險，小姐莫要靠近！」

眼下局勢混亂，侍衛恐遭殃及，護著虞靈犀退至坊牆後。

虞靈犀躲在牆角後，心情複雜地看著不遠處掙扎的少年。

寧殷應是重傷未癒，反應十分遲鈍。

他捂著胸口，顫巍巍想要站起來，卻被那三名凶徒當胸一腳，直將他的身子打出三丈遠，如破布沙袋般「哐噹」一聲砸入雜物堆中。

籮筐竹竿劈里啪啦倒下，黑衣少年痛苦地蜷縮著身子，猛然咳出一口瘀血，鮮血的殷紅襯得他的面色越發慘白。

那鮮紅刺痛了虞靈犀的眼睛。

哪怕自己最憤恨的時候，也沒想過要這般虐殺寧殷……

「中了毒還有力氣跑？按住他，先別急著弄死。」

為首的那個漢子膚色黝黑、肌肉虯結如山，一腳將寧殷踏在腳下釘住。

鮮血從他胸口的舊傷處洇出，將積水染成淡淡的胭脂色。

他被人狠狠按在地上，臉頰被骯髒的地面壓得變形，泥水裹著血水淅淅瀝瀝淌下，浸紅了他陰鷙憤恨的眼睛。

黝黑漢子道：「主子說了，你既然這麼能逃，就先打斷你的腿，黃泉之路，讓你爬著走完。」

說罷，他盯著寧殷掙扎的腿，高高揚起手中沉重的狼牙鐵錘。

鐵錘折射出森寒的冷光，晃著虞靈犀的眼。

視線扭曲，記憶飛速倒退，她想起了前世。

前世的寧殷總喜歡陰雨天殺人。

一開始虞靈犀還以為是種什麼神祕的儀式，後來才知道，他殺人純粹是因為陰雨天腿傷疼得難受，心情不好。

那天雷雨大作，胡桃不小心打碎了寧殷慣用的琉璃杯。

寧殷叩著桌面的指節一頓，慢悠悠睜開眼睛。

虞靈犀便知道，他動了殺心。

她沒多想，貼了上去，嬌聲軟語，笨拙地試圖分散寧殷的注意力。

寧殷掐住她的脖子，手指冷得沒有一絲溫度，臉色也慘白慘白，彷彿只有鮮血才能給他添上些許顏色。

那一瞬，虞靈犀以為自己死定了。

但貼上她頸項溫暖的皮膚，那鐵鉗似的的力度卻鬆了不少。

寧殷微微上挑的眼睛又黑又冷，掐著的手漸漸改為摩挲熨帖，像是疑惑這樣的脆弱的女人，怎會有如此炙熱的溫度。

他將另一隻手也貼了上去，冰得虞靈犀汗毛倒豎。

「衣裳脫了。」他冷冷命令。

虞靈犀強忍著拔腿就跑的欲望，褪下衣物，遲疑著，用自己的體溫溫暖腿疾發作的寧殷。

第一次，她賭對了瘋子的心思。

吻上去的時候，他的牙關還在微微顫抖，咬破了她的嘴唇和頸側。

虞靈犀給他按摩紓解痛楚，傾盡全力取悅。

最後累極而眠，醒來後，寧殷還緊緊地擁著她的身子取暖，健壯有力的手臂險些把她的細腰拗斷，她整個人被箍成一張弓的形狀。

那是寧殷流唯一露出類似「脆弱」的情緒，卻讓虞靈犀記了很久。

興許因為寧殷是個從不露怯的人，被利刃貫穿胸膛也能面不改色，瘋到幾乎沒有五感。所以才好奇能讓他捱到徹夜難眠、牙關發顫的，是怎樣鑽心蝕骨的痛意。

他的腿……竟是這樣斷的嗎？

虞靈犀瞳仁微顫，回憶與現實交疊，有什麼答案呼之欲出。

來不及細想，她一聲顫喝：「青霄！你們還愣著作甚？」

清脆的嬌喝蕩破長空，寒鴉掠過天際。

黝黑男人驚詫轉身，青霄手中長劍脫手擲去，劃破凶徒的手腕，鐵錘脫手墜地，濺起的水珠在半空中折射出清冷的光澤。

隨即另外兩名虞府侍衛從青霄背後躍出，格擋住另外兩名凶徒的彎刀。

那一瞬，時辰彷彿被無限拉長。

疾風驟起，帷帽的輕紗拂動，嬌俏嫵媚的少女美目凜然。

她手捏名貴的絞金馬鞭，裹著珍貴的月白狐裘站在這與之格格不入的煉獄中，乾淨得像是在發光。

而虛弱狼狽的少年躺在泥水中，唇角溢血，黑沉的眸子半睜著，就這樣與那雙漂亮的杏目隔空相對。

啊，是她啊。

# 第三章 敗犬

青霄等人的劍法都是軍中的招式。

三名凶徒投鼠忌器，互相對視一眼，騰身翻牆逃遁。

風停，積水裡倒映著枯枝樹影。

虞靈犀屏息向前，隔著帷帽垂紗打量地上一動也不動的少年，五味雜陳。

「他死了嗎？」

青霄回劍入鞘，走過去將躺在血水裡的黑衣少年翻身過來。

對上少年幽沉的視線，青霄驀地一鬆手，沒由來心驚。

這個少年，有著野獸一樣危險的眼神。

但僅是一瞬，那種寒入骨髓的危機感消失了，面前的少年虛弱得好像隨時會死去。

青霄收斂那一瞬的詫異，起身稟告：「回小姐，他還活著。」

虞靈犀微微吐氣，說不清是輕鬆還是什麼。

少年躺在地上，頭朝著虞靈犀的方向微微側著，胸口一片鮮血浸染的暗色。

虞靈犀想起此番目的，捏著馬鞭的手動了動。

前世那個不可一世的瘋子，此時不過像條敗犬，半死不活地躺在她面前。

這時候動手，他連翻身躲避的力氣都沒有……

可不知道為何，手裡的鞭子如有千鈞沉重，怎麼也抬不起來。

寧殷的眼睛像是岑寂的黑潭，倒映著虞靈犀窈窕清麗的身姿，目不轉睛地看著她。

虞靈犀難以形容他的眼神，漆黑岑寂，卻暗流湧動。

明知這時的他應當不認得自己，虞靈犀仍是止不住心顫，那雙眼漩渦般吸食著她的情緒。

前世種種走馬燈似的掠過，委屈的、傷懷的、憤怒的……

風無聲穿過，攥著馬鞭的手緊了緊，終是無力垂下。

虞靈犀忽而湧上一股疲憊，抿了抿唇：「青霄，我們走。」

青霄看了地上躺著的少年一眼，欲言又止。

終是什麼也沒問，領著其他四個侍衛跟上主子略顯倉促的步伐。

虞靈犀沒有回頭，不曾發現那個躺在地上的少年正緊緊盯著她離去的方向，撐著身子一點點站了起來。

搖搖晃晃靠著坊牆，他垂眸，收起袖中已出鞘的鋒利短刃。

枯樹上停留的寒鴉似乎察覺到了殺氣，振翅四下驚飛。

方才只要那個女人敢流露出一點歹意，他手裡的短刃便會刺穿她那纖細的頸項。

可她沒有。

很奇怪，連續兩次遇見她，她眼裡的情緒都很複雜，像是害怕，又像是憤怒。

明明不喜歡他，卻又要救他。

真有意思，那女人身上有太多未知的謎團。

思及此，寧殷淡然拭去唇角的血漬，扶著斑駁的坊牆，一步一步朝著那輛低調的馬車追隨而去。

馬車搖晃，搖散虞靈犀滿腹心事。

她懷疑自己是不是魔怔了，明明下定決心去揍人，卻誤打誤撞變成了救人。

一鼓作氣再而衰，她就是那個「衰」。

正懨懨想著，忽聞青霄叩了叩馬車壁。

「小姐，那少年一直在後頭跟著我們。」

虞靈犀立即起身，撩開車簾往後看去，果見寧殷一手捂著胸口傷處，一手扶著破敗的坊牆，步履蹣跚地追著馬車而行。

虞靈犀不禁想起年幼時隨手投餵的一隻小黑犬，也是這樣戀戀不捨地跟了她半條街，趕也趕不走。

馬上就要進入欲界仙都的主街了，那裡人來人往，總這樣跟著也不像樣。

青霄開口：「小姐，可要屬下……」

直覺告訴虞靈犀，不該再和寧殷有任何牽扯。

她狠下心，打斷青霄的話：「讓馬跑快些，走。」

馬兒嘶鳴，街邊的樓閣飛速倒退。

寧殷的身影漸漸遠去，變成一個越來越小的黑點。

直到他那抹執拗的身影徹底消失不見，虞靈犀「呼」一聲，有種終於浮出水面透氣的感覺。

氣勢洶洶而去，頹然疲憊而歸。

回房後虞靈犀一句話不說，只將小馬鞭往案几上一丟，面朝下砸入被褥中，一動也不動躺著。

她不肯承認自己心慈手軟，挫敗地想：果然做惡人也是需要天分的。

懊惱，很是懊惱。

冬至，飄了一夜的雪，整個京城覆蓋在一片茫茫雪色中。

慈恩寺月中的香火最靈，虞夫人本計畫趁此時機去慈恩寺還願，誰知臨出門頭疾犯了，吹不得風，正蹙眉憂慮著。

先前她在慈恩寺許願，乞求佛祖保佑「重病不醒」的丈夫和兒子早日康復。

如今願望實現，禮佛之事，便怠慢不得。

「女兒替您去還願吧。」虞靈犀服侍母親喝了藥，提議道。

正好她也想去拜拜神佛，辟邪辟災辟寧殷。

「也可。瓜果香油都已讓人備好了，等妳兄長忙完回來，讓他送妳去慈恩寺。」虞夫人略微憔悴，可目光依舊溫柔明亮，叮囑女兒，「大雪之日，千萬注意安全。」

虞靈犀笑道：「女兒省得。」

酉正，暮色四合，華燈初上。

京城蜿蜒的燈火影映著雪色，美得不像話。

虞府的馬車駛入寬闊的永樂街，與另一輛寶頂華貴的馬車交錯而過。

風撩起垂花布簾，虞靈犀瞥見錯身的那輛馬車，不由怔愣：那輛馬車，她在欲界仙都的鬥獸場前見過。

「怎麼了？」虞煥臣伸手在她面前晃了晃。

虞靈犀回神，心想大約只是巧合，便搖首道：「沒什麼。」

華貴馬車拐了彎，沿著永寧坊的夾道行百餘丈，停在一座僻靜的別院前。

馬車一沉，從裡頭走出一個肥碩的錦衣男人，正是曾在鬥獸場前出現過的西川郡王寧長瑞。

寧長瑞常年浸淫酒色，又好廝殺，這座宅邸便是他買來豢養打奴和姬妾的地方，特地選了遠離鬧市的清幽之地。

他滿身酒意，手把文玩核桃，踩著跪伏奴僕的脊背落地。

院中積雪無人清掃，寧長瑞險些跌跤，正欲發怒，卻忽聞廳中傳來陣陣悅耳的琴音。

姬妾中只有一人能彈出這樣的琴音，那當真是個連骨頭都酥軟的女人。

寧長瑞醬紫的臉上露出一絲淫笑，迫不及待地揮退隨從，氣息濁重地推開門嚷嚷：「小娘們，幾時不見就在這發浪了……」

「吧唧」一聲，剛跨進門的腳踩到一灘濕滑的黏膩。

他笑容僵住，低頭往腳下一看，頓時大駭。

是血！好多血！

豔麗的垂幔張牙舞爪鼓動，顯露地上橫七豎八躺著的侍從屍首，而他的嬌嬌愛妾就坐在那屍山血海中，小臉煞白，淚眼驚恐。

她的脖子上架著一把鋒利的匕首。

一位黑衣少年交疊著長腿坐在太師椅上，一手撐著太陽穴，一手握著匕首往前抵了抵，抬眼道：「接著彈。」

一聲嗚咽，琴音又斷斷續續響了起來。

「今天真是個聽曲的好天氣。」寧殷姿勢不變，有著和鬥獸場時截然不同的陰涼從容，望向面色鐵青的西川郡王，勾唇笑道：「不是麼，二堂兄？」

寧長瑞的酒意一下醒了，將後槽牙咬得咔嚓作響。

「是你。」寧長瑞四下環顧一眼，確定少年是孤身一人闖他府邸，眼裡的忌憚化作輕蔑。再厲害也只是個帶傷的臭小子，又中過毒，還能敵過他那十幾個用人命養出來的打奴？

「本想讓你死在鬥獸場，誰知你命這麼硬，三番五次都逃了。」想到這，寧長瑞把玩著核桃，冷笑道：「逃了也罷，還敢來本王府上送死！真是天堂有路你不走，地獄無門偏闖進來！」

他一揮手，十名貼身打奴手持刀劍，將少年團團圍住。

琴弦「錚」的一聲崩裂，琴音戛然而止。

陰風席捲，別院的大門倏地關攏，掩蓋了一地血色。

與此同時，慈恩寺前。

高僧燃燈誦經，千百盞油燈長明，燦若星海，有著白日無法企及的熱鬧。

虞煥臣提著瓜果香油等物，將妹妹扶下車，調笑她：「趕緊求個姻緣，讓菩薩賜我們歲歲一個如意郎君。」

頓了頓，湊到耳邊：「最好，是姓薛。」

原以為妹妹回像往常那般緋紅了臉頰，可虞靈犀只是瞥了他一眼，含笑反擊道：「還是先給兄長求個姻緣，最好是個知書達理的嬌嬌女郎。」

被戳到痛處，虞煥臣閉嘴了。

他十八歲時受父母之命、媒妁之言，定下一門親事。

那姑娘出身書香世家，和虞靈犀一般年紀，是個文靜秀美的姑娘。

奈何虞煥臣素來偏愛豪爽的江湖女子，不愛嬌滴滴、哭啼啼的大家閨秀，對這門親事諸多不滿。

虞靈犀知道，前世兄長借著北征的藉口逃避婚事，奈何一去不回，後來聽聞那姑娘不願毀約改嫁，一氣之下絞了頭髮做姑子……

虞靈犀於撚指的巨大佛像前雙手合十，虔誠跪拜。

這輩子，願所有缺憾都能圓滿。

風捲過漫天碎雪，飄落在永寧坊別院。

不稍片刻，就覆蓋住了階前那片泥濘的暗紅。

窗紙上濺開一抹血跡，繼而是高壯身軀沉重倒地的聲音。

倒下的打奴面孔黝黑，眉上有一道猙獰的傷疤，正是先前在「巢穴」刺殺他的頭目。

寧殷蹲身，從打奴身上摸出一封帶血的密信。

展開一瞧，他幽沉的眸中掠過一絲暗色：自己身邊果然有內奸，和這頭蠢豬裡應外合。

五指攥攏，密信化作碎屑從指間灑落。

寧殷踢了踢腳下的屍首，從他脖子上扯下一塊鐵皮墜子，對著光瞧上片刻，方解下腰間那十來根同樣的鐵皮墜子，與剛得的那根合在一起。

而門檻上，躺著一個滿身鮮血的肥碩男人，手腳俱以奇怪的姿態扭曲著。

兩刻鐘前他還在嘲笑寧殷找死，兩刻鐘後，他便被擰斷手腳丟在血泊中，喊不出，動不得。

寧殷竟提前在香爐中加了麻痹心神的毒煙，只因屋中血氣太重，才不讓人察覺。

滿府的高手啊，全被這小子殺光了！

寧長瑞眼裡交織著恐懼和憤恨，就這樣看著黑衣少年提著那一把帶血的鐵皮墜子，步伐優雅地走到他面前，然後俯身。

「你派去殺我的十三個人，都在這了。」眉梢的血漬給寧殷蒼白的臉添了幾分豔色，他修長的手指一鬆，任憑十三塊鐵皮墜子叮叮噹噹落在寧長瑞面前，笑得人畜無害：「你數數？」

寧長瑞肥碩的身形劇烈顫抖起來，嘴裡呵呵吐著血沫。

「你……是裝的？為什麼……」

寧殷漫不經心擦著手上的血，接上話：「為什麼我身手這麼好，先前還會被你折騰得那麼慘？」

似乎想起一件愉悅的事，他笑了起來：「其實那天在欲界仙都，我的確險些支撐不住了。不過不以身為餌，怎麼能將你們這些大魚一網打盡呢？釣魚嘛，沒點耐心怎麼成。」

寧長瑞瞪大眼，一切都有了合理的解釋。

原來看似羸弱的獵物，才是最毒辣的獵手。

「不、不是我……」寧長瑞費力吐出幾個破碎的字眼，著急解釋。

「我當然知道幕後主謀不是你。你這樣蠢笨如豬又好鬥的人，只配給別人當槍使。」寧殷走到那把沾了血古琴前，修長的手指拂過琴弦，隨手撥了幾個音調：「不過那又何干？我今晚只是，想殺你而已。」

寧長瑞開始後悔了，哆嗦艱難道：「你既然知道，便、便饒了我，我可以……當你沒來過……」

「好啊，堂兄回答我個問題。」寧殷有一搭沒一搭撥著琴弦，笑問，「那女人是誰？」

寧長瑞卻是一愣，血沫含糊道：「哪個……女人？」

一聲顫音，撥弦的手停了下來。

「黑市，她拿著只有我才知曉的藥方。巢穴，她出現得太過及時。」他眼一挑，「可別說，那只是巧合。」

事出反常必有妖，寧殷從不相信有這樣的巧合。

何況，所有人都希望他死，誰會無緣無故救他？

「我不知道你……你說的是誰……」見寧殷冷眼掃過來，寧長瑞滿身肥肉顫抖，嗚咽道：「沒騙你！我真的……真的不知道！」

難道，她的出現真是意外？

不可能，九幽香的祕方他從未告訴過別人。

他恍了一會兒神。

卻不防屍堆中原本「死去」的黝黑漢子突然睜眼，一躍而起，手中狼牙鐵錘朝寧殷狠狠擊去！

寧殷的身體先一步察覺殺意，下意識抬起短刃格擋。

「錚」的一聲，火光四濺。

寧殷聽到自己的右手腕傳來骨骼的脆響，繼而胸口劇痛，短刃脫手。

他反應迅速，旋身卸力，同時左手匕首出鞘，橫過黝黑漢子的脖頸。

漢子僵住，喉嚨上一條細細的血線，瞪著眼撲倒在地，徹底沒了聲息。

屍身下紫紅的稠血汩汩淌出，在地磚上暈出一大片暗色。

寧殷晃了晃自己的右手，手腕沒有一點力氣，軟綿綿地垂著。

他饒有興致地研究紅腫的手腕片刻，得出結論：「嘖，脫臼了。」

繼而捏住手腕一擰，只聽「哢嚓」一聲細響，錯位的腕骨便被接回原處。

自始至終，寧殷眼睛都不曾眨一下，彷彿那只是一根沒有痛覺的木頭。

他彎腰用完好的左手拎起黝黑漢子的後領，兩百斤重的身體，他竟單手輕鬆拖曳，然後「噗通」一聲丟到到寧長瑞面前。

似乎還不滿意，他摸著下巴，又調整一番姿勢，使得寧長瑞和那具死不瞑目的屍首面對面。

接著，寧殷拾起地上掉落的短刃，刀柄擱在寧長瑞扭曲折斷的手中，讓他握住。

寧長瑞渾濁的眼中充斥著驚懼和茫然。

但沒有茫然多久，很快他就知道了寧殷的意圖。

「西川郡王府打奴造反，試圖弒主叛逃，一場決鬥，打奴與西川郡王同歸於盡……」寧殷慢悠悠端起案几上的燭臺，蹲下身笑道：「這是我為堂兄安排的結局，堂兄可還滿意？」

明麗的燭光鍍亮了他瘦削漂亮的臉頰，寧長瑞卻如見惡魔，拼命扭動著爛泥般肥碩的身體。

可他手腳斷了，再怎麼掙扎也挪動不了分毫。

他甚至，甩不掉手裡那把嫁禍的短刀。

寧殷欣賞著他絕望的神情，而後在寧長瑞恐慌的哀嚎聲中，慢慢地，鬆開了手中的燭臺。

「哐噹」一聲，燭火順著帷幔飛速攀爬，瞬間吞噬了整個房梁。

滔天的火光中，熱浪蒸騰，寧殷的笑俊美而扭曲。

王府大廳燒了起來，寧長瑞淒厲地嗚咽起來。

可是有什麼用？他只能眼睜睜看著火舌舔舐他的衣服，灼燒他的皮肉，最後將他吞噬其中。

今日風大，等有人發現的時候，一切都已燒成灰燼了。

寧殷走出院子，抻了個懶腰。抬頭一看，細碎的白飄飄洋洋落下。

下雪了。

「下雪好啊，能掩埋一切骯髒……」

話還未說完，寧殷忽地捂著唇，噴出一口血。

黏稠的猩紅從他蒼白的指縫淌下，淅淅瀝瀝滴在雪地上，是比身後滔天烈焰更紅的顏色。

方才偷襲那一下，他受了很重的內傷，撐到現在已是極致。

視線開始渙散，飛雪有了重影，可他只是頓了片刻，又繼續前行，每走幾步，都有新鮮的血從口鼻中溢出。

他抄近道朝欲界仙都的方向行去。

欲界仙都不能待下去了，為了保險起見，必須燒光、燒乾淨……

永寧街銅鑼急促，火光滔天。

官兵策馬疾馳而過，大聲吆喝著安排人力救火。

虞靈犀歸府的馬車被堵在大道上，寸步難行。

「何處起如此大火？」虞煥臣跳下馬車問。

青霄從人群中擠了出來，氣喘吁吁道：「少將軍，是西川王的別院走水了，火勢急猛，整條街都堵住了。」

今夜風大，火勢要是不控制住，恐怕得燒了整座永寧坊。

虞煥臣下意識往前一步，又頓住，回頭看向馬車中的妹妹：「歲歲，妳……」

虞靈犀見兄長欲言又止，便知他不會坐視不管。於是撩開帷帽垂紗，無奈莞爾道：「兄長去幫忙救火吧，我有侍衛照顧，可以自己回去。」

虞煥臣這才安心上馬，喝道：「青霄，取我權杖調動巡城兵力，全力救火！」

說罷一揚馬鞭，朝著大火之處疾馳而去。

虞靈犀望著兄長於大雪中逆行而上的颯爽英姿，心中微動。

他還是和上輩子一樣古道熱腸，意氣風發。

「小姐，永寧街方向走不得了，須得從升平街繞路回府。」侍衛牽著躁動的馬，於車外稟告。

升平街？那不是毗鄰欲界仙都麼？

虞靈犀控制自己不去想那張蒼白俊美的臉，放下車簾道：「那便走吧。」

升平街。

寧殷步履踉蹌，終是撐不住傷勢，一頭栽倒在夾道的雪地裡。

或許是身體的溫度正在流失，他竟然感覺不到寒冷，只覺得愜意。

他仰躺著，看著鵝毛大雪紛紛揚揚灑落，美麗，淒涼。

「吁——」

路過的一輛馬車發現他，急促勒韁停下，駿馬發出不堪重負的嘶鳴聲。

有人提著燈踏雪而來，遲疑喝道：「前方何人擋路？」

那晃蕩的馬車燈籠上，「虞府」二字隱約可見。

馬車驟然急停，虞靈犀身子一晃，險些磕到腦袋。

不由皺眉，撩開車簾問道：「怎麼了？」

「小姐，前方路中間躺著一個人。」馬夫的聲音頂著凜凜朔風，艱難傳來。

虞靈犀抬眼，順著燈籠的微光望去，前方不遠處果然有個起伏的黑色輪廓，身上已落了薄薄一層白，若不是趕車的馬夫眼尖，恐怕就要被馬車踏成肉泥了。

大概是醉酒之人吧。虞靈犀猜想。

以往京城中，每年都有酗酒之人醉倒在雪地裡，若不被及時發現，便會活活凍死。

總歸是一條人命，虞靈犀道：「將他喚醒，挪去避風暖和處吧。」

侍衛領命，提著燈朝躺在雪地中的人行去。

沒多久，侍衛小跑回來，腳步明顯匆忙凌亂許多。

「小姐！那並非醉漢，而是個受了重傷的少年！」

托寧殷的福，虞靈犀現在一聽見「少年」二字就下意識心緊。

但想想不至於這麼巧合，便稍稍寬心，彎腰鑽出了馬車。

碎雪捲地，險些吹翻她頭上的斗篷兜帽。侍衛忙撐傘過來，為她遮擋風雪。

才走了幾步遠，虞靈犀便覺出不對勁來。

她停在原地，遲疑片刻，接過侍從手中的燈籠，湊近些照亮……

三尺暖光鋪地，照亮了少年熟悉而又蒼白的臉龐，搖晃的燈火掠在他烏沉沉的眸中，映不出半點暖意。

唯有大雪中美麗矜貴的少女踏光而來，他晦暗的視野裡，映出比雪月更美麗的畫面。

燈籠墜在雪地中，噗嗤一聲熄滅。

虞靈犀與寧殷在這個風雪交加的夜晚，再一次狼狽地對上視線。

三番五次撞見寧殷落難的樣子，也不知上天是在懲罰寧殷，還是在懲罰她。

千言萬語匯成兩個字：孽緣。

他是從欲界仙都逃出來了，還是被人追殺至此？

內情如何已經不重要了，虞靈犀也沒有心思去猜。

她只想解決眼下這個麻煩，凝眉問：「最近的醫館多遠？將他抬走，緊快些。」

「回小姐，約莫二里地。」侍衛回答：「不過此人應該受了內傷，禍及臟腑，不宜隨意搬動。」

不能趕走不能挪動，莫不成讓他躺在這等死？

正想思索可否換條路走，便聽侍衛急促道：「小姐，他昏過去了。」

寧殷已經很久沒有夢見過那個女人了。

他在濕冷黑暗的夢境中行走，直至面前出現一扇熟悉的宮殿大門，門縫中透出一線溫暖的亮光，照亮了階前斑駁的血跡。

他忽視那些血跡，信步上了石階，宮殿大門自動在他眼前徐徐打開，刺目的橙金光海中，坐著一個長髮蜿蜒的宮裳女人。

見到寧殷，女人轉過模糊的臉來，朝他張開手，病懨懨笑道：「過來母妃這兒，母妃帶你走。」

對於一個身體體溫正在極速流失的人，那暖光和懷抱無疑是致命的吸引。

可寧殷毫無動靜，甚至勾起譏誚的笑來：「不。」

「為何？」女人的嗓音有些幽怨。

「因為，」他薄唇輕啟，近乎自虐道：「妳已經死了啊。」

女人嘴角的笑意霎時僵住。

她的胸口出現一柄匕首，鮮血順著她刺繡精美的衣襟迅速暈染、蔓延，像極了荼蘼盛開……

寧殷在這一片血色中睜眼醒來，入眼先是馬車略微搖晃的車頂。

他第一個反應是去摸袖中的短刃，卻觸到了柔軟的褥子，身上還蓋著一件嬌小的、明顯屬於女孩家的月白斗篷。

血止住了，胸口的斷骨已經接上，纏著厚厚的繃帶。

狹小的空間內暖香充盈，與他身上濃重的血腥味格格不入。

甜軟的少女香，是他聞過兩次的味道。

寧殷想起昏迷前最後瞧見的那抹驚豔，微微側首，果見一道窈窕纖細的身姿靠著車壁而坐，離他遠遠的。

她眼睫半垂，微微晃蕩的遮面輕紗後，一雙秋水美目若隱若現，在燈影下顯出極致的暖意。

面紗後，不知藏著一張怎樣姝色無雙的嬌豔容顏。

那雙眼睛的主人發現他醒了，一怔。

虞靈犀沒想到寧殷醒得這麼快，尋常人受這樣的傷非死即殘，少說也要昏迷上幾天。可寧殷只昏了不到一刻鐘就醒了，漆黑的漂亮眼睛裡沒有半點光亮，看得人心頭發麻。

虞靈犀擰起了眉頭，溫柔化作三分嬌惱。

「醒了？」聲音也甕聲翁氣的，不知在和誰生氣。

果真是個矛盾又有趣的女人，每次見她，她不是驚便是怒。

但每次出手相救的，也是她。

何況虞姓並不常見，能用得起那等軍中高手做侍衛的，整個京城中只有一戶……

數次相逢，不論天意還是人為，她身上都藏著自己所不知道的祕密。

思緒飛轉而過，寧殷蒼白的薄唇動了動，喑啞道：「姑娘認得我。」

這輩子還是第一次聽他開口說話，卻將虞靈犀嚇了一跳。

她險些以為寧殷也帶著前世的記憶，看破了她拙劣的偽裝。

可緊接著，寧殷又艱澀道：「否則，為何救我兩次？」

虞靈犀鬆了一口氣，瞧他反應，不像是有前世記憶。

何況正常人被救後第一句話不是應該道謝麼，哪有談這個的？

虞靈犀生生氣笑了，倔勁一上來，矢口否認：「誰救你？不過是見你擋路，覺得礙事罷了。」

寧殷看著她，沒有說話，可虞靈犀總覺得他那雙眼睛已然看透一切。

前世時就是如此，什麼都瞞不過他，虞靈犀最怕直視他的眼睛。

她有些後悔和他同乘一輛馬車了，又或者，他多暈兩刻鐘也好。

好在馬車停了下來，侍衛稟告：「小姐，醫館到了。」

虞靈犀如釋重負，斂容道：「你既然醒了，便趕緊下車，從哪裡來便回哪裡去。」

寧殷喉結動了動，嗓音低了不少：「回不去了。」

虞靈犀滿腹糾結都被堵了個乾淨，心道：莫非，他真是從欲界仙都逃出來的？

「不管你如何打算，都與我無干。」虞靈犀微抬下頷，「下車。」

見她態度堅決，寧殷只好強撐著起身，將那件帶著軟香的斗篷細細疊放一旁，再扶著車壁，艱難而緩慢地站起來。

他胸口有傷，彎腰下車的動作對他來說無異於酷刑。

不過須臾之間，他的唇色又白了一個度，鼻尖上滲出細密的冷汗。

虞靈犀索性別過頭去，裝作沒看見。

此時夜深，醫館已經關門。

積雪覆蓋的簷下，殘燈將寧殷孤寂清瘦的身影拉得老長。

「等等。」虞靈犀沒好氣地喚住他。

寧殷回頭，發現虞靈犀不知何時下了馬車，一手執著一柄紅梅紙傘，一手抱著他蓋過的斗篷。

他極慢地抖了下眼睫，露出疑惑的神情。

虞靈犀心一軟，再開口時已恢復了平靜：「這件斗篷染了血，我不要了。」

她將斗篷塞到寧殷手裡。

想了想，又將傘也一併留下，擱在他腳旁。
那傘開在一片渺茫的白中，上頭所繪的紅梅錚錚，灼然一片。
一個想法在心中醞釀，翻湧，最終戰勝寧殷可怕的理智。
他眸色一動，脫口而出：「帶我走。」
虞靈犀頓足，不敢置信地回頭看他。
寧殷的樣子虛弱且認真，眸色望不到底。
他喉結微動，啞聲重複了一遍：「帶我走，我什麼都願意做。」
燈籠被吹得東搖西晃，兩人隔著一丈遠的距離，只聽得見風雪嗚咽而過的聲音。
良久，虞靈犀收斂了訝異，眸光堅定道：「可惜，我不需要你。」
她轉身朝馬車走去，寧殷抿唇，立刻跟了幾步。
聽到身後踉蹌跌撞的腳步聲，虞靈犀忍無可忍，回首喝道：「不許再跟著我！」
於是寧殷不動了，像是兀立在雪中的一把殘劍。
然而等虞靈犀上了馬車，啟程朝虞府行去時，卻聽侍衛警覺道：「那人還跟著，莫不是想訛咱們？」
又來了！寧殷少年時是屬狗的麼，又瘋又執拗的那種？
虞靈犀掀開車簾回望，只見茫茫風雪迷離，一柄紅梅紙傘在漆黑的夜色中深深淺淺地艱難挪動。

果然瘋病不是一朝一夕養成的，他竟是連命都不要了。

罷了，隨他。

虞靈犀想，今夜意外，自己該做的都已做了，問心無愧。

回到虞府已經很晚了，侍從打著燈籠出來迎接。

虞靈犀下車時還特地往回看了一眼，沒有見著那個執傘蹣跚的身影。

大雪覆蓋的街道黑魆魆延伸至遠方，她說不出輕鬆還是沉重。

站了會兒，方吩咐車夫道：「去將車裡血跡清理乾淨，換上新的褥子，別讓人瞧出端倪。」

剛進大門，便見虞夫人一臉焦急地迎了上來，擔憂道：「歲歲，怎麼這麼晚才回來？聽聞永寧街走水了，可曾驚著妳？」

「我沒事的阿娘，只是繞了點遠路。」

虞府燈火明亮，阿娘掌心溫暖，虞靈犀展露笑顏道：「您吹不得風，快些回房休息。」

亥時，雪停了。

虞靈犀沐浴出來，攏著斗篷、捧著手爐，依然覺得寒氣透骨。

她不禁想起那道被拋在馬車後的少年身影。

該不是內傷加重，倒在半路了吧？

那也是他自找的！

虞靈犀躺在榻上，翻了個身想：我待他已是仁至義盡。

北風呼嘯，吹得窗扇「哐噹」作響，不多時，院外傳來一陣人語聲。

虞靈犀沒睡多久就被吵醒了，不禁揉著眉心，朝外間問道：「何事喧鬧？」

值夜的侍婢睡眼惺忪進來，秉燭道：「回小姐，門外來了個賴皮乞兒，小廝們趕不走他，便來請青霄侍衛幫忙。」

乞兒？

等等……

一個微妙的念頭掠過心頭，虞靈犀索性披衣下榻，隨手抓起木架上的斗篷披上，低聲道：「提燈，我要出去一趟。」

天寒地凍，虞靈犀步履匆忙，侍從歪歪扭扭提燈跟上，不住道：「小姐，天冷路滑，您慢些！」

虞靈犀彷若不察，命人開了側門。

剛跨出一腳，她便怔住了。

門口石階上，擺著一柄熟悉的紅梅紙傘，而紙傘旁，黑衣少年抱著雙臂蜷縮在角落的陰影裡。

他的睫毛上凝著霜花，蒼白的臉色幾乎要和滿地冰雪融為一體，沒有一絲活氣。

守門侍從踟躕道：「小姐，這人怎麼也叫不醒，大概凍死了，實在晦氣……」

虞靈犀抬手，止住侍衛的話。

任誰死了，也不可能是寧殷。

因為這個男人三年以後，會成為皇城的噩夢。

她蹲身，墨色的長髮自肩頭柔柔垂散，伸手去探寧殷的鼻息。

食指剛遞到寧殷英挺的鼻尖下，便見他睜開了眼睛，烏沉沉的視線落在她身上，掠過一絲極淺的驚豔。

雖然虛弱，但他確實還活著。

四目相對，一個毛茸茸的東西從他懷裡鑽了出來，顫顫「喵嗚」了一聲。

虞靈犀順著他的視線望去，竟然是隻髒兮兮滿臉傷的小野貓，被他捂在懷裡，用僅有的體溫為牠取暖。

虞靈犀一時心緒複雜，思緒不可抑制地被拉回遙遠的前世。

她記得前世寧殷養了一條狼犬，每次狩獵都會帶著牠。

有一次秋狩回來，那隻狼犬不知與什麼野獸搏鬥，受了重傷，躺在地上進氣少出氣多，看上去十分痛苦。

寧殷走了過去，輕輕摸了摸愛犬的腦袋。

就當虞靈犀以為寧殷會傾盡一切救活那隻狼犬時，卻聽見「哢嚓」一聲細響，他毫不猶豫地捏碎了狼犬的頸骨。

那隻可憐的狗甚至沒有來得及嗚咽一聲。

虞靈犀覺得可怕且不可思議，顫著呼吸問：「王爺不是最喜愛這隻獵犬麼？為何捨得……」

寧殷合上獵犬的眼睛，慢悠悠擦拭手指道：「牠活不成了，殘喘只會更痛苦。」

明知寧殷的心思扭曲，對生命毫無敬畏，虞靈犀依舊難掩悲憫。

她這般體弱多病，每日都背負著逝去親人的願望苟活，本質上和那隻受傷的獵犬並無差別。

有很多次她想問寧殷，這般無用又羸弱的自己，他為何不殺了她？

就像，殺了他瀕死的獵犬一樣。

這個疑惑，直到她真正死了，也不曾得到答案。

而現在，看到眼前的一切，虞靈犀心中卻隱隱有些明白了。

能麻木殺死愛犬的瘋子，曾也拚命去守護一隻野貓。

虞靈犀身披一層毛茸茸的橙金燈火，抿了抿唇問：「你就是為了這隻貓，才跟不上我的馬車？」

寧殷垂下眼，默認。

虞靈犀半晌無言，往門內走了兩步，又頓住。

她沒轉身，吩咐侍衛：「把這人給我抬進來！」

在她看不見的角度，少年蒼白的唇輕輕一勾。

侍衛們將寧殷扶入角門，在罩房中尋了處偏僻之所給他躺下。

「臨近年關，若有人凍死在府門前，終歸不吉利。」虞靈犀告知門外值夜的侍衛，「父兄國事繁忙，阿娘還病著，這等小事由我做主，不必驚擾他們。」

侍衛們忙抱拳稱「是」。

虞靈犀打量屋中擺設一番。

房中只有一桌一椅和一張墊著陳舊褥子的床榻，榻旁擱著一座略微破損的屏風，簡陋狹小，但勝在乾淨整潔，避風養傷綽綽有餘，只是不怎麼暖和。

少年躺在硬板床上，臉還是煞白煞白的，只有一雙眼睛還閃著些許倔強的亮色。

他救回來的那隻小野貓無助地縮在牆角，細細嗚咽。

虞靈犀蹲身，纖白的手輕輕撫了撫小貓亂糟糟被雪打濕的皮毛，撓撓牠的下巴，那貓兒很快停止了嗚咽，甚至還貪戀地蹭了蹭她的手心。

「去拿兩床被褥來，給貓兒做個窩。」虞靈犀嘴角浮現一抹淺笑，又很快壓下，瞥了床上硬生生躺著的寧殷一眼，「莫凍死他了。」

侍從自然明白她話中意思，忙下去安排。

油燈昏暗，寧殷虛弱的目光一直落在虞靈犀身上。

他唇瓣動了動，似要說什麼。

虞靈犀卻起身打斷他的話，兔絨圍脖襯得她的臉龐精緻嫵媚，淡然道：「我不可能留下你，雪停後你便自尋去處，總之別賴在這。」

於是寧殷喉結動了動，垂眼抿緊了蒼白的唇線。

虞靈犀沒再多言，轉身出了罩房。

她身後，十餘名侍從提燈跟著，在風雪中開闢出一條耀眼的光河。

寧殷望著門外那道窈窕矜貴的身形漸漸遠去，黯淡，最終只留下寂靜的黑。

他的眼睛也像是夜色浸染般，望不見底。

即便他心有準備，可方才在簷下睜眼見到她摘了面紗的容顏，還是難掩驚豔。

他在欲界仙都見過的美人不少，但那些都是關在籠子裡的鳥雀，厚厚的脂粉也難掩滿身麻木的風塵味，不似她這般美得天然乾淨，不施粉黛，卻能讓萬千燈火黯然失色。

可她不喜歡自己，寧殷能感覺到。

他至今不明白她的矛盾從何而來，每次她望過來的複雜眼神，都像是在透過他看到另一個人的影子。

想要長久留在她身邊，恐怕比想像中更難。

正思索下一步的計畫如何，便聽門外傳來急促的腳步聲。

寧殷警覺，閉目不動，原是侍從抱著床舊棉被進門，罵罵咧咧咒罵這凍人的鬼天氣。

侍從將棉被往榻上一扔，隨意扯了兩下，又添了一壺冷茶並兩個饅頭，便搓著手離開了。

許是粗枝大葉，又許是不想伺候一個「乞兒」，竟然忘了關緊門扉。

半掩的木門被朔風吹得「哐噹」作響，寧殷的目光也逐漸冷冽起來，屈指有一搭沒一搭叩著榻沿。

角落裡的小貓許是餓極了，大著膽子爬上案几，狼吞虎嚥地咬著饅頭。

寧殷勾起一抹蒼白的笑意，伸手拎起那小畜生的後頸。

那貓便像是見到什麼可怕的野獸，瞳仁豎成一線，渾身毛髮炸起，「喵嗚」掙扎起來。

「再動就捏碎你的脖子。」少年喑啞的嗓音自黑暗中響起。

於是小東西「喵嗚」一聲，顫顫不動了。

寧殷將牠丟進舊被褥中，隨即不再管牠，翻身閉目，任憑門戶半開，冷風灌進來，凍得皮膚疼。

油燈被吹滅，死寂的黑暗吞噬而來。

一覺醒來，雪霽初晴。

虞靈犀打著哈欠坐在妝檯前，托著下頷望著鏡中眼底一圈淡青的自己，懶洋洋問道：

「那個人如何了？」

胡桃拿著梳子，不解道：「哪個人？」

虞靈犀皺眉：「昨夜撿回來的那個。」

「噢，您是說那個受傷的乞兒呀？」胡桃想了想，如實回答，「早上起來時，罩房那邊並無動靜，想必是還睡著。」

該不會是想賴在府裡吧？堂堂未來的攝政王，竟也做這種蹬鼻子上臉的事。

不管如何，這次絕對不能再心慈手軟了。

虞靈犀藏著心事，從侍婢捧著的首飾匣裡挑了對翡翠珠花，心想最遲雪化，定要打發他走才行。

管他以後權勢滔天，只要不再來煩自個兒便成。

虞靈犀打定主意，便起身去虞夫人房中侍奉湯藥。

虞家父子直到午時方回，俱是一臉疲色。

尤其是虞煥臣，滿身黑灰，眼中通紅，顯然是忙了一夜未眠。

虞靈犀被哥哥灰頭土臉的模樣嚇了一跳，忙問道：「兄長忙了一晚上？」

虞煥臣連連灌了幾杯水，方一抹嘴角，呼出濁氣道：「永寧街燒了一整夜，好幾處宅邸都燒沒了，西川郡王府六十餘口人，無一生還。」

西川郡王？

虞靈犀想了想，沒什麼印象，便問道：「是被燒死的麼？」

雖說這不是什麼朝政機密，可畢竟是滅門慘案，不方便說給女孩兒聽。

虞煥臣便揉了揉妹妹的髮頂，笑嘻嘻道：「小孩子家別打聽這些事。」

他的手上滿是黑灰，都蹭她頭髮上了。

「我不是小孩子了。」虞靈犀無奈地躲開虞煥臣的手，瞪了他一眼，轉身出了門。

剛走到廊下，便聽廳中傳來父子倆略微沉重的談話聲。

虞靈犀情不自禁停住腳步。

虞煥臣道：「父親，我總覺得此事沒有這麼簡單。西川郡王雖然殘暴，卻是個繡花枕頭，怎麼有本事反殺那麼厲害的打奴呢？就算是打奴叛主內亂，偌大別院一個活口都沒留下，太奇怪了。」

虞將軍沉聲：「有沒有問題，大理寺自會查驗。」

「只怕也查不出什麼來了。昨夜救火的人來來往往，雪地不是被踏壞就是被大火燒化，什麼痕跡都不會留下。」說到這，虞煥臣嗤了聲，「豢養打奴廝殺的人，最終卻死在打奴手裡，也算是他的報應。」

「好了，這不是你我該妄議的。」虞將軍打斷兒子的話，「午膳過後去南衙禁軍走一趟，欲界仙都留不得了。」

「這麼快！」虞煥臣一頓，問：「皇上要滅欲界仙都？」

「西川郡王畢竟是皇親，死在打奴手裡，不滅不行。」虞將軍道：「尤其是鬥獸場藏汙納垢，掀起京城血腥好鬥之風，是該根除了。」

門外，積雪從枝頭「吧嗒」落下，虞靈犀的心也跟著一沉。

莫非欲界仙都的毀滅，與父兄所說的原因有關？

可是時間提前了數月，而且前世欲界仙都應該是毀於一場大火。

莫非隨著自己的重生，很多事情悄然改變？

她想起了寧殷。

他昨夜才從欲界仙都拼死逃出，今日那裡就即將被夷為平地，會不會……太過巧合了？

總覺得有什麼東西被忽視了。

想到此，虞靈犀斂目，快步朝後院罩房走去。

侍衛們在府中執勤，罩房空無一人，連積雪都無人清掃，冷清得很。

偏僻處的小房間，門戶半開，裡頭不見人的動靜。

「他走了？」虞靈犀問侍婢。

胡桃搖首，也是一臉茫然：「奴婢從早上便留意著呢，沒見他出門。」

正說著，屋中隱隱傳來一聲細微的貓叫。

虞靈犀不再遲疑，上了石階，匆匆推門進去。

霎時寒氣撲面而來，門戶大開的小房間內如同冰窖，竟是比外面的冰天雪地還冷上幾分。

虞靈犀縮了縮脖頸，忙攏緊掌心的手爐。

抬眼一看，便見那個熟悉清瘦的身影蜷縮在榻上，唇色蒼白。

泛黃的陳年棉被一半垂在地上，一半堆在他腳下。

棉被中，一個毛茸茸的花腦袋冒出來，朝著虞靈犀可憐兮兮地「喵嗚」一聲。

屋中連個炭盆也沒有，桌上只有一壺冰冷的濁茶並兩個硬的像鐵的饅頭。

虞靈犀掃了屋中的景象一眼，便知定是下人瞧不起寧殷這樣的「乞兒」，心生怠慢，連門都懶得給他關上。

如此行徑，和虐待他有何差別？

唯一的一床被子，寧殷還分給了那隻受傷的小貓，自己大半個人暴露在冷風中……

縱使虞靈犀再怨寧殷，見到此番情景也不免氣急。

她顧不上那隻嗚咽討食的小貓，上前推了推寧殷的肩膀：「王……喂，醒醒！」

手掌剛覆上他滾燙的肩頭，又倏地縮回。

滿身是傷的黑衣少年抱著胳膊直打顫，嘴唇蒼白乾燥，臉頰卻是不正常的嫣紅，氣息濁重急促，顯然是吹了一夜冷風傷勢加重，引發高熱了。

這樣下去他小命真會沒了。

虞靈犀心口一堵，回首道：「還愣著作甚？快去請大夫。」

胡桃也被嚇到了，忙不迭道：「哎，好！」

「等等。」虞靈犀喚住她，「從角門進出，別驚動爹娘他們。」
尤其是她那個聰明過頭的哥哥。
「奴婢曉得。」胡桃連連應允。
待侍婢請大夫去了，虞靈犀盯著雙目緊閉的少年寧殷，心緒複雜。
屋中唯一的椅子上落著薄薄的灰塵，虞靈犀愛乾淨，沒敢坐。
想了想，便挪到榻邊，扯了個被角墊著，小心翼翼地坐在榻沿上，審視重病垂危的寧殷。
上輩子，寧殷腿疾發作時會疼得渾身冰冷發顫，靠折騰虞靈犀取暖。她便也是這般，整夜待在他身旁。
可即便是那個時候，他也是強悍霸道的，好像世間沒有什麼能摧毀他。
全然不似眼前這個可憐的少年，虛弱到隨時會死去。
這樣的少年，會和欲界仙都的覆滅有關嗎？
他到底是如何一步步，成為人人畏懼的瘋子的呢？
寧殷的呼吸急促滾燙，與前世種種交織，虞靈犀第一次生出類似迷茫的情緒。
她伸手，遲疑地為寧殷蓋好被子。
「我不如你涼薄，你若死了，一張草席我還是願意施捨的，只是……」她垂下眼，「我沒想過害你性命。」
走神間，掖被角的手不小心掃過寧殷的頸側。

很輕的力道，昏迷的少年像是受驚的獸，猛地睜開了幽暗的眼睛。

下一刻，虞靈犀手腕一痛。

隨即視線顛倒，她被寧殷狠狠地按在床榻上。

墨髮如雲般鋪了滿床，手爐咕嚕嚕滾落在地。

少年居高臨下地鉗制著她，視線渙散，滾燙的呼吸一口一口噴在她的頸側，帶起一陣久違的、熟悉的顫慄……

虞靈犀瞪大眼，眸中倒映著寧殷虛弱而又凌厲的神情，彷彿又回到了前世錦帳。

# 第四章 寬衣

積雪壓垮了後院的枯枝，「哢嚓」一聲。

攥著虞靈犀腕子的那隻手掌心滾燙，熱鐵般鉗制著她，強悍得不像是個重病瘦弱的少年。

虞靈犀瞳仁裡倒映著寧殷俊美狠戾的臉龐，彷若和前世重疊，有那麼一刻，她以為他會毫不遲疑地捏碎自己的頸骨。

但僅是一瞬，寧殷彷彿從本能的警覺中回神，眼裡的凌寒渙散，緊繃的身形漸漸鬆懈。

虞靈犀這才透過氣來，掙扎道：「鬆手！」

大概碰到了寧殷的傷處，他悶哼一聲，翻身直挺挺地栽了下來，灼熱的鼻息火燎似的噴在她耳邊。

太近了！

虞靈犀心頭一麻，忙將他的腦袋用力推開，起身整理微亂的頭髮和衣角。

若是前世，虞靈犀定然不敢違逆他分毫，臨死前踹他的那一腳造成了什麼惡果，她至今不敢忘記。

但如今可不是前世，任人宰割的是寧殷，而非她。

虞靈犀揚起纖白的手掌，可一見寧殷燒得臉頰通紅的模樣，頓在半空的手終究沒能落下。索性拉住被褥一抖，將寧殷那張可憐又可惡的臉兜頭蓋住，眼不見心不煩。

「小姐，大夫來了。」胡桃的聲音適時響起，打破僵局。

炭盆「嗶啵」作響，那小野貓吃飽喝足，尋了個暖和處蜷縮著睡去。

老大夫把了半晌的脈，又掀開寧殷的衣襟查驗傷處，眉頭越皺越緊。

虞靈犀也跟著蹙眉，問：「他如何？」

「斷了兩根肋骨，斷骨傷及肺腑，失血甚多，加之受寒受凍，數症併發，這才引發高熱。」老大夫撚著花白的鬍鬚，搖首嘆道：「受了這麼重的內傷還能撐到現在，已是奇跡。老夫先開幾副方子，外敷內服並用，他若能熬過明晚，便算是撿回一條命。」

虞靈犀沒想到寧殷的傷勢這般嚴重。

大概是前世的他太過瘋癲強悍，毀天滅地無堅不摧，以至於虞靈犀忽略了他也是肉體凡胎，會疼會死。

若是沒見著他年少時的慘狀也就罷了，偏生讓她見著。

望著寧殷慘白的唇色，她的心沉甸甸往下墜去，落不到底。

僅是恍惚一瞬，虞靈犀收斂了神色，淡聲吩咐胡桃：「多燒兩個炭盆供暖，再挑兩個伶俐的小廝煎藥服侍，還有……若他醒來，即刻來報。」

胡桃疑惑主子為何對一個「乞兒」這般上心，但見虞靈犀面色肅然，只得領命下去安排，態度比昨夜認真了不少。

待小屋內暖和起來，僕從給寧殷換了藥，虞靈犀方安心離去。

是夜，烏雲蔽月。

榻上躺著的少年忽然睜開眼睛。

常年處在暗殺和危機中鍛煉出的強悍意志，使得他無論生病或是重傷都能保持超乎常人的警覺。

他挺身坐起，垂首一看，黑暗中依稀能辨出胸口的繃帶乾淨齊整，手腕脫臼紅腫處也塗了消腫化瘀的藥膏。

看來，昨夜的冷風沒有白吹。

在他昏迷的這半天裡，得到了非常細緻的照顧，不用猜也知道出自誰的手筆。

寧殷抬手，五指虛握，掌心似乎還殘留著少女手腕溫軟的觸感。他隱約記得自己燒糊塗了，錯將那女子當成了敵人，險些傷到她……還好未曾露出破綻。

大將軍府是最好的藏身之處，在這小姑娘身邊比在欲界仙都方便得多，他必須想辦法留下來。

不過在此之前，他有更重要的事要做。

寧長瑞死了，宮裡那人遲早會查到鬥獸場，他必須趕在那之前，處理乾淨一切。

想到此，寧殷眸中劃過一抹暗色，撐著身子下榻，跨過地鋪上熟睡的小廝，踏著一地月影朝後門行去。

避開巡邏，翻牆落地，他的面色白得與積雪無異，「唔」地吐出一口暗色的瘀血。

他彷若沒有痛感般，淡定地拭去嘴角的殷紅，抬指吹了個口哨。

羽翼掠過疾風的聲響，一隻傳信的灰隼掠過月光，穩穩落在他的手臂。

欽月西斜，京城沉睡在一片靜謐中。

漸漸的，濃煙自升平街方向升起，那一輪殘月被火光映成了血一般的嫣紅。

虞靈犀在一片銅鑼喧鬧聲中被吵醒。

心中略微不詳，她起身問：「怎麼了？」

胡桃匆匆披衣而來，著急道：「小姐，好像是欲界仙都起火了，好大的火！」

心頭一緊，虞靈犀道：「出去看看。」

她披上斗篷下榻，走到廊下一瞧，只見漫天黑灰飄舞，升平街方向半片天空都是紅的。

和前世一模一樣的畫面，只不過這次，她仍好端端待在榮極一時的大將軍府，而非姨父府邸清冷的後院。

她扭轉了命運中小小的一環，卻終究未能抵消京城中應有的劫數。

「今年連著兩場大火，實在太駭人了。」胡桃唏噓了一陣，勸道：「外頭冷，小姐還是別看了，回去歇著吧。」

燒焦的黑灰被風捲到半空中，落滿了半座城池，那是萬千繁華奢靡被摧毀的餘燼。

虞靈犀想到什麼，低聲道：「提燈，去後院。」

正在酣睡的小廝聽到推門聲，揉了揉眼睛含混道：「誰啊？這麼晚了……」見到門口佇立光影中的窈窕身形，他瞌睡蟲瞬間飛去，忙骨碌起身道：「小姐，您怎麼來了？」

虞靈犀略過慌亂的小廝，走到寧殷榻前站定。

她將紗燈擱在案几上，微弱的光打在寧殷英俊清雋的側顏上，他雙目緊閉的樣子安靜而脆弱。

「他……一直不曾醒來過嗎？」虞靈犀問。

小廝不敢說自己睡死了過去，忙不迭搖首：「沒有沒有，僕一直在房間內守著，不曾見他醒來。」

反正沒有聽到什麼動靜，應該……不曾醒來過吧？小廝心想。

虞靈犀鬆了一口氣。

她也不知道自己方才那一瞬的不祥之兆從何而來，迫不及待想要確認什麼，反應過來時，人已經到了罩房。

寧殷傷成這樣，大概真是自己多想了吧。

虞靈犀遲疑片刻，伸手探了探寧殷的額頭。

還在低燒呢，也不知能不能撐過去。

寧殷躺著不醒，他救回來的那隻小貓暫且無人照看，虞靈犀便將小貓抱在懷裡，對小廝道：「好生照料著，若有偷懶，唯你是問。」

小廝忙不迭道「是」，畢恭畢敬地送虞靈犀出門去。

幾乎同時，床上的少年睜開了眼睛。

他抬起冷白的指節，輕輕碰了碰自己的額頭，似是在回味方才那抹細膩溫暖的觸感。

原來女人的手是這樣的感覺麼？

以前在宮裡，他病得快要死去時，那個生下他的女人也不曾這般撫摸過他。

嘴角揚起一抹蒼白的笑意，他像是得到一件有趣的東西，忽然有點期待留在將軍府裡的日子了。

連著兩日放晴，雪都化了，屋簷下的冰稜在陽光下折射出清冷的光。

虞靈犀倚在窗邊小榻上逗貓。

寧殷還昏睡著，他撿來的貓被虞靈犀養了兩日，毛色倒是順滑了許多，也不似先前那般膽怯。

她指尖有一下沒一下撓著小貓的腦袋，哼道：「明明前世受苦的是我，討債的卻是他，你說這世道有沒有道理？」

正玩著，便聽外頭一陣馬蹄急促，繼而阿爹黑著臉下馬進門，後頭跟著穿了鎧甲的虞煥臣。

「阿爹怎麼啦？」虞靈犀起身，拉住兄長。

虞煥臣瞥了正在氣頭上的虞將軍一眼，湊過來小聲道：「欲界仙都被燒了，阿爹和南衙禁軍的人忙得焦頭爛額，偏生東宮那邊派了人來，要在燒死的焦屍堆裡查一個打奴，阿爹怕破壞了現場痕跡，極力阻止，結果雙方爭執不下，不歡而散。」

原來如此。

不過，這和東宮有何干係？

還未想明白其中內情，便聽胡桃輕快的腳步聲傳來，帶著欣喜道：「小姐，那個乞兒醒了！」

「什麼乞兒？」虞煥臣問。

胡桃沒留神說漏了嘴，虞靈犀悄悄瞪了她一眼。

寧殷的身分特殊，說出來必定在府中掀起軒然大波。

她撫著懷裡的小貓，解釋道：「沒什麼，前夜府門前躺了個身受重傷的小乞丐，到底是一條人命，我便自作主張讓他在下人的罩房養傷。」

反正只收留寧般幾日，等傷好些了，就會趕緊將他送走，虞靈犀思來想去，實在沒必要說出來給父兄添麻煩。

虞煥臣並未起疑，隨口道：「也好，待傷好了，便讓他走。京中最近大事頻發，小心些為妙。」

「我知道。」說著，虞靈犀重重打了個噴嚏。

小貓在她懷中舒適地咕嚕。

虞靈犀皺了皺鼻子，又是連連兩個噴嚏打得她直趔趄，手臂上也開始起癢……

虞靈犀萬萬沒想到，自己活了兩輩子，竟然對貓毛過敏。

身上起了不少紅疹，躺了半個月才消退。

虞夫人卻是說什麼也不准她養那小野貓了，但小貓乖巧，丟出去受凍也不妥。

虞夫人良善，撫著女兒嬌氣的臉龐道：「下人裡有愛貓的，將花奴交給他們養吧。歲歲以後還能遠遠看上一眼，只是，千萬別去碰了。」

花奴是虞靈犀給貓兒取的名字，因牠是隻三花貓。

小貓特別乖巧惹人憐愛，交給哪個下人都不放心，須得是打心眼兒裡愛貓的才成。

思來想去，她想到了寧殷。

這貓是他捂在懷裡撿回來的，受傷昏迷時，唯一的一床被子也是給小貓做了貓窩……

前世的寧殷或許六親不認，這輩子年少時的寧殷倒是有幾分人性。

反正是他的貓，交給他帶走養也正合適。

思索片刻，虞靈犀讓人將貓帶上，去了後院罩房。

半個月不曾過來，一進門，濃重的藥味混合著淡淡的血腥味撲面而來。

虞靈犀下意識皺起眉頭，環顧房內一眼，茶水齊全，炭盆溫暖，瘦削的少年正倚在榻上，面色依舊有些蒼白，不過看上去精神好了許多。

見到虞靈犀進來，他黑沉的眸中劃過些許亮色，掀開被子下榻。

他的嗓子還帶著病後的沙啞，斂眉喚了聲：「小姐。」

虞靈犀被他的稱呼嚇了一跳，覺得新奇且不適應。

上輩子，寧殷總是勾著冷笑，居高臨下地喚她：「靈犀，過來。」

從未有這般乖巧聽話的語氣，恭恭敬敬地喚她「小姐」。

別說，還挺受用。

隨即虞靈犀看到寧殷身上還穿著那件黑色戎服，衣裳又破又髒，還帶著濃重的血腥味。

虞靈犀難得心平氣和，朝侍婢道：「照著他的身形，去拿兩件男人的冬衣過來。」

侍婢動作很快，不稍片刻便將衣服取來了，是府中多餘的侍衛服侍，一共兩套。

「都出去吧。」虞靈犀摒退侍從。

轉過頭來，寧殷依舊安靜站著，沒有主動去碰那兩身乾淨的新衣裳。

虞靈犀知道他在等自己的指令，只好道：「趕緊換上吧，你這衣裳不能穿了。」

寧殷這才聽話地拿起其中一套衣裳，抖開。

這樣乖巧的寧殷讓她好奇無比，眼不眨地看著。

虞靈犀原以為他會避嫌，去屏風後頭換，卻不料這少年當著她的面直接解開腰帶，撕開上衣，露出打著繃帶的、勁瘦矯健的上身。

衣裳和傷口的血痂糊在一塊，撕開時鮮血直流，他卻眉頭都未皺一下。

若是十五歲的虞靈犀，定要羞紅了臉罵他一句：「小流氓！」

但事實上，虞靈犀只是訝異片刻，很快就恢復了平靜。

好歹前世相處兩年，這點場面不算什麼。

少年身形雖瘦，不似前世及冠成年後那般精壯強悍，但該有的肌肉一塊都不少。若忽略滿身深深淺淺的傷，那該是一具極其漂亮的身軀。

肩寬腿長，腹肌塊塊隆起，勻稱緊繃，漂亮的腰腹線條延伸至下面……

呵，下面的東西，一點也不可愛。

寧殷是個沒有五感的人，從不知羞恥為何物。

前世虞靈犀伺候他沐浴，他便時常如此袒露著冷白精壯的身軀，如同惑人的水妖般一步步從水汽氤氳的湯池中走向她，任憑水珠劃過身上皮肉翻捲的新鮮傷口。

他對自己的身體有一種近乎麻木的冷淡，裸露也好刀剜也罷，毫不動容。彷彿那只是一塊有溫度的死肉，沒什麼可避嫌的。

前世那些無法理解的、厭惡的冷血個性，似乎都在遇見少年的寧殷後，有了模糊的答案。一個連自己性命都無法掌控的人，怎麼奢望他能有道德羞恥？

思緒回籠，在寧殷試圖繼續往下脫時，虞靈犀及時喝住了他：「停！」

寧殷抬起點墨似的眼，那毫無波瀾的眼神看得虞靈犀頭疼。

「這裡不是欲界仙都，在我的地方，要懂禮義廉恥。」虞靈犀額角微跳，耐著性子道：「去屏風後換。」

管他上輩子有什麼臭毛病，這輩子都得改過來！

屏風陳舊，上頭的綢絹已經變得薄而泛黃，依稀投射著少年瘦削卻不羸弱的影子。

屋內的藥味苦澀，虞靈犀攏袖站在簷下透氣，想了想，她試探問道：「你叫什麼名字？」

屏風後默了默，回答：「二十七。」

虞靈犀明知故問：「我是說，你以前的名字。」

又是片刻的沉默，寧殷道：「不記得了。」

聞言，虞靈犀無聲冷嗤。

不記得自己是誰，卻記得回宮復仇；不記得自己是誰，卻能坐到攝政王的位子。

若非虞靈犀還帶著前世的記憶，恐怕就要信了他這番鬼話。

「不管你是真不記得了，還是不方便告知過往，這小貓都還給你。」想起自己的來意，虞靈犀命侍婢將小貓擱在榻上，朝屏風後道：「因我體質特殊不能養貓，過兩日你傷好些了，就將牠一併帶走，好生照料吧。」

屏風後，少年似乎明白了什麼，繫腰帶的動作明顯一頓。

她還是沒有想過要留下他，哪怕他說過「什麼都願意做」。

見寧殷沒有回話，虞靈犀清了清嗓子，解釋道：「欲界仙都已毀，裡頭做營生的人因來路不明，不能賣做家奴。兄長說女奴會充入教坊司，男奴則會遣送邊關充作徭役。你身負重傷，我雖不忍將你送去邊境為苦力，卻也不能留你長久……」

「小姐的意思，我明白了。」寧殷垂眸蓋住眼底的情愫，從屏風後走出。

虞靈犀抬眸，微微怔神。

寧殷這張臉，不管她見過多少次，換個場景、服飾重逢，她仍是會被驚豔到。

他束好了頭髮，一襲暗青色的侍衛武袍穿在他身上，卻是說不出的英俊挺拔。

寧殷走到虞靈犀面前，看上去清瘦的少年，卻比她高上整整一個頭。

虞靈犀不喜歡這種壓迫感，正欲後退一步，便見寧殷垂首斂目，撩起武袍下擺直挺挺地跪了下去。

思緒還未反應過來，身體已先一步反應。

虞靈犀一把抓住寧殷的胳膊，扶住他道：「你做什麼？」

寧殷維持著屈膝欲下跪的姿勢，漆黑的眸子裡難得掠過一絲波瀾。

他如喪家之犬的這些年，所有人都想把他踩在腳下、踏進爛泥裡，面前這女人是唯一一個不想讓他下跪的人。

「我向小姐辭行。」寧殷彷彿看出她的難處，艱澀道：「我雖想長留小姐身邊，效犬馬之勞，卻也不該讓小姐為難。」

虞靈犀微微訝然，他何時這般懂事了？

不過早走幾日也好，省得自己見到他，總會想起前世那些破爛帳。

何況，寧殷皇子的身分太過危險，一不小心就會讓虞家捲入黨派之爭，她本就沒想過要長遠留他在此。

虞靈犀抬了抬他的臂膀，道：「辭行便辭行，跪什麼？你且站好。」

寧殷這一跪，她可受不起。

她可以怨他揍他，唯獨不會折辱他。

「我自知身分卑賤，蒙小姐救命之恩，本該為奴為僕終身侍奉小姐，結草銜環以報，但……」寧殷看了虞靈犀一眼，又飛快垂下眼去，那一眼當真是落寞又可憐，抿著毫無血色的唇，啞忍道：「但我是鬥獸場逃出來的打奴，比最末等的奴僕更卑賤，小姐不願留我在側也是應該的。我已叨擾小姐太久，一無所有，連這條命都是小姐給的，除了一跪，實在不知該如何答謝小姐深恩。」

「你……」虞靈犀心旌搖動，側首打量寧殷。

他現在不甘又可憐的模樣，簡直和前世那個暴虐嗜血的瘋子判若兩人！

心中的怨憤與偏見三番五次被摧毀，虞靈犀終究軟了語氣，喚了胡桃進門，「去將剩下的那套衣裳包起來，再準備些乾糧麵食，給他一併帶走。」

可寧殷卻不肯收。

「我雖為奴，卻並非乞兒。」頓了頓，寧殷望向榻上酣眠的小貓，「只是這貓，還請小姐為牠另尋良人收養。」

虞靈犀問：「為何？你不喜歡牠嗎？」

寧殷輕輕搖首，帶著少年人的倔強道：「我無家可歸，不能讓牠跟著我流浪受苦。」

明知寧殷以後會權傾天下，虞靈犀心裡還是有些不是滋味。

明明自己沒有做錯什麼，卻平白生出一絲淡淡的愧意。

「我走了，小姐保重。」

寧殷咳了聲，忍著疼痛堅持躬身行禮，再直起身時，整張臉都白了。

他捂著胸口的傷處，轉身朝相反的角門行去。雖然竭力挺直背脊，但步履卻虛浮無比，看上去十分虛弱可憐。

不知為何，他如此順著自己的心意，虞靈犀反倒沒有想像中輕鬆。

她望著寧殷孤寂蕭索的背影，眼裡有動搖之色，僅是一瞬，又被她壓了下去。

反正傷好了也是要走的，早幾日晚幾日並無差別。

身後半晌沒動靜。

虞靈犀頓了腳步，正遲疑他是不是走了，卻忽聽身後「咕咚」一聲倒地悶響。

繼而侍婢的驚呼傳來：「小姐，他好像暈過去了！」

虞靈犀驚愕回頭。

這輩子的寧殷這般脆弱的麼？

寧殷躺在榻上，面色糟糕得同死人無異。

老大夫切脈許久，皺眉道：「脈象虛浮，便是鐵打的身子也經不起這般折騰。」

若不是老大夫是信得過的人，且神情太過嚴肅，虞靈犀簡直要懷疑寧殷是不是裝暈。

她問：「他在府上精心休養了大半個月，湯藥不斷，傷勢怎麼不見一點好轉？」

「說實話，這脈象凶極，老夫也從未見過。」老大夫皺眉，「想來是外傷雖好，內傷未癒，傷筋動骨一百天哪！」

一百天？那豈不是要等到開春後才能傷好？

正頭疼著，寧殷悠悠轉醒。

他眼睫輕顫，漆黑的眸子對上虞靈犀複雜的眼神。

而後，他想起什麼似的，捂著胸口搖搖晃晃坐起身來，咳得嘶啞道：「小姐，我這就走……」

「哎，你別動！」虞靈犀忙按住他，蹙眉道：「不要命了？」

寧殷抿了抿唇，蒼白的俊顏浮現些許難堪：「我不能……再麻煩小姐。」

「你若是死在府門，只怕更麻煩。」虞靈犀氣得拍了下他的額頭，沒好氣道：「灌了那麼多藥，都喝去哪裡了？怎麼一點也不像上輩……」

意識到自己險些說漏嘴，虞靈犀咬住飽滿的下唇。

寧殷不明所以，但還是垂下眼，乖乖說了聲：「抱歉。」

可憐的模樣，虞靈犀有氣沒法撒。

累了，懶得折騰了。

半晌她嘆了聲，無奈道：「躺著吧，真是上輩子欠你的。」

於是寧殷躺下了，眼睛一眨也不眨地望著她。

虛弱歸虛弱，眼睛倒是很亮，大概是高興自己又能留下來。

野狗似的，執著又可憐。

他喉結滾動，喑啞道：「從今往後，我這條命便是小姐的。」

虞靈犀調開視線，不為所動：「這些漂亮話，等你好起來再說。」

不多時，前去抓藥的胡桃一路小跑著回來。

她臉上洋溢著喜意，還未進門便匆匆一福禮，笑道：「小姐，大小姐公差回來啦！」

像是年久失修的機括重新運轉，虞靈犀眼中閃過一抹亮色，起身重複一遍：「阿姐？」

「是，是大小姐！」胡桃小喘著氣，臉頰上滿是興奮的緋紅，朝虞靈犀眨眨眼道：「薛二郎也一併來了，正在前廳敘話呢！」

「薛二郎？」太久沒聽到這個名號了，虞靈犀一時沒反應過來。

「就是相府薛二公子呀！小姐，您高興糊塗了？」胡桃笑道。

「是該高興。」虞靈犀眼中化開清淡的笑意，朝門外走了兩步。想起什麼，又頓住，朝榻上望了一眼。

「你好生休息。」撂下這麼一句，她再無留戀，朝門外快步走去。

前院一片熱鬧。

虞靈犀站在廊下，大老遠就聽見兄長虞煥臣在奚落阿姐，賊兮兮道：「兩個月不見，虞辛夷妳又魁梧了不少啊！男兒似的模樣，以後哪個婆家敢要妳？」

虞煥臣和虞辛夷是雙生兄妹，年紀相同又都是倔脾氣，從小吵到大。

梅樹後，一名身量高挑的女將軍按刀而立，刀鋒出鞘半寸，嬌喝道：「虞煥臣，你找死！」

虞辛夷的相貌算不上傾國傾城，但明眸紅唇，英姿颯爽，聲音如落珠清越，別有一種雌雄莫辨的美。

上輩子，阿姐為了查清父兄被害真相，孤身一人千里走單騎奔赴塞北，卻在歸來的途中連人帶證據一起墜入深淵，連屍骸都不曾留下……

思及此，虞靈犀鼻尖一紅。

「歲歲！」虞辛夷看到了廊下溫柔貌美的少女，還劍入鞘，張開雙臂道：「來，阿姐抱！」

多少年不曾見過的英氣笑顏，虞靈犀再也忍不住，提著裙襬一路小跑過去，撲入虞辛夷鎧甲冰冷的懷中。

「阿姐！」她眼眶泛紅，笑道：「我好想妳。」

「嬌氣鬼。」虞辛夷拍了拍妹妹的肩，而後將她放在地面站穩，「對了，有個人想見妳，說什麼也要跟著我登府。」

說罷，她壞笑著讓開路，露出身後那一抹月白儒雅的身姿。

薛岑的樣貌比記憶中年輕些，也更溫潤清雋。風一吹，他腰間環佩「叮咚」作響，如君子之音。

他望著虞靈犀的眼中有難以遮掩的內斂笑意，如清泉漱玉般的嗓音傳來，紅著耳尖喚道：「二妹妹，近來可安好？」

後院，罩房內。

爐上藥罐沸騰，苦澀的藥香瀰漫房中。

寧殷躺在榻上，眼中的光漸漸黯淡冷冽。

他面無表情地抬手，指壓舌根，然後「唔」地吐出一顆半化的、帶血的毒丸。

這藥丸還未試驗成功，雖能騙過大夫造成急症大虛之相，卻極其傷身。

少年壓下胃中的灼痛，捏碎藥丸滅跡，屈指叩著榻沿。

相府……薛二郎麼？

薛家老狐狸的嫡親孫子啊，這場局真是越來越有意思了。

這一年的薛岑尚有些青澀，斯斯文文的。

他在階前拜謁虞將軍，與好友虞煥臣侃侃而談，目光卻總不自覺飛去廊下，追隨那道窈窕嬌豔的身姿。

「看什麼呢？」虞煥臣順著他的視線望去，隨即單臂勾著薛岑的肩晃了晃，故意打趣道：「我說，你明明是和我家大妹子指的婚，怎麼眼裡只看得見二妹妹？你小子，可不能吃著碗裡的瞧著鍋裡的！」

「虞煥臣！」虞辛夷最討厭別人拿此事開玩笑，氣得一拍石桌，「你再胡說試試？誰和那書呆子指婚！」

薛岑脾氣好，笑著搖搖頭，掙開虞煥臣的爪子。

他下意識摸了摸袖袍，向前輕喚：「二妹妹。」

兩人自小以兄妹相稱，正在斟茶的虞靈犀綻開些許笑意，頷首回禮：「岑哥哥。」

「二妹妹，請借一步說話。」薛岑眼裡含著冬日的暖光，朝旁做了個「請」的姿勢。

虞府上下開明，沒有別人家那般多的規矩束縛，虞靈犀便頷首，大大方方地和他行至月洞門下。

「這個，贈予二妹妹。」

薛岑從袖中摸出一個小而長的精緻禮盒，頗為鄭重地遞給虞靈犀。

而此時，廳中。

虞夫人順著軒窗往庭中月洞門處望去，烹茶的動作慢了下來。而後她輕輕推了推虞將軍的胳膊，柔聲示意：「夫君，你覺不覺得薛二郎和我家歲歲，走得越發親近了？」

虞將軍吹了吹茶末，抬眼順著窗外看了一眼。他笑了聲，不太在意道：「薛家乃文臣之首，我虞府乃武將之最，兩家世交，孩子們時常走動玩耍，關係好些很正常。」

「話雖如此，可孩子們畢竟長大了，不比兒時。」虞夫人嗔了粗枝大葉的丈夫一眼，「你忘了，當初薛家與我們定下口頭婚約，雖未指明要娶我家哪位女兒，但因那時歲歲還未出生，大家便默許定親的是辛夷。我是怕歲歲和薛二郎走得太近，會給兩個女兒招惹麻煩。」

「夫人多慮了。」虞將軍擱下茶盞，安撫地拍了拍虞夫人依舊柔嫩的素手，「兩個女兒都是我虞淵的心頭肉，薛家娶哪個都不虧。只要孩子們相互喜歡，兩情相悅，便足矣。」

「也是，我看辛夷好像對薛二郎並無那方面的心思，若歲歲真喜歡……」想了想，虞夫人道：「也罷，回頭我問問女兒的意思，薛家那邊的想法，還請夫君多去打探打探。」

虞將軍應允。

月洞門下，陽光投下慵懶的長影。

打開禮盒一看，是一支雕工極為漂亮的白玉紫毫筆。

竹筆看漆色，玉筆看雕工，這樣精細的玉雕筆一看就是出自名家之手，費了不少功夫。

「岑哥哥，這筆太貴重了。」虞靈犀第一個反應是拒絕。

薛岑姿勢不變，溫聲道：「不過偶然所得，想起二妹妹擅書畫，便自作主張買了下來。若是二妹妹不喜歡，便是我處事不當了。」

話說到這地步，再拒絕便有些不近人情。

虞靈犀只好雙手接過，笑道：「卻之不恭，多謝岑哥哥。」

「妳喜歡就好。」薛岑望著她笑吟吟的眼睛，耳根微紅。

可心底到底漫出一絲落寞來。

眼前嬌俏少女待他依舊親近赤誠，卻不似先前那般濡慕，小臉上也沒了那種羞怯的桃紅。

三個月不見，她好像長大了不少，更沉靜，更美麗，也……更遙遠。

不只是薛岑，虞辛夷也發現了不對勁。

「歲歲，薛岑惹妳不開心了？」回房後姐妹敘舊，虞辛夷問。

虞靈犀杏眼一轉：「阿姐何出此言？」

虞辛夷馬尾高束，解下佩刀坐於案几後，颯爽笑道：「妳以前不總跟條小尾巴似的追著薛岑跑麼？今日卻這般安靜，沒說兩句就散了。」

「是麼？」虞靈犀訝然的樣子，「我以前總追著他跑？」

虞辛夷笑道：「那種情竇初開的仰慕，瞎子都能看出來。」

虞靈犀回憶了一番，可前世和薛岑少年時的記憶就像是蒙了一層霧般，變得模糊難辨。

她記住的，是自己孤苦無援、被迫描眉妝扮獻入王府的那一晚，只有薛岑策馬奔襲而來，為她在攝政王府外的大雨中跪求了一整夜。

是趙府壽宴風波後，薛岑在獄中攬下所有責任，卻被掰折了兩根手指。

虞靈犀永遠承他這份情。

再次見到溫潤如初的薛岑，虞靈犀自是高興的，彷彿折磨了她這麼久的虧欠和愧意，都在此刻瞬間被撫平。

但除此之外，她卻並無其他旖旎情思。

那種感覺就像是……

虞靈犀的視線投向案几上的椒粉和茶點，冒出一個不太恰當的譬喻：就像是經歷了辛辣刺痛的椒粉後，就再難品出清水的味道。

薛岑在她心裡，更像是兄長一樣的存在。

「想什麼呢？」虞辛夷湊上前，喚回她的思緒。

虞靈犀回神，將那支貴重的白玉紫毫筆往筆架上一擱，眨眼笑道：「在想岑哥哥什麼時候變成我的姐夫。」

「討打！」虞辛夷捏了捏妹妹的腮幫，冷哼道：「那書呆子滿心滿眼都是妳，我可不要！拿去拿去！」

今年京城苦寒，年末又下了一場大雪。

除夕夜，虞府張燈結綵，亮如白晝。燈籠的暖光投射在庭院雪景中，熱鬧得不像話。

除夕要祭祖，之後便是守夜，飲屠蘇酒。

虞煥臣從管家處拿了一大疊新春賀帖來，笑吟吟道：「今年的帖子比往年多了一番，其中有不少是京中世家子弟送來的拜帖，大有求親之意。歲歲，不來挑挑？」

虞靈犀萬萬沒想到，自己幫助虞家躲過了北征之災，卻沒躲過十五及笄的求親浪潮。

她撚袖往屠蘇酒中加了兩匙椒粉，淡然道：「不看。」

虞將軍於上座發話，哄道：「女子及笄而議親乃是規矩，乖女看看無妨。」

虞煥臣在旁插科打諢：「父親，小妹說不定早心有所屬呢！」

虞靈犀也笑，彎著的眼眸亮晶晶盛著燈火，「阿爹、阿娘，長兄未娶，焉有幼妹先嫁的道理？還是等兄長娶了蘇家姑娘，再議我們的事。」

「乖女說得在理。」虞將軍的攻勢被成功轉移，隨即沉下面容，虎目瞪向兒子，「年後去蘇家走一趟，早些把你的婚事辦下。」

虞煥臣登時霜打的茄子似的，幽怨地瞥了么妹一眼，偃旗息鼓了。

虞辛夷幸災樂禍，朝妹妹豎了個大拇指。

趁著家人都在給虞煥臣的婚事操心，虞靈犀偷溜出門，去外頭透氣。

夜晚飲了不少酒，她雙頰生熱，貪圖涼快，便沿著抄手遊廊緩步而行，讓帶著冰雪清冷的夜風吹散身上的燥熱。

不知走了多久，燈火漸稀，簷上蒼雪在夜幕中呈現出黛藍的弧光。

虞靈犀聽到窸窣的掃雪聲，停下腳步望去，只見前方晦暗處，一條清瘦高挑的身影執著掃帚，孤零零一個人在清掃後院的積雪。

今夜除夕，所有的下人和侍從都換上新衣聚集在前院，等待子時領賞錢，所以後院便無人看管了。

除了這個掃雪之人。

虞靈犀心生好感，便摸了摸隨身攜帶的小錢袋，對提燈的胡桃道：「大過年的還在掃雪，倒是個勤快人，妳去請他過來領賞。」

胡桃「哎」了聲，提燈向前喚道：「掃雪的那個，小姐叫你過來呢！」

掃雪的身影一頓，轉過身來。

虞靈犀一怔，一句「寧殷」湧在嘴邊，險些脫口而出。

想到這輩子的自己應該認不出他來，便硬生生把到嘴邊的名字咽了下去，問道：「你傷好了？在這作甚？」

說罷，又看向胡桃：「有人排擠他，逼他幹活的？」

胡桃搖搖頭，也是一臉茫然。

「是我自己要做的。」

寧殷一襲暗青武袍長身挺立，彷彿手中執的並非掃帚，而是能定人生死的長劍。

他垂下眼，卻無半分卑怯，低聲道：「雪天路滑，恐小姐跌跤。」

這條路，的確是虞靈犀回廂房的必經之路。

因鋪了青石，雪天一凍，格外濕滑。

虞靈犀盯著結了薄薄冰層的青石磚，半晌無言。

寧殷卻是誤會了她的意思，將掃帚擱在牆邊，而後緩步而來。

陰影從他身上一層一層褪去，廊下八角紗燈的暖光鍍亮了他年少俊美的臉龐。

在虞靈犀不解的目光中，他以臣服的姿勢撩袍半跪，而後掌心朝上，將自己的手墊在凍結的青石上。

「你這是作甚？」虞靈犀問。

寧殷抬起頭，眼中映著她緋裙明麗的模樣，平靜地說：「石路濕滑，請小姐踩著我的掌心前行。」

他說得這樣平靜，黑漆漆的眼睛裡沒有一絲屈辱羞恥，彷彿生來就該如此。

虞靈犀不知哪兒來的一股氣，擰眉道：「我好像說過，不許你將欲界仙都折辱使喚人的那套，帶到我的的府中來。」

寧殷意識到她生氣了，看了她一眼，又飛快垂眸。

墊在青石上的手指漸漸蜷起，指節已然凍得發紅，低頭半跪的樣子有些落寞可憐。

虞靈犀認命輕嘆，軟了語氣：「罷了，你起來，以後不許這樣。」

寧殷依言站起，立在一旁。

他睫毛上有細細的霜雪，脆弱而美麗，也不知道在天寒地凍中掃了多久。

他是暫居府上養傷的「過客」，過年領賞這樣的熱鬧場面，自然無人會顧及到他。

虞靈犀接過胡桃手中的燈籠，將燈擱在青石路上暖化薄冰，隨即吩咐胡桃：「去取些屠蘇酒和熱食過來。」

總不能讓他大過年的，一口熱酒都喝不上。

胡桃福禮下去安排了。

虞靈犀沒急著離開，就坐在廊下的雕欄旁歇息。

半晌，少年低沉執拗的嗓音傳來，穿透冰冷的夜風：「我只是想報答小姐，讓小姐開心。」

虞靈犀訝異，瞥向階前立侍的少年。

正子時了，城中煙火竄天而起，在黑藍的夜空中炸開一片片荼靡。

那一瞬，城中萬千燈火和雪景都黯然失色。

前庭響起了下人侍從們齊聲道賀聲，熱熱鬧鬧一片，寧殷的眼中卻只有夜的黑寂，明暗難辨。

虞靈犀忽然想起，前世的攝政王府，從來不過新年、不點花燈。

京中張燈結綵，熱鬧非凡的時候，只有王府裡安靜得像一座墳塚，連一個紅燈籠、一張桃符都不曾擁有。

整個年關唯一的鮮豔，大概就是寧殷下裳上沾染的、不知道是誰的鮮血。

有一次寧殷心情好，醉眼迷蒙地問虞靈犀想要什麼。

虞靈犀哪敢真提什麼過分的要求？

想了半日，最後只編了一句：「想看上元節的花燈。」

寧殷磨人似的咬著她的下唇，舔去上頭的血珠，笑著說「好啊」。

但上元節那日，等待他們的卻是太后殘黨執著小皇帝的衣帶詔，聯合宦官為寧殷精心製造了一場鴻門宴。

那一夜，御階前血流成河。

寧殷擦乾淨指尖的鮮血，帶著虞靈犀上了宮牆的高臺，帶她看了一場全京城最熱烈、最深刻的「燈展」。

只不過吊在一根根柱子上燃燒的不是燈籠，而是人——

一個個慘叫哀嚎著的，活生生的文武侍臣。

那是寧殷第一次當著她的面殺人，虞靈犀面白如紙，永遠記得他當時的眼睛。

他勾著笑，眸中映著「天燈」燃燒的焰火，一時分不清是天上神祇，還是人間惡鬼。

那樣絕望瘋狂的毀滅，和眼前岑寂的少年大不相同。

不知為何，虞靈犀眼中落著新年焰火的光芒，竟也生出幾分感懷來。

如果寧殷不曾經歷過那些磨難與背叛，他是否……會變得不一樣？

這個念頭只是如漣漪劃過，便被她趕出了腦海。

「小姐，吃食送來了。」胡桃領著四個小婢，送了一大堆熱騰騰的酒食過來。

甚至連溫酒的小爐也一併帶來了。

布好酒菜，虞靈犀稍稍端坐，乜了廊下的少年一眼，抿唇道：「過來坐。」

寧殷眼中明顯的驚訝。

他緩步上了石階，站在虞靈犀面前，卻始終不肯落座。

虞靈犀一見他這般乖巧可憐的模樣就心堵，索性伸手一拉，將他強行拉在雕欄長椅上坐下。

她親自斟了一杯熱酒，撒上兩勺她最愛的椒粉，想了想，又多加了一勺。

而後將這杯誠意滿滿的酒水遞到寧殷面前，溫聲道：「喝吧。」

# 第五章　春搜

那三匙研磨精細的椒粉辛辣十足，連一旁的胡桃都看得直咽嗓子，心生怵意。

但寧殷卻毫不遲疑，接過酒盞一飲而盡。

這下連虞靈犀都有些驚愕。

印象中，她記得寧殷很不能吃辣。給他這杯酒一來是為了試探他的心性是否真的和前世不同，二則是看他凍得指節通紅，正好淺酌兩口驅驅寒。

可沒想到，少年的寧殷這麼實誠。

「多謝小姐……」

話還未說完，寧殷便覺劇烈的辛辣嗆上喉間，忙側首握拳抵在鼻尖，眼尾以肉眼可見的速度泛起了紅，薄唇帶著酒水的冷光，給他沒有什麼血色的俊顏染上一抹豔色。

像是剛被人欺負過似的，有種脆弱之感。

寧殷還欲再飲，虞靈犀及時伸手覆住他的杯盞。

那葇荑素手纖白無比，指甲泛著微微的粉，像是雪上的幾點落梅。

她道：「屠蘇酒裡有花椒，不能吃辣就少喝點。」

「我能喝。」寧殷薄唇都泛了紅，望著虞靈犀道：「小姐待我好，我不能辜負小姐的心意。」

那是虞靈犀上輩子不曾見過的眼神，帶著小心翼翼的討好。

她收回手，低聲反駁：「誰待你好啦？」

「小姐收留我養傷，給我新衣穿，還給我親自斟酒。」寧殷如數家珍，認真道：「小姐是這世上，待我最好的人。」

碎雪從竹簾下捲了進來，被紗燈鍍了一層溫暖的黃，化在小爐沸騰的熱氣中。

虞靈犀一直覺得，寧殷嗓音低沉好聽，若是說起情話來定是無人能抵擋。可惜，他那張嘴裡吐露出來的，從來都只有涼薄的殺意。

沒想到前世不曾聽過的美言，這輩子倒是補齊了。

虞靈犀將視線從寧殷臉上挪開，莫名有些心虛。

她生性善良，不忍殺人、害人，但對寧殷上輩子所做的那些事終歸是心有芥蒂的。任憑誰不明不白死在他榻上，死後屍身棄之不理而成為孤魂野鬼，心中都會難以釋懷。

她知道寧殷喜歡豔色，送他的新衣卻是不起眼的深青暗色；她也記得寧殷不吃辛辣，但還是將加了椒粉的屠蘇酒分給他……

虞靈犀做不到像寧殷那樣殺伐狠厲，但她再如何沒有骨氣，也知道這輩子不應該再圍繞寧殷的喜好而活。

他說她是這世上待他最好的人，許是假話，但虞靈犀還是柔軟了目光。

她托腮，杏眸靈動澄澈，伸指隔空點了點寧殷的嘴角，學著他前世的語氣道：「笑一個。」

寧殷一怔，隨即聽話地揚起嘴角，露出人畜無害的笑來。

那一笑彷若春風暖化了皚皚白雪，在虞靈犀眼中掠過淺淡的漣漪。

虞靈犀從未見過寧殷露出這般乾淨的笑容，沒有陰謀算計，沒有血腥殺氣，只有見之可親的少年心性。

面人似的乖巧沒脾氣，虞靈犀忽然有些洩氣，和他耍小性子似乎也無甚意思。

心中的那點警惕和芥蒂在這一笑中漸漸動搖，淡去。

於是她也笑了，第一次，面對寧殷露出輕鬆暢快的笑來。

寧殷不明白她為何發笑，但見她開心，便更賣力地揚起嘴角，漆黑幽深的眸子牢牢鎖定笑靨如花的燈下美人。

「我改主意了。」虞靈犀披著一身暖光，笑吟吟望著面前的少年。

前世寧殷給她造成的壓迫感太強、太慘烈，以至於她今生見他的第一個反應便是算帳劃清界限，從此離他越遠越好……

或許，他們之間還有第二條路可走呢？

虞靈犀臉頰浮現酒意的緋紅，眸色卻是從未有過的清明。

「吃完這些酒食，就早些回房歇息吧。」虞靈犀道：「庭院的雪，就別掃了。」

寧殷以為她又要趕自己走，忙抬眼，暗色的眸中劃過一絲類似恐慌的情緒。

虞靈犀起身，望著遠處夜空中消散的煙火餘光，輕笑道：「以後有的是時間，說不定，我還有用得著你的地方呢？」

聽出了她的言外之意，寧殷眼底的慌亂消散，起身喉結動了動：「小姐的意思是……」

「是的，我可以留下你。」虞靈犀看著他的眼睛回答，「希望你，莫要讓我失望。」

寧殷立即道：「我什麼都願意為小姐做。」

虞靈犀張了張唇，想說的話有很多，卻最終什麼都沒有說，只提起階前青石上擱置的燈籠，朝廂房行去。

廊下，少年久久躬身佇立。

直至目送她的燈盞消失在月門之後，他方直身撩袍入座，端起食案上尚且溫熱的屠蘇酒，斟了一杯。

寧殷端起酒杯，卻並不飲下，竹簾投下的暗影遮擋了他的神色。

風起，竹簾捲動，蕩開的酒水漣漪中，映出少年如狩獵者般涼薄輕勾的唇線。

「光留下來怎麼夠呢？」

接下來，他需獲得她的信任，近她的身，光明正大地去布一場蟄伏已久的局。

回到廂房，虞靈犀靠著門扉長舒了一口氣。

胡桃將紗燈擱在案几上，又點亮了燭臺，回首瞧見自家主子心事重重的模樣，便忍不住多嘴道：「小姐，雖說咱們府上家大業大，多幾十百來個奴僕也養得起，可他畢竟只是一個無名無姓的流浪乞兒，您給他治傷不說，還要將他招入府中，是否太過善良衝動啦？」

虞靈犀也覺得自己這個決定做得倉促，但她並不後悔。

她雖解決了北征眼下的危機，但父兄一直遲遲沒能查出來布下陷阱的幕後真凶是誰。不管敵人是誰，都難逃位高權重，甚至很有可能是皇族中人……

那是虞靈犀無法撼動的人，所以最好的辦法便是趁著寧殷如今落難，暗中扶植他。待他兩三年後權傾天下，便能成為虞家的靠山，利用他剷除隱藏在幕後的奸佞。

唯一的問題是，她太瞭解寧殷了。

哪怕他現在表現得人畜無害，虞靈犀也忘不了他前世只記仇不報恩的殘暴性情。這樣的人無疑是一把危險至極的刀刃，既能傷人，也能傷己。

稍有不慎，她必滿盤皆輸。

如何讓寧殷稍稍改變性子，承虞家這份恩情，是虞靈犀眼下最頭疼的難題。

「既然應承他了，便走一步看一步吧。」虞靈犀將胡桃喚到身邊，叮囑道：「給那人換間乾淨通透些的房舍，不許他來前院，也不許任何人指使他幹髒活重活。還有，若是父兄問起來，妳便說是我留下來替我養貓的。」

胡桃應允：「奴婢明白。」

過了年，寧殷的傷差不多好全了。

也是奇怪，從自己答應留下他，他傷癒的速度便快了許多。

虞靈犀還未想好該如何走下一步，索性便讓他待在後院，從自己的月錢裡分了一份養著他，讓他替自己照顧小貓花奴。

這一想便是大半個月過去。

回過神來時，已雪化開春，花苑中的十來株桃樹都顫巍巍吐露出花苞新芽。

唐公府送來了請帖，邀請虞家兄妹七日後一起去城郊的歸雲山踏青狩獵。

虞靈犀上輩子被圈在趙府和王府多年，這輩子一重生過來就被父兄北征和寧殷的事分了神，都沒來得及好好出門遊玩放鬆，被閨中好友邀請，自然卯足了勁兒想去。

何況唐公府聲望頗高，老太君唯一的孫女兒要主持圍獵，京中大多數官宦子弟都會應約前去，正好方便虞靈犀打探一些消息。

圍獵要進行兩三日，虞夫人擔心么女身嬌體弱，會凍著傷著，本不同意虞靈犀應約。

但架不住小女兒百般央求，只好鬆口道：「妳兄長朝中事務繁忙，不能同行，便讓辛夷陪妳去。多帶些侍衛和馬夫，別人狩獵妳遠遠看著便行，千萬莫往危險之處跑。」

虞靈犀連連頷首應允，這才下去安排出行事宜。

三月初，風裡的刺骨寒意褪去，暖意融融。

虞辛夷已經整頓好圍獵隨行的人馬，府門外一片馬蹄噠噠的熱鬧。

虞靈犀換了身方便出行的窄袖春衫，便見胡桃捧了個首飾匣過來，笑問道：「小姐想佩戴什麼釵飾？奴婢打探過了，今日應約的貴女頗多，趙府的表小姐也會去呢！小姐定要挑些奢華好看的首飾，將她們都比下去才行！」

聽到「趙府表小姐」幾字，虞靈犀挑首飾的手微微一頓。

前世在趙府經歷的種種，以及自己死後被寧殷劃花的、那張血肉模糊的臉猶歷歷在目。

她壓下心中複雜的情緒，長舒一口氣，從匣中隨意挑了對看著順眼的翡翠蝴蝶珠花，道：「就戴這個吧。」

胡桃認出這對珠花，抿唇一笑，一副「果然選這個」的模樣。

辰時，圍獵的隨行侍從便氣勢磅礴，從虞府出發。

虞靈犀和貼身侍婢乘坐馬車，虞辛夷身手不凡，便單獨策馬在前方開道。

到了城門，薛岑並幾個士族子弟的人馬已經等候多時。

薛岑只和虞辛夷點頭打了個照面，便策馬朝虞靈犀的馬車而來，勒馬喚道：「二妹妹。」

虞靈犀撩開車簾，探出頭回應：「岑哥哥，你怎麼還在這？」

「等妳同行。」說著，薛岑瞧見虞靈犀鬢髮上簪的那對珠花，眼睛一亮，清雋的面容上浮現些許紅暈，「二妹妹戴的，是我去年送的那對翡翠珠花？」

虞靈犀笑意一頓，下意識摸了摸頭頂。

薛岑誤以為她的沉默是害羞，心想上次果真是自己敏感多慮了，二妹妹心裡有他呢！否則，為何特地戴了他送的珠花前來相見呢？

「二妹妹明白我的心意，這便足矣。」

說完這句，薛岑眼含春意，留戀地看了虞靈犀一眼，這才在同伴的催促聲中揚鞭策馬跑去前頭了。

徒留虞靈犀一臉怔然地坐在車中。

狩獵不方便戴複雜的釵飾，她不過看這對珠花造型簡潔大方，適合出行，便隨手挑中了，卻不料是薛岑送的禮物。

隔了兩世，她真記不清這珠釵是買的還是送的了，難怪早晨胡桃笑得那般奇怪。

虞靈犀想把珠花摘下，可如此一來，倒有點欲蓋彌彰了，只得悻悻作罷。

馬車行了近兩個時辰，總算在午時趕到了歸雲山腳下。

外頭已經停了不少華貴的馬車，寒暄問好的笑聲伴隨著馬蹄陣陣傳來，好不熱鬧。

微風輕拂，陽光和煦，空氣中瀰漫著清新的氣息。

侍婢撩開車簾，虞靈犀剛彎腰鑽出馬車，便見一隻紮著護腕的結實臂膀自一側遞了過來。

虞靈犀下意識將手掌搭在那侍從臂膀上，轉頭一看，猝不及防對上雙漂亮幽黑的眼睛。

寧殷？

虞靈犀記得隨行的名單裡並沒有他，不由訝然，「你怎麼來了？」

午時過後，受邀圍獵的各家子弟皆已到齊，各自在山腳尋了平坦避風的地方安營紮寨。

「小姐，已經找青霄侍衛問清楚了。」胡桃端著一盆清水進帳，替虞靈犀挽起袖口道：「原本隨行的馬奴昨夜都吃壞了肚子，上吐下瀉的，病得起不來了。管家實在找不到其他人手，偶然間見那個乞兒擅馭馬，便臨時叫他來頂替，說是只讓他幫著看管馬匹，不許來小姐跟前近身伺候，想來出不了什麼問題。」

虞靈犀將手浸泡在清水中，心裡想的卻是另一個問題。

縱使寧殷備受冷落，在宮裡沒有什麼存在感，可畢竟是曾經的皇子，而此番圍獵的世家子弟中不乏有皇親國戚，他就不怕被人認出來嗎？

越想越覺得寧殷的過往是個謎，她從來不曾看透過。

「歲歲，快出來！各家已經整頓好，準備圍獵了。」唐不離的聲音自營帳外傳來，打斷虞靈犀的思緒。

午後的陽光剛剛好，曬得人渾身毛孔都舒張開來。

各家子弟果然已經手挽良弓，在林子外集合了。世家大多講究排場，還養著鷹奴和獵犬，一時鳥鳴犬吠，好不熱鬧。

虞靈犀換了身方便騎射的緋色胡服，手捏絞金小馬鞭，馭著那匹御賜的西域紅馬信步而來。

馬是寶馬，人是美人，一襲緋衣在陽光下明麗無雙，比平日玉釵碧裙的模樣更為奪目。一時間，各家子弟望向她的眼神都帶著明顯的驚豔之色，大概沒想到虞家養在深閨裡的病秧子小女兒，竟是這樣花容月貌的美人。

薛岑最先策馬過來，繞著她走了一圈方勒馬停下，溫聲道：「二妹妹，林中地勢複雜，待會妳跟著人群走，切莫跑遠。」

「好。」虞靈犀頷首，和他一起加入狩獵隊伍，立在虞辛夷身側。

號角一響，百騎捲過長坡，競相絕塵而去，驚起林中飛鳥無數。

衝在最前面的是一身戎服的虞辛夷，還有一名挽著雕金大弓的華貴少年與她並駕齊驅，不分伯仲。

那少年的身影看著有幾分眼熟，應是前世在某次宴會上見過。

虞靈犀留了個心眼，打馬向前問唐不離：「阿離，最前面那個挽著雕金弓的少年，是誰？」

唐不離手搭涼棚朝前望了一眼，隨即「哦」了聲：「南陽小郡王寧子濯，當今聖上的親姪子。」

隨即她眼睛一瞇，用馬鞭輕輕頂了頂虞靈犀的肩膀，神神祕祕道：「小郡王雖是皇親，但就是個被寵壞的小紈褲，妳就別想啦！老老實實和妳的薛二郎在一起，我看這滿場未曾婚配的世家子弟中，也就他的相貌才學配得上妳……」

話題越扯越遠，虞靈犀及時打住：「我不過隨口一問，妳想哪兒去了？」

正說著，忽然聽見身後傳來熟悉的女聲，細細喚道：「靈犀表妹。」

虞靈犀回頭，看到僵硬騎在馬背上的趙玉茗。

無意識捏緊韁繩，前世寄居趙府遭遇的種種交疊閃過腦海，最後定格在趙玉茗那張被劃得血肉模糊的臉上。

或許她該鬱憤。

但只要想起前世被逼按上去攝政王府的軟轎前，趙玉茗那句淡漠的「表妹，妳要認命」，便什麼不平鬱憤都沒了，只餘無盡的空洞。

虞靈犀於馬背上直身，淡淡應了聲：「表姐。」

趙玉茗身後還跟著一個年輕男人，生得眉眼細長而臉頰瘦削，看上去十分陰鬱，是趙家收養的義子。

趙玉茗不會騎射，騎馬騎得生疏且緩慢，半天才行至虞靈犀面前，目光掃過她鬢髮上的珠釵，笑道：「表妹的這對珠釵，甚是好看，不知是在哪家鋪子買的？」

葉縫間光影灑落，虞靈犀的眸中映著斑駁。

旁人都說趙玉茗和她有幾分相像，而今看來，卻是一點也不像。

趙玉茗的五官柔弱寡淡許多，眼裡像是蒙著霧氣似的，楚楚動人，卻缺乏光亮。

虞靈犀自然不會說實話，只隨意答道：「去年的舊款式，並非什麼好東西。」

趙玉茗笑意一頓，臉色迅速泛紅，而後褪成蒼白。

她垂下眼，低頭看著自己身上的衣服。

她家世不如虞靈犀，沒有可靠的父兄撐腰，身上穿的就是去年的舊衣裳。

遠處傳來的歡呼打破了林間的寂靜。

唐不離眼睛一亮：「看來有人獵得頭籌了，這麼快！」

「走，去看看。」虞靈犀顧不得理會趙玉茗，一揚馬鞭穿林而去。

虞辛夷獵到一頭雄鹿，拔得頭籌，順手將帶有虞家族徽的旗幟插在林中，颯爽無比。

而一旁，南陽小郡王角逐失敗，累得俊臉緋紅，氣喘吁吁地騎在馬背上，不甘地瞪了虞辛夷一眼。

「剛才我看妳是女人，才讓妳三分，下次本王絕對不會手下留情了！」寧子濯將一支箭擲在虞辛夷腳下，昂首宣戰道：「再來！」

虞辛夷揚眉一笑，翻身躍馬道：「小郡王，待會若是再輸丟了臉面，可不許哭！」

眾人起鬨，寧子濯受到羞辱似的，臉更紅了，氣沖沖喊道：「誰哭誰是狗！」

說罷一揚馬鞭追上虞辛夷，將一干侍衛甩在身後。

南陽小郡王孩子心性，虞靈犀看得好笑，心裡倒是篤定，虞家的政敵不可能是他。

唐不離命人將那頭雄鹿抬回營帳，圍觀的人也各自四散狩獵去。

人群已經跑得很遠，虞靈犀的射藝和體力都不如阿姐，在林中轉了幾圈，便和唐不離等一干貴女回了營帳。

斜陽穠麗，溪水泛著金鱗般的暖光。

虞靈犀馬背上掛著兩隻獵來的灰兔，馭馬朝營帳後的簡易馬廄行去。

馬背很高，她正猶疑跳下來會不會崴腳，便見一抹熟悉的身影走了過來，交疊雙臂半跪在馬鐙下，為她搭了一條人臂梯子。

寧殷？

虞靈犀愣了愣，踩在馬鐙上不上不下。

「我沒有踩人凳的習慣，你讓開些。」她道，語氣輕輕柔柔的，但聽得出來些許不悅。

既然決定留下寧殷，她就得將他這些折辱人的臭毛病一點點改過來。

寧殷抿了抿唇，依言起身，退了一步。

虞靈犀定神，踩著馬鐙下來，落地時仍是一個踉蹌。

「小心。」

寧殷第一時間扶住她，修長的手指帶著些許涼意，結結實實地攥在她的腕子上。

虞靈犀的心一緊，指尖下意識發顫。

四目相對，寧殷的眸子漆黑平靜，沒有一絲掌控或是欲念。

虞靈犀這才回過神來，面前的少年，的的確確不是前世的寧殷。

「謝謝。」她鬆了一口氣，動了動手腕。

寧殷順從地鬆了手，想了想，他抬眸，朝虞靈犀露出一個毫不吝嗇的笑來。

瑰麗的晚霞落在天邊，倦鳥歸林，少年的笑像是山間最乾淨的清泉，足以滌蕩所有的陰霾。

都說薛岑光風霽月，有潘安之貌，但笑起來的寧殷，便是十個薛岑也比不上。

自從除夕那夜，虞靈犀讓寧殷「笑一個」後，從此每次見他，他都會露出人畜無害的笑來。

好像這樣就能讓她開心，讓她不那麼討厭自己。

虞靈犀想，他顛沛流離這些年，一定鍛煉出超乎常人的警覺性和敏感度。否則他如何能敏銳地察覺到虞靈犀埋藏心底的那點芥蒂和疏離，從而抓住一切機會討好表現呢？

「以後別硬逼著自己笑了。」她道。

寧殷流露些許不解，問：「小姐不喜歡？」

「倒也不是。」虞靈犀眼裡也有了淺淺的笑意，卻故意抿著唇線，認真地教育他，「但無端發笑，挺傻。」

她將韁繩交到寧殷手裡，語調輕快了不少，「替我照顧好馬匹。」

說罷晃蕩著手裡的小馬鞭，迎著光朝營帳走去。

日落時分，擊鼓收獵。

溪邊的草地上堆了不少飛禽走獸，唐不離正派人清點，按照其身上的箭矢族徽清點各家得了多少獵物，從而選出魁首。

清點了好幾輪，都是虞家獵得的獵物最多，不論數量，便是鹿、獐子這樣稀少的獵物，也得了不少。

南陽郡王寧子濯次之，再往下便是薛岑等人。

最少的，是趙玉茗府上的箭矢，只有一隻兔子和一隻毛色極差的黃狐狸。

夜裡營帳前燃起了篝火，男女少年各圍一圈，炙肉分食，分享今日的戰利品。

虞靈犀命人割了一腿鹿肉，分給隨行的侍從，而後又挑了些瓜果和熱騰騰的炙肉，吩咐胡桃道：「這些，單獨給寧……」

頓了頓，她改口：「去給那個養馬的乞兒送過去。」

剛安排完，便聽同行的女伴中有人問：「怎麼不見趙府的玉茗姑娘？」

兵部劉侍郎家的嫡女瞥了虞靈犀一眼，雖帶著笑，可說出來的話卻綿裡藏針：「誰叫有人搶盡風頭，將林子裡的獵物都獵光了，不給人留活路。趙府姑娘哪還敢露面？」

當初北征之事，父兄第一個懷疑的便是兵部劉侍郎，如今再看劉家姑娘的態度，可見兩家關係的確不好。

這一場狩獵，虞家風頭正盛，哪些人歆羨、哪些人妒忌排擠，虞靈犀都記在心裡。

畢竟，這群少男少女們背後代表的，都是他們父輩家族的利益。

外頭篝火熱鬧，趙玉茗的營帳卻是一片冷清。

營帳外有幾條人影走過，議論道：「我原先覺得趙家姑娘是個美人胚子，可今日她和虞家小娘子站在一起，倒像個泥人石頭似的失了顏色。」

另一人笑道：「可不是麼！我要是薛岑，我也喜歡虞小娘子，那容貌身段……嘖嘖！」

腳步聲響起，外頭議論的聲音戛然而止。

趙玉茗看著擱在案几上的那袋箭矢，聞言袖中五指緊扣，眼裡的哀傷更重，泫然欲泣。

不稍片刻，趙須端著烤好的兔肉進門，見到趙玉茗獨自黯然神傷，眼裡閃過明顯的心疼。

「吃點東西吧，玉茗。」趙須撕下一腿兔肉，小心翼翼地餵到趙玉茗唇邊，「那些亂說的人，我已經趕跑了。」

趙玉茗搖了搖頭：「他們說得沒錯，表妹那樣光芒萬丈的嬌嬌貴女，合該所有人喜歡的。」

「我就不喜歡。」趙須說。

趙玉茗看了他一眼，眼淚沒忍住淌了下來：「你不喜歡有何用？我沒有她那樣的好父親、親兄長撐腰，走在哪裡都會被人拿來比較取笑，要比她低人一等。」

「不會的。明天狩獵，我一定會是頭籌，一定會給妳撐腰長臉。」趙須一見義妹的眼淚就心如刀絞，眼中閃過一抹暗色，「到那時候，沒人再敢輕視取笑妳。」

殘月西斜，篝火熄滅，只餘一點火星「嗶啵」升起，又轉瞬消失。

大家都睡了，營帳一片靜謐。

樹林裡森森然透著寒氣，一隻灰隼掠過濃墨般的夜空，準確地落在寧殷的手臂上。

剛取下情報，便見樹林外傳來刻意放輕的腳步聲。

寧殷耳力極佳，立刻就分辨出這聲音是從虞靈犀的馬廄傳來的。

他慢悠悠抬指壓在唇上，示意臂上訓練有素的灰隼別動。而後身形一轉，隱在樹幹後的陰暗中窺探。

一條黑影鬼鬼祟祟地摸到馬廄，然後掏出一包東西倒入馬槽之中，伸手攪拌一番，又匆匆離去。

待那黑影澈底消失不見，寧殷方抬臂放飛灰隼，從樹幹後轉出來。

他負著手，信步走到馬廄間，隨手撈了一把草料置於鼻端嗅了嗅。

隨即唇線一揚，喉間悶著極低的嗤笑，眸子在月光下映出涼薄的光。

看來不用他出手，已經有人迫不及待要放火了。

第二日起風了，天邊浮雲厚重，陽光蒙著一層晦暗。

山坡上，虞辛夷一身束袖戎服打馬而來，朝虞靈犀道：「歲歲，今日天氣突變，夜裡恐有大雨。咱們再獵一場便拔營歸府，否則山間淋雨，最易著涼風寒。」

虞靈犀此行目的本就不在狩獵，想了想，便道：「好。」

營帳後，拴著的踏雪紅馬發出低低的啾鳴聲。

這匹良駒素來通人性，今日不知為何卻有些躁動，不讓生人近身，一直小幅度刨動前蹄。

「吁——」虞靈犀伸手撫過紅馬柔亮的鬃毛，試圖安撫牠。

紅馬卻是一甩馬頭，死命掙扯韁繩。虞靈犀忙後退一步，正打算喚侍衛前來幫忙，卻見一隻有力的臂膀橫生過來，攥住韁繩用力下拉，紅馬噴了個響鼻，乖乖低頭不動了。

虞靈犀看著寧殷馴馬的側顏，眸中劃過些許訝異。

紅馬認主且性子烈，除了自己和阿爹，虞靈犀還從未見牠在第三個人手裡低過頭。平日便是阿姐碰牠，牠也照樣撅蹄子。

「小姐，可以了。」寧殷轉過頭來，疾風捲過，他鬢角的一縷碎髮拂過淡色的薄唇。今日風大，春寒料峭，他穿得甚是單薄，攥著韁繩的指節微微泛紅。

正巧胡桃送了一套紅棉斗篷過來，給主子穿去防風。

虞靈犀抖開那件鮮妍的紅斗篷，卻並未披上，而是順手披在寧殷的肩頭。

斗篷落下時，虞靈犀能察覺他身形的緊繃僵硬，但只是一瞬，他便順從地放鬆下來，眼底蘊著淺淡的疑惑。

胡桃也是一臉懵，瞄了那備受主子青睞的少年幾眼，噘著嘴酸溜溜道：「那，奴婢再去給小姐取一件……」

「不必了，待會狩獵還不知會跑得多熱呢。」

虞靈犀上下打量寧殷一眼，心道，寧殷果然還是適合這般鮮亮的顏色，有種極具視覺衝擊的俊美。

「斗篷有些短，你將就著穿。」虞靈犀抓著馬鞍，翻身上馬道：「既是我帶出來的人，自然不能穿得太寒酸，以免丟了虞家的臉面。」

寧殷還望著她，眸色是看不見底的漆黑，並未將馬韁繩遞到她手裡。

虞靈犀望著空落落的掌心，蹙眉。

胡桃乾咳一聲，低喝道：「你這乞兒好生無禮，竟這般直視小姐！」

寧殷這才薄唇微啟，喚道：「小姐。」

虞靈犀凝神，以為他要為斗篷的事道謝，誰知等了半晌，卻聽少年帶著笑意的嗓音傳來：「今日有雨，不宜狩獵。」

冷風捲起而來，遠處傳來綿延的號角聲。

狩獵已然開始了，虞辛夷在遠處揚鞭催促，虞靈犀便顧不上他這句沒頭沒尾的話，一揚馬鞭道：「下雨前，我自會歸來。」

浮雲蔽日，陰影籠罩大地。

寧殷望著虞靈犀遠處的身影，眼中彷彿落下陰翳，一片黑沉沉的淡漠涼薄。

林中，獵犬狂吠，驚鳥疾飛。

今日拔得頭籌的，竟是趙家那個不起眼的義子。

趙須將獵來的獐子擲在眾人馬前，將帶有趙家族徽的箭矢插在地上作為標識，目光卻是落在最周邊的趙玉茗身上，帶著明顯的討好。

一時零零落落的恭賀聲陸續傳來，趙玉茗臉上總算露出笑容，背脊也挺直起來。

南陽小郡王寧子濯氣得摔了雕弓，昨日輸給虞辛夷也就罷了，畢竟她出身武將世家，身手不凡。

可今天輸給一個籍籍無名的趙家養子又算怎麼回事？

明明獵物就在眼前，可他們的駿馬就是病懨懨跑不動，只能眼睜睜看著趙須一騎絕塵，將獵物搶走。

「歲歲。」虞辛夷眉頭緊皺，牽著馬匹過來，壓低聲音問，「妳的烈雪如何？」

虞靈犀搖頭，撫了撫身下不斷踱步的紅馬：「今晨起便有些躁動，不太聽使喚。」

虞辛夷環顧四周慨慨的各家馬匹，道：「奇怪，怎麼一夜之間我們的馬都出了問題。」

還未想明白哪裡出了問題，忽聞一聲淒厲的嘶鳴。

眾人惶然回首，只見寧子濯座下的白馬忽然雙目凸起，口吐白沫，高高撂起馬蹄，發狂似的要將寧子濯從馬背上顛下來！

那麼高的馬背，摔下來可不是鬧著玩的！

「停！停下！」寧子濯用力扯著韁繩，卻是徒勞，只得倉皇喝道：「你們還愣著作甚？幫忙！」

薛岑最先反應過來，忙打馬向前，試圖牽制住躁動的馬。

可還未靠近寧子濯，他身下的馬兒亦是口吐白沫，發狂般橫衝直撞起來。

緊接著第二匹、第三匹……

所有人的馬都瘋了，馬蹄聲，嘶鳴聲，還有驚慌喊叫聲，林子裡亂成一團。

除了趙府的馬匹。

虞靈犀拼命安撫著身下嘶鳴驚狂的紅馬，匆忙抬眼，便見趙須和趙玉茗的馬安然無恙地站在外圈，在一群瘋馬中顯得十分突兀。

趙玉茗臉都白了，下意識看了身側的趙須一眼。

「不可能、不可能……」趙須喃喃，臉上閃過明顯的心虛慌亂。

他昨夜明明只在虞家的草料中下了藥，好讓今日趙家能奪得魁首……可不知為何，所有的馬都瘋了。

莫非是鬧鬼了？

林中一片混亂，尖叫不絕，虞靈犀聽不清趙家人在說什麼。

可他們在一群瘋馬中如此明顯，且神色有異，傻子都清楚趙家有問題。

繼而，趙須低喝了句什麼，揚鞭在趙玉茗的馬臀上一抽，帶著她逃離了現場。

與此同時，寧子濯控制不了瘋馬，從馬背上墜了下來！

電光火石之間，一條身影踩著馬背躍去——

虞辛夷單手拽住寧子濯華貴的衣襟，帶著他穩穩落在地面。

寧子濯嚇得眼睛都紅了，還未來得及道謝，便見那瘋馬高高揚起前蹄，朝著虞辛夷的背脊踩踏下來！

虞靈犀心中大駭，顧不得去追趙玉茗，忙死命抽著身下馬臀，朝阿姐奔去！

烈雪嘶鳴衝上前，將寧子濯的瘋馬撞開，撂起的馬蹄堪堪擦著虞辛夷的肩膀落下，避開了致命一擊。

虞靈犀來不及高興，卻見疼痛使得被撞開的那匹瘋馬徹底暴動起來，紅著眼一口啃在烈雪的脖子上！

霎時烈雪頸上鮮血如注，痛得人立而起，載著虞靈犀朝密林深處狂奔而去。

「歲歲！」

「二妹妹！」

虞辛夷和薛岑的驚呼同時響起，兩人來不及反應，拔腿追去。

可滿林子都是瘋馬，虞靈犀騎的又是萬裡挑一西域良駒，光憑人力如何追得上？

寧殷來到林子裡，瞧見的就是如此畫面。

虞靈犀的馬甚是警覺，昨夜察覺到草料味道不對，便沒有再吃，中毒比其他馬要淺得多。只要她力求自保，不多管閒事，便不會有性命之憂。

可……

「還是多管閒事了。」寧殷低嗤。

那抹熟悉纖弱的身影顛簸在馬背上，很快消失在密林深處，將虞辛夷和薛岑遠遠拋在後面。

沒人比寧殷更清楚此時虞靈犀落單，意味著什麼。

他清冷淡漠的視線落在一旁驚魂未定的寧子濯身上，那是他此行的獵物。

剛往前行了一步，斗篷的一角被荊棘掛住。

接著，急促的馬蹄聲傳來，是趙家兄妹逃了出來。

寧殷的視線落在那件溫暖的斗篷上，歪著頭，權衡盤算了一番。

腳步改了方向，他往大道中間行去。

「閃開！」趙須大喝，卻並未減慢馬匹速度，而是直衝衝朝道中阻攔的那人踏去！

那少年非但沒有閃避，反而在笑。

是的，他在笑，唇線揚起，可目光卻是陰冷的，彷彿在睥睨一隻朝生暮死的螻蟻。

一種被野獸盯上的不祥之兆籠罩心頭，趙須來不及勒馬，卻見那少年將他從馬背上狠狠拽了下去，砸在道旁。

那少年，甚至只用了一隻手。

「趙須！」趙玉茗的慘叫聲中，趙須如同死人麻袋般滾落溝渠。

寧殷搶了趙家的馬，俐落勒馬回身，抬手將匕首刺入馬臀，疼痛使得身下灰馬不要命地朝林中奔去。

虞辛夷追到一半，便見一騎離弦之箭般從身邊擦過，朝著妹妹失蹤的方向奔去。

馬背上猩紅的斗篷隨風獵獵，是個她不認識的少年。

耳畔的風宛如刀削掠過，密林的樹枝不斷抽打在身上，火辣辣的疼。

虞靈犀匍匐在馬背上，死也不敢鬆開轡繩。

「停下，烈雪……」

她強撐著神智，手掌勒得生疼，剛開口說了四個字，便被劇烈的顛簸弄得咬到了舌頭。

胃中翻湧，嘴裡瀰漫開淡淡的血腥味，渾身都疼。

沒事的。

她安慰自己：等烈雪跑累了，自會停下……

但很快，她這絲奢望也破滅了。

林子到了盡頭，前方隱隱透出光亮，卻是一處嶙峋的斷崖。

烈雪衝出林子，在離斷崖不到三尺遠的地方堪堪剎住，踏碎的石子紛紛滾落崖底，極度的驚狂和疼痛使得牠口鼻吐沫，嘶聲人立而起。

那躍起的力度將虞靈犀拋在半空，韁繩離手，她如斷翅的鳥兒般，直直地朝崖底墜去。

拋起的心臟還未落到底，一條熟悉的身影出現在視野中，緊緊攥住她下墜的手臂。

# 第六章 名字

虞靈犀是被潮濕的冷風颳醒的。

渾身都疼，她下意識動了動身子，立刻聽見身側碎石劈里啪啦滾落深澗的聲音。

虞靈犀澈底清醒了，扼住呼吸，僵在原地不敢動。

這是斷崖中段一處石壁，寬不過四尺，長盈半丈，形成一處向外凸出的坑窪平臺。頭頂有棵半弧形的老松延伸，密沉沉擋住了上方視線，不知離崖頂樹林有多遠……

而下方，則是霧濛濛望不到底的深淵，稍有不慎墜下，必定粉身碎骨。

扭頭一看，寧殷就昏躺在她的身邊，雙目緊閉。

虞靈犀想起來了，她墜崖時是寧殷追了上來，飛撲攥住從馬背墜下懸崖的她。

他一個字也沒說，只緊緊握住她的腕子，另一隻從峭壁嶙峋凸起的岩石上不住攀援擦過，帶起一路血痕。

最終他攀上那顆扭曲橫生的山松，緩住二人下墜的速度。

在體力耗盡之前，他用力將自己和虞靈犀拋至這處勉強能容身的平臺。

他尚在昏迷，臉朝下趴著，半截腿都懸在石臺外，凌亂的斗篷被山風吹得獵獵作響，隨時都有掉下去的危險。

來不及遲疑，虞靈犀忙跪坐傾身，用盡全身力氣將勁瘦沉重的少年拖上來，往峭壁裡頭挪了挪。

用力將寧殷的身軀翻過來，虞靈犀才發現他眉骨上有細小的傷痕，左手五指更是血肉模糊，想必是下墜時尋找攀援物蹭傷的。

從遇見寧殷開始，他就在受傷。

哪怕這輩子有自己的干預，他仍是不停地受傷，上輩子無人照顧的他，還不知道過的是怎樣的生活。

半空風聲嗚咽，天邊烏雲翻滾，頭頂的勁松被吹得「嘩嘩」作響。

虞靈犀清楚地感受到自己心中最堅硬的那部分在軟化，消融，最終氾濫成災。

她眼睛微紅，用冰冷的指尖輕拍寧殷的臉頰，啞聲喚道：「喂，醒醒……」

指尖剛碰上他的臉頰，寧殷便猛地睜開了眼睛。如野獸般凌寒枯寂的眸子，黑漆漆映不出丁點光亮。

僅是一瞬，那雙古井無波的淡漠眼睛漸漸聚神，落在虞靈犀凍得蒼白的臉頰上。

「小姐。」他喚了聲，然後坐起身來。

虞靈犀看到他的左臂以不自然的姿勢，朝後軟綿綿扭曲著，掌心擦傷無數，鮮血淋漓。

她眸色一沉，喃喃道：「你的手……」

寧殷的視線順著虞靈犀的目光，落在自己無力垂著的左臂上，隨即勾起沒心沒肺的笑來：「不礙事，手斷了而已。」

手斷了……而已？

虞靈犀一口氣堵在嗓子眼，顫聲道：「瘋子，你到底知不知道自己是什麼處境？」

寧殷面無表情，抬掌覆在左肩關節處，用力一扳。

只聽咔嚓一聲毛骨悚然的聲響，錯位的關節便被他扳回原處，彷彿自己的身軀是個可拆卸的木偶娃娃。

「你……」

虞靈犀一時無言，眼前少年沒有痛覺的冷漠眉眼，倒有了幾分他前世的模樣。

可虞靈犀並不覺得害怕，反而有幾分說不清道不明的酸楚。

寧殷試著活動左臂一番，骨裂，但勉強能用，便環顧四周道：「小姐，我們困在斷崖中央，離地約莫二十餘丈，不能避風避寒，沒有水和食物……」

他望向虞靈犀，「普通人三日便會死。」

他說起「死」的時候，語氣沒有一絲波瀾抑或恐懼，近乎麻木。

虞靈犀心中又是一堵，靠著嶙峋的石壁蜷縮身子，輕輕「嗯」了聲。

寧殷看了她一眼。

少女嬌弱的身子因為風寒而不住發抖，可她的眼神還算冷靜，脆弱美麗，卻又堅忍。

他眼底浮現些許興致，與她並肩靠向石壁，屈起一腿問：「小姐不害怕嗎？」

虞靈犀心想，前世托您的福，再可怕的場面都見識過了，而今這點危險確實算不上什麼。

「別怕。」她將凍得蒼白的唇埋入臂彎中，尚有心思安慰寧殷，「阿姐和岑哥哥會來救我們的。」

聽到薛岑的名號，寧殷眸中的陰翳如墨般暈散。

那真是個礙事又多餘的傢伙。

「你不該陪我困在這裡。」正想著，少女輕柔低啞的聲音再次傳來，甕聲道：「趁著現在還未下雨，崖壁乾燥，若能攀爬上去，你便走吧。待尋了人，再來救我。」

雖然手臂受了傷，但她知道寧殷的臂力一向驚人，賭一把興許能活。

聞言，寧殷摩挲指腹的動作微頓。

這處石臺離崖頂不過十丈，以他的能力，的確能攀爬上去脫險。但若是那樣，他所做的一切便沒有意義了。

既然放棄寧子濯這個目標而選擇了她，他便要讓自己的決定發揮出最大的利益。優秀的野獸無論何時，都不可能鬆開到嘴的獵物。

再抬眼時，寧殷換上了乾淨的笑顏。

他解下身上的紅棉斗篷，抬起乾淨的右手撣了撣灰塵，然後將斗篷輕輕裹在虞靈犀身上。

「我受了傷，就陪在小姐身邊，哪也不去。」他湊過來，漆黑的眸中映著虞靈犀訝異的神情，「只要能在小姐身邊，便無甚可怕。」

疾風如刀捲過，吹開了記憶的塵埃。

前世寧殷腿疾發作時，也會這樣將她箍得緊緊的，幾欲窒息。

實在受不了了時，她會小幅度掙動調整呼吸。

可不管她將動作放得如何緩慢輕柔，寧殷都會慘白著臉驚醒，冷冷道：「打斷手腳和乖乖別動，妳選一個。」

於是虞靈犀便不敢動了。

寧殷會忽地大笑起來，手臂幾乎將她的腰拗斷，帶著病態的瘋癲道：「陪在本王身邊，哪也不許去。」

記憶中那雙冰冷晦暗的眼睛，似乎在眼前重疊，逐漸清晰。

不管他所言真假，虞靈犀都敗下陣來。

她身上背負了太多的缺憾和過往，已經無力再去計較什麼、辯駁什麼，只沉默地將寬大的斗篷分出一半，蓋在寧殷的肩上。

他們蜷縮在峭壁中間的方寸之地，像是兩隻離群遇難的鳥兒，在暴風雨來臨前瑟瑟依偎著取暖。

夜色如巨獸侵襲，虞靈犀沒有等到援兵，卻等來了一場雪上加霜的大雨。

懸崖黑漆漆一片死寂，冰冷的雨點密密麻麻砸在身上，一件濕透黏膩的斗篷根本無法禦寒。

虞靈犀感覺自己骨子裡都浸著濕寒，昏昏沉沉起了高燒。

呼吸滾燙，身子卻越來越沉，越來越冷。

她已經無力分辨坐在自己身邊的是寧殷還是別人，下意識尋找溫暖的去處，朝他懷裡拱了拱。

虞靈犀不知夜雨是什麼時候停的，她又冷又餓還起著高燒，很快失去了意識。

她感覺自己的身體像是墜在冰窖，又像是煎入油鍋，嗓子又乾又疼。

天邊一線纖薄的黎明，寧殷單手枕在腦後閉目盤算下一步，便聽懷中滾燙的少女櫻唇微啟，帶著哭腔低低囈語著什麼。

將耳朵湊過去，方知她反覆念叨的是：「王爺，我渴……」

寧殷眼睫微動，眸中瞬間劃過夜的凌厲清寒，啞聲問：「什麼王爺？」

將耳朵再湊近些，虞靈犀卻是緊閉牙關，什麼也哼唧不出來了。

那句「王爺」，似乎只是嗚咽的風聲帶來的錯覺。

寧殷沉思，如今朝中封了親王、郡王稱號的皇親不多，與虞靈犀有交集的，只有這兩日獵場中相識的南陽小郡王寧子濯。

正悠悠推演，便覺肩上一沉，虞靈犀頭一歪，徹底沒了意識。

她骨子裡帶病，不飲不食還淋了風雨，怕是撐不過去了。

思忖片刻，寧殷指節一動，滑出藏在護腕中的短刃。

刀刃的光折射在他帶笑的眸中，冷得可怕。

崖底密林，數十人執著火把，踩著泥濘的山路搜尋。

虞辛夷滿臉泥漬，嗓子都喊啞了，還是沒有找到妹妹的下落。

二人的馬匹停在斷崖邊，人卻像人間蒸發一般，崖上崖底都找遍了，就是找不到人。

妹妹體弱，又風雨大作，這一天一夜她如何熬得過？

想到此，虞辛夷狠狠握拳捶向身側大樹，震得樹幹簌簌一抖，滿眼自責。

薛岑亦是雙目通紅，清朗的嗓音因通宵勞累而變得沙啞，「虞大小姐勿要焦急，如今沒有消息，便是最好的消息。」

薛府侍從執著火把向前，壓低聲音道：「二公子，這片山谷都搜遍了，懸崖幾十丈高，虞二姑娘該不會已經……」

話還未說完，便聽薛岑沉聲打斷：「她不會有事！若再有人胡言，就地處置！」

他素日溫潤，第一次如此盛怒，薛府侍從都嚇得跪地不起，連忙稱「喏」。

天邊一線微白，風停了，積雨自林間葉片上滴落，落在薛岑額上。

他抬手接住那一抹冰涼，視線順著雨水的方向往上，再往上，定格在雨霧濛濛的峭壁上頭。

虞辛夷順著他的視線望去，立即會意，眸中劃過一抹亮色：「還有一個地方沒有搜到。」

崖上，石臺。

虞靈犀又渴又餓，燒得口舌生燥，迷迷糊糊間察覺到一股溫熱緩緩濡濕了她的唇瓣。

她想張嘴接住這抹「甘露」，可發顫的牙關就像是蚌殼一般緊閉，怎麼也沒力氣張開。

身邊之人似乎也意識到這個問題，那抹溫熱的甘霖暫時遠去。

不消片刻，陰影再次俯下，有什麼柔軟溫涼的東西貼在她乾燥顫抖的唇瓣上，繼而一條滑熱撬開她的牙關，將溫熱的、帶著濃重鐵鏽味的液體哺進她的嘴裡。

那液體實在難喝，虞靈犀下意識皺眉，想要掙動，卻連一根手指都抬不起來。

眼睫顫抖著打開一條縫，晨曦黯淡，模糊的視野中只見寧殷無限放大的俊顏。

他的唇上沾著比斗篷還豔的紅，將什麼東西一口一口渡進來，填充她灼痛的胃部。

虞靈犀最後記住的，是他那雙古井無波的，沒有一絲情欲的漆黑眼眸。

再次醒來，虞靈犀已是躺在柔軟的床榻上。

睜眼便是自己閨房熟悉的帳頂，案几上燭光昏暗，窗外一片深沉的夜色。

她剛坐起身，便見胡桃高興得打碎了手裡的杯子，跑出門外欣喜道：「將軍、夫人！少將軍、大小姐！小姐她醒了！」

虞靈犀按著昏沉沉的腦袋起身，抿了抿唇，立刻嘗到舌間殘存的，一股說不清道不明的腥甜。

像是……鮮血的味道。

「歲歲！」虞靈犀從未見阿娘這般著急的模樣，幾乎是踉蹌著撲到她榻前，拉著她的手問，「我的兒，妳總算醒了！」

「阿娘，我沒事。」虞靈犀腦袋還不是很清醒，下意識露出乖巧的笑來，安撫道：「只是一個小意外，您別哭呀。」

「還敢說只是『小意外』？妳都昏迷一天一夜了！」虞辛夷的眼睛紅得像是三日未眠，坐在榻前緊緊擁住妹妹，「臭丫頭，妳嚇死我了知不知道！」

「我沒事，多虧了……」環顧四周，虞靈犀問，「救我的那少年呢？」

虞辛夷的面色微妙一頓。

她鬆開虞靈犀，不太自然地輕咳一聲，「是薛岑先找到困在峭壁中間的妳，並未發現什麼少年。」

「怎麼會？」

虞靈犀明明記得清清楚楚，寧殷是如何躍下懸崖抓住她，如何在峭壁上為她遮擋風雨，甚至是……

她抿唇，狐疑地看向虞辛夷：「阿姐，妳說實話，到底是怎麼回事。」

虞辛夷生性秉直，不擅說謊，見妹妹懷疑質問，便將腳一跺：「哎呀，虞煥臣你來解釋！」

妹妹已經及笄，虞煥臣不方便進寢房內間，便在屏風後站立。默了半晌，答道：「歲歲，妳是女孩子，和個奴子在一處待了一天一夜，傳出去會對妳不利。」

「所以，你們就挑了一個名聲好、門第高的薛二郎，替我掩埋此事？」虞靈犀呼吸一窒，掀開被褥下榻，「他在哪？」

「歲歲，妳還病著……」

「那個救我的少年，在哪？」

一陣沉默。

虞夫人到底心生不忍，給兒子使了個眼色。

虞煥臣這才嘆道：「按理說，若奴僕毀了主子的名譽，唯有他從世上徹底消失方能止損。但他畢竟救了妳，於是我以重金酬謝，客客氣氣地將他送出府了……」

話還未落音，虞靈犀便踉蹌下榻，衝出房門。

虞靈犀在後院尋了一圈，果不見寧殷，便轉身直奔角門馬廄。

侍衛青霄牽著馬匹走過，似是準備出門辦事。

來不及打招呼，虞靈犀從青霄手裡搶過轡繩，踩著石階翻身上馬，一拍馬臀喝道：

「駕！」

「小姐，這馬……」

青霄驚駭：這馬還未來得及裝上馬鞍和墊子啊！

來不及去追，駿馬已馱著素衣披髮的少女消失在濃黑的街角夜色中。

虞靈犀沿著府門前的街道找了一圈，都不曾見到寧殷。

天這麼黑，他又受著傷，能去哪兒呢？

腦中靈光一現，虞靈犀想起一個地方，立刻調轉馬頭，朝升平街奔去。

亥時，市集皆歇，街上幾點燈影寥落，空無一人。

欲界仙都燒塌的房舍，宛如黑骨般嶙峋支稜在黑暗盡頭。而焦黑殘敗的坊門下，果然靠著寧殷孤寂的身形。

他聽到了馬蹄聲，站直身子，影子在他腳下投出長而落寞的影子。

可他的眼神很平靜，沒有丁點意外。

那一瞬的塵埃落定，使得虞靈犀忽略了簷上灰隼一掠而過的影子。

心安過後，便是綿密蔓延的酸意。

或許寧殷沒有家，被父兄「驅逐」出府，他潛意識中的歸宿，仍是這個賜予了無盡傷害與屈辱的欲界仙都。

又或許他是故意躲在這兒，在她能找到的地方。

無論有意無意，虞靈犀都必須將他帶回去。

不管是天神抑或惡鬼，她都要讓他，成為虞家未來的庇佑。

「吁——」

寧殷微微仰著頭，眸中映著她馭馬急停的小小身影。

駿馬高高抬起蹄子，馬背上的少女捏緊轠繩，披散的墨髮如雲般飛揚又落下，在身後拉出金絲般耀眼的光芒。

她竟是來不及梳洗更衣，穿著素白的中衣單裙便追了出來，翻飛的裙擺下露出一截瑩白如玉的腳踝和小巧的繡鞋。

馬背光禿禿的，甚至沒裝上馬鞍。

虞靈犀控制著馬兒小幅踱步，澄澈美麗的杏眸投向馬下。

「小姐。」

四目相對，寧殷欲蓋彌彰地將包紮嚴實的左臂往身後藏了藏。

虞靈犀還是瞧見了那滲出紗布外的殷紅，抿了抿唇，唇齒間彷彿又溢出那股腥甜溫熱的鐵鏽味。

她驀地開口：「你說你沒有名字，我便送你一個。」

寧殷望著她，靜靜聽著。

「你原先的代號『二十七』太過拗口，我便取末尾字『七』，以國號『衛』為姓。」虞靈犀的胸脯微微起伏，目光像是穿透眼前的的少年，回到遙遠的過去，一字一頓道：「在找回你真正的名字之前，你便叫『衛七』。」

寧殷在諸多皇子中排行第七，「衛七」是前世虞靈犀和他離京去行宮養病時，取的假名。是一個，只有她知道的名字。

寧殷微微睜大眼，死水般的眸子裡劃過一絲異色。

這個名字他並未聽過，可不知為何，卻有一種難以言喻的熟悉之感。

「衛……七？」他重複。

低啞而微微疑惑的少年音，伴隨著溫柔的風聲飄落。

虞靈犀頷首。

捏著韁繩的手緊了又鬆，她於馬背上緩緩俯身，第一次主動朝寧殷伸手。

「跟我回家，衛七。」她紅唇微啟喘息，說道。

「家」之一字，無非是世間最可笑的字眼，可從她的唇間說出來，卻莫名有種令人信服的沉靜。

寧殷喉結動了動，怔了一瞬，方緩緩抬起將乾淨的右手，將指節輕輕交付於她的掌心。

他說：「好。」

那隻小手纖細嬌嫩，卻溫暖柔軟，只輕輕一拉，便將寧殷拉上馬背。

落魄的少年和嬌貴的少女，俱是在此時此夜，各自開始了一場前路未知的豪賭。

「你左手有傷，身形不穩，最好抓住我，掉下去我可不負責撿。」少女壓低的嗓音自前方傳來。

寧殷垂眸，遲疑著伸手，環住她盈盈一握的腰肢。

纖細，柔軟，彷彿雙掌就能掐住。

他生平第一次對女人的身體產生了好奇。

正疑惑掌下究竟是什麼軟玉做成，便見一個手肘捅了過來，少女嬌氣的警告傳來：「抓衣裳，不許亂碰。」

「是，小姐。」

身後的少年嗓音乖軟，可眼裡，卻分明露出晦暗恣意的笑意。

將軍府，仍是通火通明。

虞靈犀從側門入，將寧殷帶去偏廳。

一路上侍從紛紛躬身行禮，但誰也不敢多看一眼，多說一字。

見到女兒回來，虞將軍和虞夫人先是鬆了一口氣，隨即目光落在她身後的黑衣少年身上，剛鬆開的眉頭又不自覺擰起。

「爹、娘、兄長，歲歲回來了。」

她仔細盯著父兄的反應，看他們是否會認出寧殷的身分，但出乎意料的，父兄的神色除了略微的頭疼不滿外，並無任何異常。

他們不認識寧殷。

面對虞將軍氣勢凜然的審視，寧殷亦是一臉坦然，只是眸色幽黑了些許。

見虞靈犀的視線望過來，他立即展顏笑了笑，宛如春風化雪。

「你先下去歇息，吃食和傷藥，我會讓人送到你的房中去。」虞靈犀放緩了聲音，眸光堅定，嬌弱又耀眼。

寧殷聽話得很，忍痛朝虞將軍和虞夫人行了個禮，便退下了。

「歲歲，妳心太軟了。」虞煥臣深吸一口氣，最先開口，「妳尚未出閣，春搜遇險，縱使那無名無姓的奴子待妳再忠誠，也不能……」

「他並非奴子乞兒。」虞靈犀看向虞煥臣，認真道：「他有名字，叫衛七。」

「名字根本不重要，妳的清譽才最重要。」虞煥臣向前道：「縱使他救了妳一命，妳也曾於大雪中救他一命，兩相抵消，妳根本不欠他什麼，重金酬謝送他出府便是最好的結局。」

虞靈犀接過侍婢遞來的披風裹在身上，微微一笑：「兄長，你心裡其實很清楚，我救他只是舉手之勞，他救我卻是以命相搏，怎可相提並論？」

長廊拐角，聽到這番話的寧殷腳步微頓。

雖然一切都在他的掌控之中，但這番溫柔而堅定的話語，仍是在他死寂的心湖中投下一圈漣漪，轉瞬即逝。

他唇角勾著，似笑非笑，轉身走入長廊不見盡頭的陰影中。

偏廳，虞靈犀不疾不徐道：「阿爹從小教我忠肝義膽，正直坦蕩，既是被人捨命相護，我怎能因懼怕旁人的流言蜚語，而做出有悖良心的事。」

「咱們又沒虧待他，我贈的銀兩夠他受用一輩子了，是他不肯要……」虞煥臣嘀咕著，被虞辛夷一個拐肘捅過來，便閉嘴了。

虞靈犀一向乖巧聽話，第一次如此執拗，虞夫人只有嘆氣的份，給丈夫使了個眼色。

虞將軍倒是緩了面色，露出欣慰的神情，連連頷首道：「不愧是我虞淵的女兒，講義氣，有擔當！」

「夫君，歲歲並非男兒郎，需要義氣何用？」虞夫人嗔了他一眼。

「歲歲，容兄長多嘴一句，妳該不會是……」虞煥臣欲言又止。

那少年的樣貌極為出色討喜，甚至比薛岑更勝一籌。他擔心妹妹心思單純，會為報恩搭上自己的終生幸福。

畢竟，薛岑才是她的良配。

虞靈犀明白兄長的意思，忙搖首道：「兄長放心，我分得清恩情和男女之情的差別。」

這些日子，虞靈犀一直在思考如何將寧殷的身分告知父兄，以便說服他們扶植寧殷，將來好靠著這座最強悍的靠山揪出陷害虞家的幕後真凶。

但「前世今生」這種怪力亂神的理由，家人斷然難以相信。

而且如今命運的軌道已然偏離，她改變了北征覆滅的危機，如今每一天都是全新的經歷，無法再預言後來之事作為佐證。

方才見父兄認不出曾是七皇子的寧殷，便更是斷定自己無法用重生預言為藉口說服他們。否則當朝重臣都無法認出來的流亡皇子，竟被養在深閨的自己給認出撿回，無論是寧殷那兒還是父兄這兒，都無法交代，只會讓事情變得一團糟。

如今之計，只能拋出些許引子，讓父兄自己查出來。

等父兄查出寧殷的身分，自己或許已經將寧殷殘暴冷血的性子扭轉過來了，屆時再說服父兄扶植一個德行兼備的落難皇子，要比說服他們扶植一個暴戾瘋子容易得多。

思及此，虞靈犀抿了抿下唇：「其實，我待他如此，除了被他的衷心感動，更是因為他的眼神和氣質告訴我，此人絕非池中之物。」

她通透的眼眸望向阿爹，賭一把他的惜才之心，放輕聲音道：「阿爹曾說過，虞家軍不會埋沒任何一個人才，不是麼？」

「歲歲這麼一提醒，我倒想起來了，那少年看似羸弱，卻極其豁得出命，割腕餵血的氣魄便是我見了也得肅然起敬。」虞辛夷雙臂交叉環胸，蹙眉道：「方才他站在階下，不卑不亢，氣質絕非普通奴從能有。」

一旁，虞將軍堅毅的目光已然軟化。

屈指點了點椅子扶手，虞將軍嘆道：「那妳打算如何安置那小子？」

虞靈犀不假思索，抬眸道：「脫離奴籍，擢為客卿，自此以禮相待。」

連著下了四五日的雨，午後終於雲開見日，放了晴。

院中的桃花全開了，春風拂過，積雨滴答，潮濕的花香鋪面而來。

清平鄉君唐不離備了厚禮，親自登門致歉，畢竟閨閣好友在自己主持操辦的春搜圍獵中出了那麼大的意外，換誰都會內疚自責得不行。

「祖母大動肝火，罰我宗祠罰跪，還不給飯吃，可難受了！」一見面唐不離便絮絮叨叨哭訴起來，一把抱住虞靈犀，「歲歲，對不起！是我管束不嚴，害了妳。」

「傻阿離，與妳何干？」

虞靈犀笑著將手中的針線和鹿皮拿開些，以免扎到冒冒失失的好友。

「瘋馬的事，查出原因了麼？」

「南陽小郡王險些受傷，哪能不查？說是草料出了問題，裡頭放了讓馬兒狂躁的毒粉，依我看，多半是趙家人做的。」

兩人的想法不謀而合，虞靈犀問：「怎麼說？」

「圍獵第一場，趙家收穫最末，第二日圍獵，大家的馬都中毒難以駕馭，只有趙家一轉頹勢，收穫頗豐。除了他們下手，還能有誰？」唐不離順手拿了塊梨酥咬著，義憤填膺道：「可惜我沒證據，而且那趙須不知怎的從馬上摔了下來，至今還昏迷著，趙玉茗又只會哭哭啼啼，什麼也問不出……」

想起那日瘋馬中兀立的趙家義兄妹，虞靈犀垂下纖長的眼睫，眸色深了些許。

前世沒太留心，只覺趙玉茗的心思或許不如她外表那般單純。而今看來，的確如此。

「不說這個了。」唐不離拍拍手上碎屑，打斷虞靈犀的思緒，「從進門便見妳在縫這鹿皮靴，看樣式是男人的……給誰？哦，知道了，莫不是薛二郎？」

唐不離挨過身子來，笑得不正不經，「他可是英雄救美，將妳從懸崖峭壁抱上來的人哪。」

春搜危機，似乎所有人都只記住了薛岑。

虞靈犀紅唇輕啟，輕輕咬斷線頭，隨口搪塞道：「不是。上次狩獵得來的鹿皮，閒著也是閒著，索性練練手。」

好在唐不離並非心細之人，很快岔開話題：「再過半個月就是皇后娘娘籌辦的春宴，除了王侯世子，所有未婚的宦官嫡女也在受邀之列，不知多少人趁此機會盯著薛二郎呢！歲歲妳一定要打扮得漂漂亮亮的，將他們都比下去！」

春宴……

虞靈犀一頓，倒把這事給忘了。

前世寄居趙府時，姨父曾提過，這春宴名為宴會，實則是為皇親國戚選妻納妃。那時姨父就動過要將她送去宴會攀附權貴的念頭，只因虞靈犀不從，憂慮過重病倒了，才勉強作罷。

既是為皇親選妻納妾，這宴會，她還是不去為妙。

晚膳後，鹿皮靴子便縫製好了。

虞靈犀想了想，摒退侍婢，自己提燈拿著靴子，獨自去了後院罩房。

既然以後要仰仗他，少不得要拿出些許誠意。

寧殷這處房舍比之前的寬敞許多，門扉半掩，屋內隱隱透出一線暖黃的光。

他還沒睡。

虞靈犀是悄悄來的，怕驚醒左鄰右舍熟睡的侍衛，便放下叩門的手，直接推門進去。

剛跨進一條腿，她就提燈愣在了原地。

燭臺案几旁，寧殷褪了左半邊的衣裳，正袒露胸膛胳膊，給小臂刀劃放血的傷口換藥包紮。

燭火的暖光堵在他深刻勻稱的肌肉線條上，不似以往那般冷白，倒透出一股如玉般的暖意——

如果，忽略那上頭猙獰翻捲的刀傷的話。

見到虞靈犀闖進門，寧殷不曾有半點驚慌波瀾。

他歪頭咬住繃帶的一端打了個結，衣裳還未穿好便先露出笑意，好像看到她是一件極其高興的事，站起身喚道：「小姐。」

虞靈犀虛掩上門，清了清嗓子問道：「你的傷，如何了？」

「不疼。」他搖頭，黑色的眼睛裡有莫名而淺淡的光。

虞靈犀沒忍住，彎了彎唇角。

將鹿皮靴擱在案几上，她直接道：「給你的。」

寧殷摸了摸鹿皮靴，纏著繃帶的手指一點一點碾過細密的針腳，抬首問：「小姐為我做的？」

「庫房裡撿的。」虞靈犀眼也不抬，淡然道：「試試合不合腳。」

她讓寧殷幹什麼，寧殷便乖巧地幹什麼，聽話得不行。

他換上靴子，起身輕輕走了兩步。

「很合適。」抬首時，他眼裡的笑意更深了些許，問道：「可是小姐，是如何知曉我鞋靴尺碼的呢？」

「……」虞靈犀險些嗆住。

前世，虞靈犀在攝政王府有大把空閒的時間，除了看書寫畫便是做女紅。兩年過去，她納鞋底的技術倒是練得爐火純青。

她也沒有別的男人可送，便時常給寧殷繡個香囊，縫雙鞋靴，充斥著敷衍而又拙劣的討好。

可那時的寧毀金貴得很，哪裡看得上她縫製的東西？那些繡補的東西不是被扔，就是堆積在不知名的角落裡蒙灰。

虞靈犀也不在意。她縫她的，他扔他的，互不干擾。

從最初的針腳歪斜到後來的細密齊整，兩年來寧毀勉強看上眼的，只有她最後縫製的一雙雲紋革靴。

諷刺的是，她死的那日，寧毀還穿著她縫製的那雙革靴，上頭濺著薛岑的鮮血。

那幾乎是刻入骨子裡的記憶，虞靈犀縫製這雙鹿皮靴的時候輕車熟駕，並未想那麼多。

沒想到寧毀竟是第一時間，就發覺了她的破綻。

貓兒花奴從窗扇躍下，繞著虞靈犀的腳「喵嗚」一聲，喚回她飄飛的思緒。

僅是一瞬的停頓，她很快恢復沉靜：「看你和青霄差不多高，猜的。」

寧毀也不知是不是信了，單手抱走了那隻會讓虞靈犀起疹的貓兒，頷首道：「小姐的眼光，很準。」

「你坐下。」虞靈犀微微仰首，朝榻上抬抬下頷。

直到寧毀順從落座，那種高大的壓迫感消失了，她方與他平視，努力跳出前世的偏見，再一次認認真真打量眼前看似乖順無害的少年。

「衛七。」燈下美人眼波流轉，問他，「說實話，我待你如何？」

「很好。」寧殷微微側首，脫口而出，「小姐為我治傷，賜我姓名，衣食住行皆為優待，是世上待我最好的人。」

「若是以後，有別人也對你這麼好呢？」

「若無小姐相救，我又何嘗能有『以後』？」

虞靈犀瞇了瞇眼，懷疑寧殷少年時能活下來，除了超強堅忍的意志力，多半還靠嘴甜。

她索性順著話挖坑，彎著眸子道：「那我待你的好，你可要記得。」

「衛七不敢忘。」寧殷不似別的侍從那般卑怯，反而直視她那雙明若秋水的眼眸，低聲道：「若能報答小姐深恩之萬一，我什麼都願意做。」

聽他的語氣，似乎還不知道身分擢升之事。

虞靈犀壞心頓起，故意問：「哦？那你會做什麼？」

「願為小姐鞍前馬後，服侍小姐。」見虞靈犀挑眉不語，寧殷想了想，又掛著笑顏加上一句，「我還會打架，若小姐有想殺的仇人，我可以……」

「停！」虞靈犀抬手制止。

聽聽，聽聽，前世的他約莫就是這樣長歪的，滿腦子都是簡單粗暴的殺戮。

「我不要你殺人，恰恰相反，我想讓你保護我，保護虞家。」

「保護？」寧殷露出疑惑的神情。

「是。你若真想留在我身邊，便要守我的規矩，不論何時何地，都不可以做背棄虞家、泯滅良知的事。」虞靈犀站在燈影下，彷彿萬千星子都揉碎在那一汪淺淺的眸光中，輕聲拋出自己的籌碼，「我無意挾恩圖報，若你不願，我依然尊重你的選擇，以重金相贈，送你出府安置。」

「我願意。」她說了一大堆，寧殷卻是不假思索。

他微微抬首，墨色的瞳仁像是漩渦般幽深，攝魂奪魄。

虞靈犀袖中絞著的手指微微舒展開來，眉間撫平，揚眉笑道：「既如此，明日起你便是我府上客卿，如何？」

似乎沒料到她竟如此「禮遇」，寧殷微怔。

客卿雖名聲好聽，但到底是外人，不方便他刺探行動。

「衛七出身卑微，見識淺薄，願從侍衛做起，保護小姐。」寧殷垂眸蓋住眼底情愫，輕聲道：「只要能留在小姐身邊，怎樣都可以。」

見識淺薄？那可不一定。

兩三年後，江山皇帝皆是他掌心螞蟻，捏一捏就死。

虞靈犀心中腹誹，靜靜看他自謙自憐。

不過他倒是提醒了自己：寧殷做虞府客卿的確太打眼了，易被別有用心的人刨出身分，從而讓父兄捲入凶險的紛爭之中，不如做侍衛來得蔭蔽妥當。

心思一閃而過，虞靈犀道：「那便從侍衛做起。不過侍衛也是人，並非奴僕，你不可再做那些自輕自賤的事，其他的，我再慢慢教你。」

虞靈犀走了，一點燈影歪歪斜斜，消失在漆黑的夜色中。

寧殷於榻上坐了會兒，揮袖關上房門。

寧殷脫下鹿皮靴，借著窗臺灑入的冷光端詳片刻，而後兩手一鬆，任由兩隻簇新的靴子吧嗒吧嗒墜落在地。像是發現什麼好玩的遊戲般，他曲肘勾唇，從胸腔中迸發出一陣沉悶的笑來。

小少女自以為心思縝密，卻是連謊也不會撒：這鹿皮新得很，不可能是庫房裡積壓的存貨。

她如此關照，倒更像是試圖給他這頭披著羊皮的野獸，套上溫柔的枷鎖。

她猜出自己的身分了？

不可能，寧殷很快否定了這個猜想：便是虞淵父子都認不出他，更遑論一個鮮少邁出家門的深閨女子？

而且觀察了這許久，虞靈犀的圈子極其單純，並未涉及宮中皇族黨派。

她身上藏著至今未能解開的謎團，那迷霧中的光芒越來越奪目，越來越耀眼，引人靠近探索。

若是按照寧殷以前的性子，所有見過他卑微狼狽之面的人，都該在利用完後殺光，再一把火放個乾淨。

但如今……

眸色微沉，他緩緩收斂笑意，起身拾起靴子，撣了撣灰塵。

如今，怎麼竟有點捨不得殺她了。

月影西斜，夜色沉寂。

窗邊，一隻蛾蟲扇動翅膀撲向跳躍的燭光，轉瞬化作青煙消散，已然分不清誰是布局者，誰是獵物。

三月底，春宴。

虞靈犀本打定主意裝病躲過這場宴會，誰知還未來得及去擼花貓製造過敏，阿姐卻是先一步病倒了。

桃花癬，臉上一片紅腫，還挺嚴重。

上次北征之事，虞家父子雙雙病倒錯過出征，此番春宴，若是兩個女兒都稱病不去赴宴，難免會讓皇帝猜忌。

虞靈犀思索再三，只能代表虞家赴宴。

「小姐，您要不還是換身衣物吧。」胡桃有些為難地看著不施脂粉的虞靈犀，替主子著急，「宴會上各家姑娘都盛裝出席，卯足了勁兒表現自己，縱使您容貌再美，這素淨的打扮，也會被襯得不起眼呢。」

「就是要不起眼才好。」

虞靈犀笑著推開胡桃手中的金釵，起身前後照了照鏡子，滿意地出了門。

馬車旁立著一人，是寧殷。

見到虞靈犀在侍婢的簇擁中邁下臺階，他黑沉的眸中劃過淺淡的波紋。

她今日只穿了素淨的衣裙，鬟髮簡單，斜插一支玉簪，遠看不如往常起眼，近看方覺面容天然靈動，見之可喜。

寧殷唇角動了動，主動伸臂向前。

虞靈犀搭著他的手臂上車，素白的手一觸即離，在他堅硬的牛皮護腕上留下淺淡的女兒香。

想起什麼，虞靈犀又撩開車簾，對寧殷道：「此番入宮，你不必跟著。」

宮外魚龍混雜，她怕有人認出寧殷的身分，打亂她的計畫。

寧殷乖乖頷首：「好。」

片刻，他又笑著補上一句：「宮宴人多，萬望小姐當心，莫去醒目之處。」

虞靈犀疑惑，總覺得寧殷話裡有話，像是在提醒什麼。

不過此事不用他提醒，虞靈犀也知道該怎麼避免鋒芒。

「知道。」她放下車簾。

虞煥臣陪同妹妹赴宴，將兩人談話的神情盡收眼底，劍眉輕皺。

「青霄。」他喚來侍衛，壓低聲音道：「找人護著小姐，別讓她離那衛七太近。再去查查那小子去鬥獸場前的經歷，一有結果，立刻來報。」

宮宴設在皇家園圃。

虞靈犀剛提裙下車，便見一騎小跑而來，喚道：「虞司使……」

見到虞靈犀的臉，南陽郡王寧子濯的臉上笑意一僵，劃過一抹尷尬：「啊，是二姑娘啊。」

「小郡王。」虞靈犀福禮。

寧子濯匆匆下馬，朝虞靈犀的馬車內看了一眼，似乎在找什麼人。

「虞司使呢？」寧子濯「咦」了聲，「上次春搜多虧她捨身相救，本王一直不曾尋得機會，與她當面致謝。」

司使是阿姐的官職，因她射藝出眾，十七歲那年便被聖上擢為百騎司唯一的女將，負責護衛宮中女眷的祭祀或出行。

「阿姐身體抱恙，不能赴宴。」虞靈犀微微一笑，「小郡王的心意，我會轉達給她。」

說罷不再逗留寒暄，與解了佩刀的虞煥臣一同進門赴宴。

城西，金雲寺。

寧殷甩掉那個礙事的侍衛花了些時間，趕到禪房密室時，一名背負青銅重劍的高大親衛已經等候多時。

「殿下！」見到寧殷負手踱進門，親衛忙抱拳下跪，顫動的喉結是忠也是懼，啞聲道：「屬下因故來遲，請殿下懲罰。」

黑衣少年旋身坐在小榻上，挑著眼尾看他：「既知來遲，還要我親自動手？」

親衛自知因行蹤不嚴，而險些導致主子被西川郡王寧長瑞所害，不禁額上冷汗涔涔，吞了吞嗓子，拔出背上重劍一揮。

伴隨著一陣摧枯拉朽的桌椅破裂聲，一根尾指咕嚕嚕滾落在地，充作謝罪。

重劍墜地，揚起一地塵灰。

親衛捂著斷指，指縫鮮血淋漓，忍痛望著寧殷還纏著繃帶的左手：「殿下潛伏已久，忍受如此危險和委屈，此番召集屬下等人，是否要動手……」

「先不急。」寧殷語調漫不經心，「虞家手握重兵，這麼大塊肥肉，吞併比毀滅更有價值。」

親衛一瞬的訝然，恢復鎮定：「殿下的意思是？」

似乎想起有意思的事，寧殷兀的笑了起來：「有趣的獵物，要養肥了慢慢吃才最盡興，不是麼？」

目光落在腳上那雙簇新的鹿皮靴上，上面兩點極為細小的猩紅，是方才親衛斬斷手指時不小心濺上的。

寧殷眼底的笑意淡了下去。

他有一搭沒一搭把玩著指間短刃，半晌，淡淡道：「折戟，你弄髒了我的新靴。」

明明是不辨喜怒的聲音，折戟卻彷彿覺出一股凌寒的殺意直逼而來，壓得他八尺之軀轟然伏地，跪伏不起。

# 第七章 婚事

春宴設在皇家花苑，男女分席，以一牆分隔。

和虞煥臣分開後，虞靈犀便去女眷那邊尋了個不起眼的角落坐著。

與此同時，太子寧檀負手登上瓊玉樓，身後跟著一個赭衣玉帶的年輕太監。

「當初鬥獸場裡搜出的那具少年焦屍，胸口的確有匕首刺傷的疤痕，想來就是那位了。」太監面白無鬚，有種跨越年齡和性別的陰柔，慢吞吞道：「世間無人能威脅到殿下您的地位，何必憂懷？」

聞言，寧檀哼了聲：「最好如此。若是讓我發現那賤種還活著，你這閹人的腦袋也該落地了。」

聽到「閹人」二字，年輕太監瞇了瞇細長的眼睛，笑意不改：「不敢。」

頓了頓，他又道：「還有，皇后娘娘讓臣轉告殿下，今日京中未曾婚配的貴女皆在春宴之上，殿下可趁此挑位新太子妃。娘娘還說，虞大將軍家的女兒就很適合……」

「立誰都不可能立虞家的女人，讓母后歇了這條心吧。」

寧檀登上了瓊玉樓頂層，臨窗而立，將春宴女賓的席位盡收眼底，興致索然地看著那一群妝濃華麗的女子。

他面上帶著煩躁：「那個虞辛夷我見過，長相也就中上，還大咧咧沒有一點女人味。」

「虞家手握兵權，要麼連根除去。否則若不能入殿下麾下，始終是個威脅。」說著，太監的目光望向某處角落，瞇了瞇眼，「聽聞，虞家還有個小女兒。」

寧檀順著他的視線望去，不屑道：「大女兒長那樣，小女兒能好到哪裡去？軍營莽夫養出來的女子，想來一樣粗鄙……」

抱怨戛然而止，他的目光落在宴會最西邊的角落，瞳仁微張，竟是看得呆滯了。

透過花枝的間隙，隱約可見一位妙齡少女嫋嫋纖腰的身姿，乍一看妝扮簡樸，不太起眼。若不是崔暗這個閹人刻意提醒，他險些要忽略過去了。

如今定睛細看，只見微風拂過，花影扶疏，少女隱約露出的一點下頷輪廓，已是精緻無雙。

那擱在案几上的手，更是纖白得宛若冰雪凝成。

美人在骨不在皮，以寧檀閱人無數的眼光來看，這樣的女子必是世間絕色。

太監將寧檀的癡迷攬入眼中，不著痕跡道：「那位便是殿下方才所說的，軍營莽夫養出的女子。」

寧檀的喉間忽然乾燥起來，呆呆看了許久，給了太監一個眼神。

年輕太監立刻會意，躬身道：「臣這就下去安排。」

虞靈犀對瓊玉樓上的事情一無所知，只安靜充當一眾鶯燕女賓的背景。

中途皇后和一名老太妃露了個面，代表天家與眾命婦、貴女酬酢一番。期間皇后的目光一番搜尋，朝著最邊角的虞靈犀掃了過來。

虞靈犀忙低頭裝作飲酒，避開視線。

見了禮，皇后攙扶著太妃離去，眾女賓悄悄鬆了口氣，宴會又恢復了最初的輕鬆熱鬧。

「歲歲，妳怎麼躲在這兒？讓我一陣好找。」唐不離破天荒描了妝，穿著一身煙霞似的丁香色襦裙，披帛隨意挽在臂間，上下打量虞靈犀道：「妳怎麼穿成這樣？」

「這樣不好麼？」虞靈犀托腮輕笑，「難不成像妳這般穿成神妃仙子似的，釣個王子皇孫做金龜婿？」

「沒良心的歲歲，妳還取笑！都是祖母逼我穿成這樣的，繁瑣得不行，胳膊腿兒都伸不開。」說著，唐不離挨著虞靈犀坐下，笑吟吟湊過來咬耳朵，「還是來聊聊妳的金龜婿，方才我路過隔壁園子，瞧見薛二郎正到處找妳呢。」

這丫頭什麼都好，就是管不住嘴，愛亂點鴛鴦。

虞靈犀無奈：「勿拿此事打趣。我不勝酒力，先走了。」

「一起走。」唐不離正好覺得無聊，便和虞靈犀起身離席。

虞靈犀在畫橋上等了片刻，沒有等到虞煥臣，倒是等來了薛岑。

薛岑今日一身月白錦袍，白玉冠束髮，一眼看上去清朗如玉，有魏晉遺風，頗為打眼。

「清平鄉君。」他先是有禮有節地朝唐不離一揖，方望向虞靈犀，眼裡蘊著淺淡矜持的笑意，溫聲道：「方才太子殿下詔見阿臣，他恐一時片刻不能事畢，讓我送二妹妹歸府。」

唐不離的眼睛在兩人間轉了一圈，抿著笑道：「你們聊著，我先行一步。」說罷一溜煙跑了。

虞靈犀沒有法子，只得頷首道：「那，有勞岑哥哥。」

薛岑騎馬護在虞靈犀的馬車前，時不時回頭望上一眼。

他是故意等在橋邊的。

自從聽唐不離說，虞靈犀用春搜獵來的鹿皮給他親手做了雙靴子，整場宴會他都神魂蕩漾，一顆心恨不能穿透宮牆，飛至隔壁虞靈犀的身邊。

薛岑覺得，這世間沒有比虞靈犀更好的女子，沒有比兩情相悅更幸運的事了。

馬車停在虞府大門，虞靈犀踩著腳凳下了車，順口道：「岑哥哥若不客氣，請上門喝一口粗茶。」

薛岑猜想她大概是想尋個機會送靴子，故而相邀，便期許道：「好。」

虞靈犀有些訝然。

原本只是一句客套話，沒想到薛岑竟然應得這般爽快。不過來者是客，他既然要飲茶，也不好將他趕出去。

正門開著，門外停著幾匹裝飾華麗的駿馬。

虞靈犀只當有貴客前來，沒太在意，誰知領著薛岑進了門，方見前庭階前立著兩排宮侍，人人手裡捧著一個托盤，裡頭裝著金銀釵飾、玉器珊瑚等物，珠光寶氣，奢華至極。

這些賞賜來得太突然了，虞靈犀停住腳步，頓時湧上一股不祥的預感。

廳中，爹娘俱是掛著勉強的笑意，客客氣氣地送一名錦衣老太監出門。

老太監見著虞靈犀，立刻堆出滿臉褶子的笑意來，連連拱手道：「不愧是能讓太子殿下傾心的人物，果真才貌雙全。虞二姑娘，咱家在這給您道喜了！」

彷彿天雷轟頂，虞靈犀和薛岑俱是僵在原地。

虞煥臣是策馬飛奔回來的。

馬還未剎穩蹄子，他便翻身下馬，朝著大廳大步疾行而去。

方才宴會進行到一半，太子和皇后便將他召去文華殿，旁擊側敲打聽他小妹的年歲婚否。當即他便察覺不對勁，匆匆趕回來，還是晚了一步。

東宮的動作很快，賞賜求偶的金銀玉飾已經堆滿了大廳。

而父親和薛岑站在廳中，俱是一臉凝重。一旁，阿娘悄悄用帕子按壓眼角，已經紅了眼睛。

氣氛壓抑得不行，唯一鎮定冷靜的，反倒是虞靈犀。

她今日打扮極其不起眼，也不曾在宴會上出風頭，如此還被太子選中，只有兩個可能：一是有人刻意引薦，讓太子注意到她；二是虞家手握兵權，無論她赴宴與否，太子都會為了鞏固權勢而求娶她。

不管哪種可能，虞家都被迫捲入了黨派漩渦之中。

「眼下之景，歲歲想法如何？」最終還是虞將軍先一步打破沉寂。

薛岑和虞煥臣的目光立刻望了過來，尤其是薛岑，眼底有隱忍的擔憂。

「阿爹，我不願。」虞靈犀眸光鎮定，露出淺笑道：「但若只此一條路，我只能……」

「不行！」

「不可。」

虞煥臣和薛岑的聲音同時響起。

說完薛岑方覺失態，喉結幾番滾動，終是勉強拱手退至一旁。

虞煥臣深吸一口氣，走過來用只有兩人才能聽到的聲音道：「歲歲，妳知道為何阿爹至今不願歸附東宮黨派麼？太子絕非純良之輩，何況他已有一位側妃、四名姬妾，將來更是坐擁佳麗三千。深宮步步危機，妳這樣的性子嫁過去，如何自處？」

「只要乖女不願意，便無人能逼迫妳嫁不想嫁的人。」虞將軍撩袍坐在椅中，憑空生出一股大將的凜然風度，沉聲道：「如今只是太子中意，趁著賜婚的聖旨還未下來，我們尚有機會。」

可是，總不能讓歲歲假死……

虞夫人環顧屋中那些賞賜之物，心中沉重難安：未來的天子要娶她的女兒，哪能輕易推脫？

若是假死，女兒便只能躲在偏遠之處隱姓埋名度過此生，從此骨肉分離，難以相見。

她這個做母親的，如何捨得？

「虞將軍，虞夫人。」薛岑開口打破沉默，「若想拒婚而不落人口實，其實還有一個辦法，只是，少不得要委屈二妹妹……」

「是何辦法？」虞夫人立刻問。

虞煥臣腦子聰明，很快接過話：「你是說，趕在聖旨前給小妹定親？」

定親？

虞靈犀猝然抬首，這又是什麼展開？

她張了張嘴，卻聽薛岑道：「君不奪臣妻，只有如此。」

虞夫人覺得此計可行，正欲頷首，又蹙起柳眉：「可是，我們去哪裡找一位知根知底，又稱心如意的郎君……」

話還未說完，虞將軍和虞煥臣的視線紛紛落在薛岑身上。

薛岑頂著兩道沉重的視線，像是做了一個重要的決定，緩緩起身。

明知這樣有點乘人之危，非君子所為，卻依舊難掩心之所向。

這次他若不站出來，定會後悔一輩子。

思及此，他不再遲疑，後退一步，在虞靈犀訝異複雜的目光中撩袍跪下。

他背脊挺直，朝二老鄭重道：「薛岑心悅二妹妹，願娶她為妻，護她此生周全！請虞將軍成全！」

金雲寺外的杏花開得熱鬧。

寧殷停住腳步，想了想，順手折了一枝，好奇般置於鼻端輕嗅。

不錯，就是這股味道，像極了虞靈犀袖袍間薰染的淡香。

回到虞府，他跟著採辦米糧的隊伍進了角門，沒有讓那叫青霄的侍衛起疑。

寧殷掃了門外停著的、虞靈犀出府專用的馬車一眼，嘴角不經意一勾。

她回來了。

他垂眸看了腳下的鹿皮革靴一眼，腳步一轉，朝廳中方向行去。

侍婢奴從知道他是主子面前的紅人，只當他在巡視府中安危，並未阻攔。

轉過迴廊，卻聽見兩個灑掃的奴僕在假山後小聲議論著什麼。

「你說，咱們二小姐真的要嫁給薛二郎了麼？」一個人問。

「多半是的。今日宮裡來了人，送了一堆東西，當時將軍和夫人的臉色便不太對勁。」

另一個人絮叨回答，「依我看吶，定是宮裡哪位王爺主子看上了咱家小姐，將軍和夫人捨不得送女兒去那吃人的地方，便急著給二小姐定親，反正薛家早就和咱們虞府有婚約的。」

最初的那人附和：「也對，薛二郎和咱們二小姐青梅竹馬，兩情相悅，就差這層窗戶紙了。」

聒噪的聲音遠去。

寧殷眼底的笑意沉下，頓住了腳步。

前院，隔著桃枝樹影，虞靈犀和薛岑並肩走了出來。

他們不知道說了什麼，薛岑白淨的臉上浮現一層紅暈，虞靈犀則蹙眉搖首，似有顧慮。

薛岑急切向前一步，言辭認真懇切，虞靈犀面露無奈，嘆了一聲。

春日陽光下，朗朗君子與清澈美人如此般配耀眼……

耀眼到，刺得寧殷眼睛疼。

他瞇了瞇眼，淡漠的眸中有未知的陰霾隱現、翻湧。

原來，曾劃破欲界仙的那抹暖光，並不只照亮了他一人。

美麗的獵物，也並不只屬於他一人。

有一搭沒一搭轉著指間的那枝杏花，他忽地綻開一抹譏誚的嗤笑，然後轉身就走。

風吹動廊下竹簾，帶來一股陰涼的寒意。

轉過拐角，他急促的步履漸漸放慢，再慢，最終停在與陽光割離的陰影中。

咔嚓一聲細響，他五指攥攏，捏斷了手中的杏枝，像是捏斷某根脆弱的頸骨般。

「薛岑麼？」寧殷的眉眼隱在竹簾的陰影中，淡色的薄唇輕啟，漠然道：「礙事。」

那就讓所有礙事的東西，從世上消失好了。

右相府，書房。

整整一夜，薛岑撩袍跪在冷硬的地磚上，面對座上兩鬢霜白卻不失威儀的薛右相，仍是那句話：「祖父，孫兒要娶虞二姑娘為妻。」

薛右相手掌交疊拄著油光水滑的紫檀拐杖，鬍鬚微動，不發一言。

一旁立侍的薛父沉聲問：「你說清楚，要娶虞家哪位姑娘？」

「虞二姑娘，二妹妹。」薛岑清晰道。

薛父不由震怒。

兩家人明明默許的是他與虞辛夷的婚事，他卻偏偏要和太子搶女人，娶什麼虞二姑娘！

「逆子！」薛父朝著兒子高高揚起了手掌。

「慢著。」薛右相發話，僅兩個字便讓那揚起的手掌頓在半空。

薛父腮幫鼓動，終是垂手退回身邊，躬身道：「是，父親。」

鶴髮雞皮的老者撐著拐杖起身，年逾花甲，卻依舊身形挺拔，透出浸淫官場多年的威嚴貴氣。

他看著自己最得意的孫兒，良久，徐徐呼出一口濁氣：「你要娶虞家二姑娘，也不是不可。」

「祖父。」薛岑立刻抬頭，微紅的眼睛裡劃過一抹喜色。

「但你要記住，為人臣子，忠義不可失。」薛右相那雙深沉矍鑠的眼睛沉甸甸望向薛岑，用年邁之人特有的沙啞嗓音道：「若娶了她，你便欠太子殿下一份情。」

祖父話裡有話，薛岑問：「您的意思是……」

「虞將軍為武將之首，手握重兵，卻一直不曾歸附東宮麾下。」頓了頓，薛右相轉身，望著書房梁上御賜的「忠仁方正」幾字，「多年來，朝中一直有廢長立幼的風聲。與虞家結親後，你更需不遺餘力合縱兩家，輔佐太子。」

聞言，薛岑怔然。

他如此聰明，又如何聽不出祖父是讓他利用與虞靈犀結親之事，拉攏虞家站太子陣營。

眾人一直以為祖父身為文臣之首，素來嚴毅淡泊，從不參與黨派紛爭，看來事實並非如此。

這是一場早就算計好的利益婚姻。

不管薛家與太子誰娶虞家的女兒，都是為了將將軍府的勢力收入太子掌中。

「祖父，是太子黨派？」薛岑艱澀問。

「可以說是，也可以說不是。」薛右相道：「嚴格來說，老夫是守天下正統之黨，尊禮教道義之派。太子是皇上嫡親長子，未來天子，理應忠君擁護。」

「可是……」回想起昨日分別時虞靈犀的婉拒，薛岑握緊了手指。

薛右相看向這個被寄予厚望的孫輩，語重心長道：「你好好想想，若是能做到，老夫便應允你與二姑娘的婚事。」

一刻鐘後。

變天了，陰沉沉的風帶著些許涼意。

薛岑推開侍從的攙扶，忍著膝蓋的疼痛，心事重重地蹣跚回房。

二妹妹那麼孝順善良，若是知道自己的婚事會連累父兄，將他們捲入一個虞家根本不認可的陣營，定是更加不同意這樁婚事。

他也不想乘人之危，不想瞞她，可是沒有其他辦法了。

已經沒有時間給他猶豫，他不可能將自己心儀的姑娘拱手相讓，看著她嫁入東宮。

薛岑只願卑劣這麼一回，至少……

至少他與二妹妹的感情是堅定的，只要能娶她，只要能解決眼下危機，其餘的都可以慢慢商量。

一輩子那麼長，他總會想出兩全之策。

想到這，薛岑思緒堅定了些許，提筆潤墨，匆匆書信一封，約虞靈犀酉時於城北藕蓮池沁心亭相見。

折疊封好，他喚來侍從：「去將這封信送到將軍府虞二小姐手裡，快去！」

天色陰沉，風捲落枝頭的殘紅。

寧殷做了一個夢。

第一次，他沒有夢見殺戮和鮮血，而是一片氤氳的水霧，波光漣漪蕩碎了一池的暖光。

他臂彎中摟著一個黑髮如妖的纖細女人，將她壓在湯池邊緣親吻索取。

杏眸波光瀲灩，咬得狠了，她唇齒間溢出些許可憐的哼唧。

軟玉般滑嫩的手臂纏上他的脖頸，濕淋淋的，細細喚道：「王爺……」

懲罰般一口咬下，舐去那一顆嫣紅的血珠，池中傳來他冷而危險的嗓音：「在這裡，該叫我什麼？」

「衛……衛七。」

嘩嘩水響，池中水霧如漣漪般蕩開，露出一張熟悉的、如花似玉的柔媚臉龐來。

寧殷從淺夢中醒來，悠悠睜開眼。

金雲寺禪房下的密道中，黑漆漆跳躍著兩點鬼魅的燭火。

他屈指撐著太陽穴，不太明白自己為何會夢見虞靈犀，還用那樣的方式逼她喚自己那可笑的假名。

攤開手掌，將指尖置於鼻端輕嗅，夢中溫柔撩人的女兒香彷彿還殘留在他的指尖，帶著肌膚溫軟濕滑的觸感……

有那麼一瞬，寧殷竟覺得男女媾和或許也不是件骯髒難忍的事情。

僅是一瞬，這個念頭便如漣漪消逝，取而代之的是更深沉的冷冽燥鬱。

這股燥鬱從昨日聽聞虞靈犀和薛岑定親開始，便翻湧於心間。陽光下他們相親相愛的和諧畫面，刺得他一夜頭疼。

「殿下饒命！」女人淒涼的慘叫將他的思緒拉回。

寧殷抬起眼皮，陰暗潮濕的地上匍匐著一個狼狽的女人。

從她剪裁得體的宮裳上依稀可以辨出，應是皇城裡位分較高的大宮女。

她身上沒有一道傷痕，卻連站起來的力氣都沒了，慘白的臉上全是冷汗，宛如從水裡撈出來似的。

折戟左掌包著紗布，視若不見般沉默佇立。

旁邊，還站著四五個戰戰兢兢的下屬。

大宮女拼命磕頭，彷彿這樣自己就能活得長久些，哀求道：「看在奴婢曾服侍麗妃娘娘和殿下多年的份上，饒了奴婢吧！」

寧殷等這女叛徒磕足了頭，方勾起一絲笑意，極輕地問：「當初勤娘向皇兄出賣我的行蹤，將我置之死地的時候，可曾想過那多年的情分？」

「奴婢不敢了，真的不敢了！」叫勤娘的宮女根本沒想到寧殷能從寧長瑞手裡活下來，還將其滿門反殺，不禁囁嚅道：「只要殿下能饒奴婢一命，奴婢做什麼都可以……」

「做什麼都可以？」寧殷輕哼，似是在掂量這句話的份量。

勤娘抓住一線生機，忙點頭如搗蒜：「請殿下給奴婢一個將功贖罪的機會。」

寧殷把玩著指間的短刃，半瞇著眼眸，似是在盤算什麼。

「好啊。」半晌，他輕鬆應允。

只抬了抬下頷，宮女立刻討好地膝行至他的腳邊。

寧殷勾著涼薄的笑，睥睨腳下的女人：「我要妳愛我。」

就像，虞靈犀對薛岑一樣。

此言一出，屋內的下屬俱是驚愕抬眼，完全猜不透主子的心思。

勤娘更是驚懼難安，七皇子這是何意？

寧殷從出生起承受著生父的冷漠，手足的壓迫，連他的生母麗妃都對他充滿厭惡。

他偏執、狠戾、善於偽裝，短暫的人生裡充斥著黑暗扭曲，沒有人愛他。

勤娘對他只有恐懼，實在不知道如何愛他。可她想活，只能硬著頭皮伸手，指尖順著那雙簇新的革靴顫巍巍往上，攥住他的衣裳下擺。

求歡……應該是愛吧？

宮裡的女人都這樣做。

那雙蠕蟲般蒼白的手剛觸碰到革靴，寧殷的目光便倏地冷了下來。

「不是這樣的。」他冷冷道。

虞靈犀的手很暖，便是再害怕，她的眼眸也始終是通透乾淨的，望過來時眼裡有瀲灩的波光。

全然不似眼前的女人，虛假媚俗，眼神混沌沒有一點光彩。

只有虞靈犀可以，只有她有那樣明若秋水的眼眸。

寧殷總算想明白了這件事。

「啊！」

剛碰到衣角的勤娘被掀翻在地，不敢置信地看著面前突然變臉的少年。

「妳太髒了。」他淡色的薄唇，吐出冰冷的字眼。

「殿下，我可以的。」勤娘瞳仁顫動，哆哆嗦嗦道：「求殿下再給奴婢一次機會……」

「噓。」寧殷抬起修長的指節，示意女人噤聲。

「妳該慶幸，我不殺女人。」他道。

勤娘一愣，隨即眼中迸發出希望的光彩。

就當她以為自己逃過一劫時，寧殷卻靠在椅中，忽地大笑起來。

他笑得胸腔震動，卻不顯得粗鄙，反而透出一種愚弄眾生的譏誚優雅，淡淡問：「妳是不是以為，我會這樣說？」

陰晴反覆的語氣，令勤娘眼中的欣喜碎裂，黯淡。

她知道自己活不成了，那雙將死的枯敗眼眸之中，又燃燒出滔天的恨意。

「沒有人會愛你，殿下。」勤娘又哭又笑的聲音，像是世間最惡毒的詛咒。

她尖聲道：「你只能被拋棄，被背叛，因為你是個可怕的惡鬼……」

咒罵聲戛然而止。

沒人看清寧殷的動作，勤娘便忽地瞪大眼，身子軟綿綿倒地，沒了氣息。

寧殷淡然轉著指間刀刃，環顧四周剩下的幾名下屬，收斂笑意道：「有誰是被勤娘策反投敵的，自己站出來，我可饒他一命。」

其中兩人變了臉色，對視一眼，同時朝寧殷撲過去——

勤娘的死他們都看在眼裡，七皇子肯真的饒命才怪，不如拼一線生機！

可才邁出一步，那兩人便覺心口一涼，繼而兩把帶血的短刃從前胸刺出，釘在密室的石牆之上。

他們甚至來不及叫一聲，便成了兩具沉默的屍首。

寧殷擦了擦手指，轉過身，除折戟以外的另外兩人立刻齊刷刷跪下，汗出如漿道：「卑職誓死追隨殿下，必助殿下完成大業！」

「起來。既是無錯，跪什麼？」寧殷極慢地擦了擦手指，「無所謂大不大業，只要你們別礙事。」

臺階上淌下一灘黏稠的殷紅，他皺了皺眉，抬靴小心地跨過那一灘，方信步邁上石階。

「殿下。」折戟背負重劍跟在他身後，沉聲提醒道：「進來京中有流傳，說虞二小姐在春搜時困在懸崖一天一夜，和一個……」

他看了前方的黑衣少年一眼，咽了咽嗓子道：「和一個低賤的奴了有染，可要屬下將此傳言阻斷扼殺？」

「為何要阻斷？」少年露出輕快的笑意，反問道：「這樣，不是更好麼。」

折戟眼中流露詫異。

他原以為主子可以借助這場婚事有所行動，而今看來，他更想親自娶那女子。

可勤娘臨死前的話猶在耳畔，折戟一時不知該同情虞家姑娘好，還是該為主子擔憂。

他唇線緊了緊，索性選擇緘默。

走出密室，微涼的細雨搭在臉頰，寧殷頓足抬首，望著陰沉逼仄的天空。

「下雨了呢。」他自顧自道。

虞府。

虞靈犀手握書卷倚在榻上，怔怔看著窗外的雨光：「怎的突然下雨了。」

「春末天氣本就多變，下雨有何稀奇的？」胡桃將茶點擱在案几上，走過去關了窗戶，見四下無人，便蹲在虞靈犀面前笑道：「小姐，您成親後還會常回來看奴婢麼？要麼，還是將奴婢一併帶走吧，奴婢捨不得您。」

「說什麼呢？」虞靈犀眼也不抬，起身往茶湯中加了兩匙椒粉，「和誰成親？」

「薛二郎呀！難得郎情妾意，小姐不嫁他嫁誰？」

「未定之事，不許胡說。」虞靈犀又將茶盞放了回去，有心事，連最愛的椒粉也吃不下去了。

昨日為了婉拒東宮婚事，薛岑當著父兄的面下跪求親，虞靈犀覺得自己或許該開心，因為所有人都覺得她與他是天造地設的一對。

可她滿懷感動，卻始終開心不起來。心中平靜如鏡，再也泛不出前世年少時的懵懂情愫。

昨日在庭院中，薛岑紅著臉問她意見。

她曾試著說服自己，然而想了許久，終是笑著搖搖頭：「岑哥哥很好，可我不曾想過成婚。」

那時薛岑眼裡詫異大過落寞，大概沒想到她會拒絕。

很快，他想通了什麼，溫聲笑道：「二妹妹還小，不曾想過婚事實屬正常。無礙，我們可以慢慢適應，只要能渡過眼前危機。」

虞靈犀想了一夜。

她或許能與薛岑成婚，然後相敬如賓地度過一生，可這樣對薛岑而言太不公平。愛若不對等，便是災難。

騙誰都可以，唯獨不能騙前世今生兩次為她長跪的薛岑，她無法昧著自己的良心。

「小姐不嫁薛二郎，難道真的要入宮做太子妃？」

胡桃癟癟嘴，做太子妃雖然尊貴，可要和三千佳麗爭寵，多累呀！

哪像薛二郎，眼裡心裡都只有小姐一人。

聞言，虞靈犀還甚是認真地思索了一番，假設自己真的嫁入東宮，將來寧殷殺回宮時，自己能靠著現在的恩情苟下小命的幾率是多少……

然而，算不出。

寧殷的性子，就是個危險的謎。

正想著，門外侍從遞了一份帖子過來，道：「二小姐，唐公府清平鄉君邀小姐一敘，說有要事商談。」

虞靈犀接過帖子，展開一看，眉頭輕輕蹙起。

隨即想到什麼，她眉頭舒展，露出笑意。

唐不離帖子上的筆觸力透紙背，足以彰顯書寫之人的憤怒。

唐不離說，近來京中貴女圈中有流言，說虞二小姐在春搜圍獵時遇險，失貞於一個少年奴子……

既然是從貴女圈子中流傳出來的，那只有可能是當時在場的女眷在製造謠言。

這般捕風捉影言論，多半是想要嫁入東宮做鳳凰的女子，亦或是薛岑的某個仰慕者放出來的。

不過，這或許是個好機會。

虞靈犀合上帖子，沉靜道：「備車，去唐公府。」

剛出了門，便見斜斜細雨中走來一人。

寧殷不知從哪裡回來，也未打傘，衣裳髮絲都濕了，俊美的臉龐被雨水浸潤得略微蒼白。

這兩天為婉拒東宮婚事而忙得焦頭爛額，倒是忽略了他。

虞靈犀心中一動，接過侍婢手中的雨傘，朝寧殷走去。

「你去哪裡了？」她停在少年面前，隔著半丈煙雨濛濛的距離。

「飲酒。」寧殷回答。

虞靈犀皺了皺鼻子。

潮濕的空氣中的確有淡淡的酒味，除此之外，還有一股熟悉的腐朽之味掩蓋於酒味之下，像是陳年地窖裡的氣息。

「大雨天飲什麼酒？」虞靈犀皺眉，伸直手臂，體貼地將手中的傘遞了過去。

然而垂眼看到穿著她贈送的鹿皮靴，她心中慰藉，又忍不住勾出　抹淺笑。

「不痛快。」寧殷沒有接那傘，安靜片刻，忽地輕聲道：「少將軍曾說我留在府中，會壞了小姐的名聲。」

他站在雨霧之中，烏沉沉的眼像是誠心求問的學生，「小姐也覺得我身分低微，是小姐的恥辱嗎？」

這個問題還真是莫名其妙。

虞靈犀氣急反笑：「我若在乎那些，就不會夜行策馬將你找回來了。」

寧殷仍是望著她，問：「那，小姐會背叛我、拋棄我嗎？」

這是什麼話？

若論背叛，也該是她問他會不會背叛才對吧？

虞靈犀狐疑地看著略微反常的他，慎重地想了想，而後搖首：「不會，既然將你撿回，你便是我的責任。」

畢竟，她將來還要靠著這份恩情，讓他成為虞家最大的庇佑呢。

寧殷笑了，也不知在開心什麼，頷首道：「好，衛七明白了。」

明白什麼了？

來不及想清楚這小瘋子的意思，虞靈犀急著趕赴唐公府，便將傘往寧殷手中一塞，催促道：「拿著，回去換身衣服。」

說罷轉身，快步上了馬車。

寧殷紙傘站在原地，望著她的馬車消失在大道之上，眼底的笑意方漸漸沉澱下來。

一個陌生的小廝與他擦身而過，小跑而來，一邊擦著下頷的雨水，一邊叩了叩虞府的角門。

侍衛開了門，小廝將捂在懷中的書信雙手奉上，朗聲道：「這是我家薛二公子的手信，信件重要，請務必轉交貴府二小姐。」

可虞靈犀剛離府。

侍衛便接過信件，讓侍婢擱在虞靈犀的案几之上，只待她回來再看。

侍婢剛掩門離去，拐角陰影裡便轉出一人，取走了那封信箋。

東宮，風雨大作。

太子寧檀掀翻了一桌佳餚，砸了兩個杯子，怒道：「誰說她和薛岑有婚約？我怎麼不曾聽過。」

一名暗衛抱拳稟告：「據卑職所查，薛、虞二家確有婚約。」

寧檀更是氣堵，虞靈犀與誰有婚約都行，為何偏偏是薛家人？

薛右相明著不參與黨派，但暗地裡卻是東宮最大的臂膀，便是看在薛老爺子的面上，他也不能明著下手去搶他的孫媳。

寧檀已經命人打聽過了，虞家二姑娘的確有著京城罕見的絕色。

天下沒有他得不到的女人，可那樣的小美人，竟要便宜薛岑了！

正咽不下這口氣，又見一名太監邁著碎步匆匆而來，跪伏著將一張皺巴巴的信箋舉在頭頂道：「殿下，方才在東宮門扉上發現這個東西。」

寧檀奪過那張信紙，展開一看，眉間戾氣更重。

「今夜酉時，盼與城北沁心亭相見……」寧檀將薛岑的名字一點點磨碎了，從齒縫中吐出，「郎情妾意，是想著私奔嗎？」

越想越不甘心，他甚至惡毒地想，要是薛岑從世上消失就好了……

煩躁踱步停頓下來。

寧檀喃喃自語：「對，只要薛二郎從世上消失，這門婚事自然就成不了了。」

暗衛訝然，忙抱拳規勸道：「殿下，薛家的人動不得……」

「只要手腳乾淨點，製造點意外瞞過右相，自是神不知鬼不覺。」被嫉妒沖昏了頭腦，寧檀將信箋摔在暗衛臉上，怒道：「快去！」

這雨越下越大，虞靈犀索性在唐公府等到雨停，方趕回虞府。

酉時，深藍的暮色漸漸侵襲。

東邊一彎殘月，瓦楞間的積雨墜在階前，碎開清冷的光澤。

虞靈犀剛回屋換了身衣裳，坐在榻上歇息，便見侍婢進門道：「小姐，午時薛二郎的書童送了一封信箋過來，說是有要緊事，信箋我給您擱在案几……咦，信呢？」

侍婢的嗓音頓住，將案几上的筆墨書本一本本挪開，訝異道：「我明明擱在這了。」

虞靈犀略一沉思，猜想薛岑定是因親事找她。

此事還需早做決斷，拖下去對虞家、薛家都不好。

「既是要緊事，我便親自登門拜謁吧。」虞靈犀對鏡整理一番儀容，見並無失禮不妥，方輕聲道：「備馬車和拜帖，去薛府。」

去薛府的路並不順暢。

明明兩刻鐘的路程，卻一會兒被乞丐阻擋，一會兒又有商販的板車傾倒，堵住了去路。

耽擱了不少路程，虞靈犀索性棄車步行。

好不容易趕到薛府，前來迎接的僕從滿臉驚訝，問道：「二小姐怎的來這了？我家二郎不是約您在城北沁心亭相見麼，他一個時辰前就出發了。」

想起來薛府的路上諸多不順，虞靈犀莫名生出些許不安之兆。

城北藕蓮池。

夜風拂過，荷葉上的積雨圓溜溜滾了幾圈，「吧嗒」墜入池中，驚起兩尾暢遊的鯉魚。

蒙昧的夜色中，只見薛岑錦衣玉帶，負手在亭中踱步，時不時朝棧橋盡頭的方向張望一眼。

正等得焦急，忽聞身後傳來一聲刻意壓低的男音，喚道：「薛二郎。」

薛岑下意識回頭，剛要問來人是誰，便見一道蒙面黑影閃過，繼而胸上一痛。

還未反應過來，他整個人被那股巨大的掌力推得後仰，瞬大眼，仰面墜入冷且深的藕池之中。

「噗通」一聲，水花四濺。

岸上兩個黑衣人朝下看了一眼，問道：「這樣死得了麼？」

「你把他腦袋壓下去，別讓他浮上來。」另一個低聲道。

撲稜一陣羽翼驚飛的聲響，兩個心懷鬼胎的人立刻抬起頭來，只見一隻巨大的鳥兒盤旋在藕池上空，如同勾魂的無常鬼，審視著池中不斷掙扎沉浮的薛岑。

「有人來了？」

「撤！」

兩條黑影怕被人瞧見現場，顧不得看著薛岑沉下去，分散開飛奔而逃。

幾乎同時，遠處月門下轉出一抹頎長的少年身姿。

他抬臂，空中盤旋的灰隼便乖乖降落，在他臂上收攏羽翼。

「救……救命……」

池中「嘩啦」一片水響，蕩碎一池的月光。

寧殷悠閒地負手站在亭中，眸中映著清冷的波光，找了個好角度，欣賞著薛岑掙扎下沉的身影。

薛岑一死，他會讓薛老狐狸合情合情地懷疑到東宮頭上。

到那時無需他動手，自有兩虎相鬥、君臣反水，豈非很有意思？

湖水在吞噬生命，波光將少年的俊顏蕩得扭曲。

他臉上卻掛著愉悅至極的笑容，彷彿在池水中看到未來最美妙的場景。

確認過後，並不久留。

他轉身欲走，卻驀地對上一道本不會出現在這裡的身影。

虞靈犀胸脯起伏，震驚地看著他。

灰隼驚飛，掠過一池寒影。

「衛七……」虞靈犀聽見自己的嗓音微微發顫，不詳的預感在此時達到了頂峰。

寧殷看著她，面色很平靜，彷彿身後湖水中撲騰的只是一條倒楣的魚。

水花由大轉小，一片衣角浮出水面，很快只餘一串氣泡，幾點餘波。

虞靈犀登時呼吸一窒：薛岑不會鳧水！

來不及質問寧殷是怎麼回事，她踢了鞋襪便快步躍入湖中。

「噗通」一聲，水花四濺。

寧殷扭頭看著湖中拼命朝薛岑游去的少女，平靜的眸子起了波瀾，一片破碎。

於他看來，薛岑無疑是個礙事的傢伙，趁人之危，卻又標榜正義，骨子裡透著薛家人特有的自私虛偽。

只要他死了，便能順理成章解決薛家和東宮兩個危機。實在是划算得不能再划算的買賣，他不明白虞靈犀為什麼要跟著跳進去……

薛岑已然失去意識，水中又有衣物束縛，嬌弱的少女很快力竭，被薛岑沉重的身軀拖著往下沉。

虞府的馬車停在牆外，侍衛抱劍佇立，對牆內藕池的情況一無所知。

虞靈犀順著薛岑的手腕抓住他的衣襟，拽著他拼命往上鳧。

但年輕男子的身軀實在太過沉重，幾度浮浮沉沉，她開始後悔為了和薛岑單獨談話，而將侍衛留在牆外遠處。

想要張口呼喚，卻被灌了滿口的冷水。

虞靈犀用盡最後的力氣將薛岑推向岸邊礁石，沒入水中的一刻，她透過蕩漾的水面，看到了寧殷被波光扭曲的、晦暗冰冷的眼睛。

完了。

好不容易重生一次，死前看到的最後一眼，依舊是寧殷那張可惡的臉……

不行，不能死在這。

她拼命划動手腳，意識模糊之際，又聽見耳畔一聲「噗通」水響。

水面清冷的月光碎成銀斑，熟悉的少年身影破水而入，帶著一連串氣泡，矯健朝她遊來。

虞靈犀不自覺朝上浮著的手臂被緊緊攥住，也沒看清他怎麼使勁的，只覺一股猛力拽去。強健的手臂托住虞靈犀的腰，使得她的腦袋順利浮出水面。

「小姐。」

她聽到寧殷略微急促的呼吸在耳畔響起，捏著她的下頷拼命喚她。

下一刻，空氣爭先恐後湧入鼻腔，嗆得她猛力咳嗽起來。

「來……來人！」她總算想起了候在遠處的侍衛，嘶聲竭力道：「青霄！」

園外候著的青霄最先察覺不對勁，大步穿過圍牆月門一看，頓時駭得色變。

「來人，快救小姐！」

青霄丟了佩刀，跳入池中扶住虞靈犀。

其他兩個侍衛也及時趕到，合力將昏沉的薛岑拉上岸，池邊一片混亂。

虞靈犀被簇擁著救上岸，侍衛們圍著給她拍背順氣，她卻望向一旁濕漉漉閉目躺著的薛岑，嗆聲短促道：「別管我，去……去救薛二郎！」

於是按壓薛岑胸膛的按壓胸膛，請大夫的請大夫，又是一陣忙亂。

沒人留意還泡在水裡的寧殷。

波光揉碎在他眼裡，寧殷面無表情地想了想，眼下情況，只有殺光在場所有人才是最保險的。

然而指間的刀刃轉了幾圈，終究被收回袖中，披著一身淅淅瀝瀝的湖水上了岸。

暮春時節，泡冷水的滋味並不好受，被風一吹，更是寒涼。

虞靈犀顫抖不已，一半是冷的，一半是怕的。

前世沒能救下薛岑，總不能今生也連累他。

正想著，肩上一暖，罩下一件寬大乾燥的暗青色外袍。

她怔怔回首，看到寧殷那張年輕冷白的臉。

他髮梢濕漉漉滴著水珠，唇色很淡，眸色幽暗難辨，看著她道：「小姐，別著涼。」

虞靈犀頹然坐在地上，喘息著，彷彿在這張年少俊美的臉上看到前世的影子。

她忽地抿緊了唇，短暫的怔愣過後，便漫出無盡的惱怒。

掌下用力，她扯下寧殷攏過來的外袍，扔在地上。

她不願披他的衣裳，不願和他說話。

正此時，一旁昏迷的薛岑猛地咳出一口積水，侍衛喜道：「小姐，薛二郎醒了！」

虞靈犀長鬆了一口氣，顧不得寧殷，忙踉蹌起身撲至薛岑身邊，濕紅的眼中滿是愧疚：「岑哥哥，你沒事吧？」

寧殷垂下眼眸，看著空空如也的雙手，落下深重的陰翳。

薛岑堪堪從鬼門關轉回來，尚且很虛弱，說不出話，只顫巍巍抬起緊攥的右手，似是要說什麼。

打開手掌一看，裡頭卻是一小塊撕裂的黑色布條。

是他墜湖前，從那下手的黑衣蒙面人身上扯下來的。

「這布料……」青霄見多識廣，拿起那塊布條摸了摸，皺起眉頭，「料子上佳耐磨，不像是平民百姓的款式。」

這已然坐實了虞靈犀的猜想，薛岑的墜湖絕非意外。

很快，薛岑被送回薛府，虞靈犀特地派了青霄前去解釋情況。

她在地上呆呆坐了會兒，才在一名侍衛小心翼翼的呼喚中回神，癡癡起身，拖著吸水沉重的身子，一步一個濕腳印朝馬車方向行去。

寧殷下頜滴水，始終沉默地跟在她身後，像極了幾個月前那個大雪紛飛的夜晚。

可惜，她不會被同樣的招數騙兩次了。

虞靈犀停住了腳步，素來柔軟的嗓音染上湖水的清寒，示意侍從道：「你們先下去。」

摒退侍從，她視線巡視一圈，拿起車夫遺落在馬車上的馬鞭。

將鞭子攥在手中，她方轉身抬首，定定直視寧殷的眼睛。

半晌，問道：「你為何會出現在這？」

消失的信箋，墜湖的薛岑，還有「恰巧」出現在這兒的寧殷……

那些曾被她忽視的細節終於連接成線，編織成可怕的真相，一切都朝她最擔心的方向脫韁狂奔。

馬車上掛著的燈籠微微搖晃，他們的影子也跟著跳躍顫動，透著詭祕的不安。

寧殷依舊是乖巧安靜的樣子，彷彿今晚的混亂與他無關，只有在看向虞靈犀瑟縮濕冷的身軀時，眼底才有了些許波瀾。

「小姐在發抖。」他輕聲道。

虞靈犀問：「你是何時開始計畫此事的？」

「夜裡風寒，穿著濕衣容易著涼。」寧殷置若罔聞。

虞靈犀深吸一口氣，問：「你還要裝到什麼時候呢，衛七？」

寧殷抿緊了唇。

他慢慢垂下頭，半晌不語。

就當虞靈犀以為他在懺悔反思時，少年抬起頭，勾出她曾無比熟悉的、涼薄的笑容。

卸下那累人的偽裝，他連語調都輕鬆起來，輕輕道：「小姐不能和他成婚，讓礙事的傢伙從世上消失，不好麼？」

虞靈犀心頭一顫。

她想起方才在月洞門下瞧見的畫面，那時的寧殷站在池塘邊，冷眼看著薛岑在湖裡掙扎，臉上就掛著這般愉悅冷情的笑容。

這才是虞靈犀認識的，真正的寧殷。

「所以，你就下手殺他，將一個不會鳧水的人推入池中？」虞靈犀忍著胸腔的悶疼，問道。

「我沒有。」

「還騙人！」

「殺他的不是我，他不值得我動手。」

寧殷嗤笑，若他親自動手，薛岑早就是一具屍首了。

「是。」他承認得乾脆。

虞靈犀顫聲：「但你想讓他死。」

「為什麼？」

「薛家保護不了妳。」

「就因為這個？」虞靈犀簡直不敢置信。

「小姐若和他成婚，便不會留我在身邊。」寧殷負手，淡淡地說，「可小姐答應過，永遠不會拋棄我的。」

虞靈犀終於明白午時在細雨中，他的那句「衛七明白了」是何意思。

他明白了，只要能讓虞家留他在身邊，殺多少礙事的人都沒關係——哪怕，不是他親自動手。

這個小瘋子！還是和前世一樣不可理喻！

撿他回來時，不是沒有過試探和懷疑。

可虞靈犀想著，他裝良善也好，甜言蜜語也罷，總歸是要靠他罩住將來的虞家，一點小謊無傷大雅；但沒想到，他的心從內到外黑透了，竟會下狠手傷害自己身邊的人。

「要怪只能怪他自己虛偽蠢笨，不自量力。」反正已經被看穿了，寧殷也不介意說兩句真話，「沒有足夠的力量，卻要和太子爭搶；不會鳧水，還要約來湖邊。這樣的人，死了才是他最大的價值。」

虞靈犀眼眶濕紅，是憤怒，更是失望。

憤怒過後，她反而平靜下來，輕笑一聲問道：「你如此能耐，下一個要殺的人……」

抿了抿唇：「是不是就是我？」

寧殷微微側首，居然認真地思索了這個問題一番，方得出結論：「我不會傷害小姐。我說過，小姐是世上待我最好的人，我願意為小姐做任何事。」

虞靈犀已然辨不清他說的話幾分真，幾分假。

「所以，當初你拼死也要追著我的馬車，是因為你認出了我的身分，覺得將軍府有利可圖，才以命相賭博得我的可憐？」

「是。」

「春搜時，你是為我看管馬匹的人之一，以你的能力和警覺性，不可能察覺不到草料有問題。我的馬發狂驚跑，只有你追上來……這事也是你幹的？」

「不是。」

「但你知情。」虞靈犀猜測。

或許，他還在陰謀的基礎上添了把火。

「是。」依舊是平靜的嗓音。

他臉上一點悔意都沒有，彷彿自己所做的那些和吃飯睡覺一樣天經地義，沒什麼大不了的。

「可曾悔過，愧過？」

「不曾。」

「你！」

虞靈犀氣急，高高揚起手中的鞭子。

寧殷站著沒動，臉上掛著淡而譏誚的笑容。

鞭子有何可怕？以前在宮裡時，那個瘋女人不也經常鞭笞他嗎？

更疼的都受過，早就習慣了。

受了她這一頓鞭刑，就當給這場無聊的遊戲做個了結。

然而，高高揚起的馬鞭頓在半空中，遲遲不曾落下。

虞靈犀眼眶微紅，望著寧殷的眸子翻湧著複雜。

她想起了今日午時，她親口所說的那句「既然將你撿回，你便是我的責任」，她想起了懸崖上流入喉間的那股腥甜溫熱……

前世今生，她想起了很多很多，握著鞭子的手微微顫抖，如同墜有千斤。

寧殷不會悔改的，永遠不會。

她的憤怒在寧殷的涼薄面前，顯得如此的蒼白可笑。

許久，靜得只有風吹過的聲音。

下一刻，虞靈犀閉目，那根馬鞭擦著寧殷的臉，狠狠落在她自己的手掌上。

用盡全力的鞭子帶著呼呼風聲，「啪」的一聲脆響，她嬌嫩的掌心立刻泛起紅腫。

寧殷收斂了笑意，身後玩弄短刃的手指一頓。

「這一鞭，罰我自己識人不清，引狼入室。」

虞靈犀眼角濕紅，疼得呼吸都在哆嗦，卻仍咬牙一字一句道。

「啪！」

又是一鞭落下，掌心兩道紅腫可怖交錯，立刻破了皮。

明明是落在她掌心的鞭子，寧殷卻兀地察覺自己那顆冰冷死寂的心，突地跳了一下。

眼淚在眶中打轉，虞靈犀忍著快要疼哭的劇痛，顫聲道：「這一鞭，罰我心慈手軟、輕信偏信，險些釀成大禍。」

第三鞭落下，寧殷沉了面色。

他抬手攥住了落下的鞭子，鞭尾如蛇扭動，在他冷白的下頷甩出一條憤怒的紅。

寧殷連眼都沒眨一下。

他盯著虞靈犀，嗓音喑啞無比：「夠了。」

# 第八章　殺嗎

馬鞭攥在寧殷掌中，虞靈犀用力抽了抽，紋絲不動。

「放手！」

虞靈犀瞪著濕紅的眼，與他較量對峙。

寧殷不鬆反緊，手臂反繞兩圈纏住鞭子。

「小姐嬌貴，再打手就廢了。」他面色沉沉，嗓音卻極其輕淡，「還有多少下，我替妳受。」

說著他腕一抖，鞭子便脫手，黑蛇般纏上他勁瘦結實的小臂。

虞靈犀失了武器，掌心火燒般刺痛，剛才的兩鞭已經耗盡她全部的力氣。

「我不會打你。」她依舊站得挺直，抿唇道：「若不知鞭子為何落下，領罰又有何用？那只會讓你變本加厲地遷怒別人。」

寧殷看了她一會兒，方道：「我沒有錯。」

「你過往經歷坎坷，若是為了自保而出手，我自然無權指摘。可現在，你只是為了一己私欲，享受布局虐殺的快感。」

這樣的寧殷就如同前世一般，稍有不如意，便殺得腥風血雨。

今日他殺的可以是薛岑，明日便有可能是她的父親、兄長，是天下任何一個無辜之人。

「所以，小姐要告發我嗎？」寧殷嘴角動了動，虞靈犀猜他是想笑，「還是說，又要趕我走？」

以寧殷暴露本性後的瘋狠性子，這兩條路必然都行不通。

虞靈犀很清楚，當初自己既然決意收留他，便該承擔應有的風險和後果。

若因中途遭遇挫折，事不如願就棄他不顧，那她和那等心口不一的偽君子有何差別？

「我會告訴所有人，今夜你會出現在這，是因我不放心薛二郎，讓你提前來此傳信的。我與你此番談話，亦無人在側，侍從皆不知情。」頓了頓，虞靈犀告訴面前這個冥頑不靈的黑心少年，「現在擺在你面前的，是兩個選擇。一是跟我回府，二是以你慣用的手段，殺光在場的人滅口。」

寧殷眼睫一顫，慢悠悠抬眼。

面前的少女一身瑟瑟濕寒，眸中卻是從未有過的倔強沉靜。

「若你要選擇殺人，就先殺了我。」她道：「否則只要我還有一口氣，便不會讓你動我身邊的人一根汗毛。」

寧殷笑了，笑的像個瘋子，但也是個俊美的瘋子。

他的眼裡甚至看不出一絲狠戾，溫文爾雅道：「小姐把窗戶紙都捅破了，難道不怕？」

「怕。」

事關生死，怎會不怕？

可虞靈犀瞭解寧殷，他如果真的要殺人滅口，是沒有這麼多廢話問的。

方才她溺在湖中時，寧殷本有機會殺了她。他甚至不用親自動手，只需像看著薛岑溺湖那般冷眼旁觀，不出半盞茶的時間，她便會溺斃。

那樣，便無人知曉他來過這裡。

可寧殷跳下來了，將她從湖底撈出。

虞靈犀索性再賭一把，反正小瘋子最喜歡以命作賭了，不是麼？

她甚至向前一步，再前一步，濕淋淋的衣裙熨帖著玲瓏起伏的身形，髮梢水珠滴在寧殷的鹿皮革靴上，暈開深色的濕痕。

前世一無所有，她尚能在寧殷陰晴不定的暴戾中苟活許久，這輩子她應有盡有，還怕應付不了尚不成氣候的寧殷嗎？

燈籠微微搖動，牆上一高一低的影子幾乎疊在一處。

湖水裡泡了半天，彼此連呼吸都是潮濕的。

虞靈犀仰首抬眸時，寧殷握著鞭子的手驀地加重力道，指節有些泛白。

「現在，要殺我嗎？」她忍住想要瑟縮的欲望，望著寧殷近在咫尺的冷白面容，又重複了一遍，「殺嗎？」

寧殷半垂著眼與她對視，沒有動。

彷彿過了一個甲子那麼久，虞靈犀了然頷首：「好，那我現在要回府了。」

寧殷沒有阻攔。

「還要不要跟我走？」虞靈犀問。

寧殷只是望著她，默認。

虞靈犀能看到寧殷眼中倒映的，小小的自己。

她倔強地睜著眼，直至確認少年的確沒有離開的意思，方後退一步，轉身上了馬車。

鑽入馬車時，她眼角餘光瞥了旁邊一眼，寧殷並沒有離開，也沒有其他危險的動作。

虞靈犀便知道，至少眼下安全了。

冷，還有疼。

強撐的鎮定消散後，壓抑的寒意和疼痛爭先恐後復甦，侵入四肢百骸。

她取了車上的披風裹住瑟瑟的身子，疲乏地靠著馬車壁。

攤開手掌，只見兩道的紅腫鞭痕交錯，紫紅的破皮處滲出些許鮮血。

到底酸澀了鼻根，虞靈犀輕輕碰著掌心破皮的地方，咬著唇不吭聲。前世今生兩輩子，哪怕是最落魄的時候，她也不曾受過這般厲害的皮肉之苦。

可她不後悔狠心落下的鞭子，這兩鞭打醒了自己。

她曾心懷僥倖，卻忘了一個極端扭曲的性格，根本不可能是後天一蹴而成的。

她不能再把前世的瘋子與現在的少年割裂，寧殷就是寧殷。

對付寧殷，只能比寧殷更瘋。

回到虞府，爹娘已經聽聞了薛岑墜湖的消息，於是又是一陣雞飛狗跳。換了乾爽的衣物，虞夫人拉著虞靈犀的手掌上藥，望著寶貝小女兒掌心的紅腫，心疼得直皺眉。

虞靈犀思緒熨帖，趴在案几上朝虞夫人眨眼道：「湖裡太黑，我自己不小心弄的。阿娘別擔心，已經不疼啦。」

虞夫人紅著眼眶，撫了撫小女兒的鬢髮。

小女兒自小體弱嬌氣，平時磕碰一下都會哭鼻子，可自從去年秋大病一場醒來後，她便一夜成長了許多。

明明十五六歲的年紀，卻有著與年齡不符的溫柔堅忍，反倒更令人心疼。

「妳呀，還是這麼冒冒失失的。」虞夫人溫柔地纏好紗布，將她的指尖抱在掌心，忽而喟嘆道：「若是能有個知根知底的暖心人一輩子護著妳，娘也就知足了。」

「女兒不想讓別人護著，只想在爹娘身邊。」虞靈犀明白虞夫人的言外之意，半晌，終是輕而堅定道：「阿娘，我對薛二郎只有兄妹之情，並無男女之意。」

虞靈犀走後，虞夫人獨自在廳中坐了許久。

直到肩上一暖，虞將軍的大手將她擁入懷中，剛毅的臉上現出幾分柔情：「夫人，還在這想什麼呢？」

虞夫人回神，舒展眉頭莞爾道：「我在想歲歲素來身嬌體弱，為了救薛二郎，竟然敢跳入冰冷的池水中。」

說到這事，虞將軍亦是淺淺一嘆：「我也沒料到，歲歲會為薛岑做到如此地步。」

「可是歲歲方才卻說，她對薛二郎只是兄妹之情。」虞夫人苦惱，「你說歲歲到底怎麼想的呢？」

「別的不說，薛岑那孩子倒是個實心的。」虞將軍思索許久，沉聲道：「而今東宮虎視眈眈，實在是不能拖下去了。」

女兒的終身大事，卻被東宮逼得匆匆決定，這無異於一場豪賭。

虞夫人嘆了聲：「要是歲歲能有個真正兩情相悅的郎君，就好了。只要能豁出性命護住她，讓她平平安安的，哪怕是家世門第差些，我也認。」

「現在想這些已是無用。兩害取其輕，將歲歲嫁給一個真心愛她的人，總比嫁給一個不愛她的好。」虞將軍寬慰道：「睡吧，明日我帶歲歲去薛府一趟，看看對方的態度再說。」

第二日，虞靈犀準備了藥材禮品，和虞將軍一起趕去薛府拜謁。

畢竟薛岑墜湖的事與她有關，兩家又是世交，於情於理，她都要登門探望一番。

出門下臺階時，她下意識伸出右手，想要搭著侍從的胳膊上馬車。

誰知眼角餘光一瞥，卻瞥見一條戴著牛皮護腕的熟悉胳膊。

視線順著胳膊往上，便是寧殷那張不容忽視的俊美臉龐。

昨夜的事就像沒發生過，他依舊面色平靜地站在階前，侍奉她出行歸府。

虞靈犀的指尖一頓，然後若無其事地換了左手，搭上另一邊青霄的手臂。

她的左手昨夜挨了兩鞭，曾經纖白細膩的手掌此時卻纏著粗糙的白色紗布，格外觸目。

寧殷眸色黑沉，昨夜的鞭影彷彿烙在他的心間，揮之不去全是她顫抖破皮的掌心。

可虞靈犀沒有和他說一句話，一聲不響地搭著別的男人的手臂上了馬車，又一聲不響地離去。

他緩緩放下手臂，良久佇立。

還在生氣啊。

薛府。

虞靈犀剛下馬車，便在薛府門前遇見了老熟人。

薛府管家躬身賠笑道：「抱歉，趙姑娘，我家二公子尚在病中，不便見客。」

趙玉茗頗為關懷的樣子，從丫鬟手中接過兩包藥材，交給薛府管家道：「既如此，這些就請管家轉送給二公子。」

轉身見到虞靈犀，趙玉茗怔了怔，隨即避開視線向前道：「姨父，靈犀表妹。」

打了個照面，薛府管家恭恭敬敬地將虞家父女請進了大門。

薛府的獸首門扉在眼前合攏，趙府的丫鬟啐了一聲：「狗眼看人低，憑什麼他們就能進去！」

趙玉茗盯著關攏的門許久，蹙眉道：「紅珠，不許胡說。」

薛府很大，正廳沒有珠光寶氣、浮雕彩繪，看似簡樸大氣，但實際上每一根橫梁、每一處漆柱，用的都是最好的木料，光是這一處正廳便抵得上別處貴胄整座宅邸的價錢。

四面書畫精絕，翰墨飄香，處處彰顯百年望族的泱泱氣度。

「二妹妹！」

廳外傳來幾聲壓抑的低咳，是薛岑聽聞虞家父女前來拜訪，匆匆披了件外袍便跑了過來。

薛岑還病著，面色略微憔悴，但依舊清雋。

大概來得匆忙，他沒有束髮，只在髮尾鬆鬆繫了根竹青的飄帶，更顯出幾分溫潤的書生氣來，含著笑意問：「虞將軍呢？」

「在與令尊洽談，讓我自己隨意轉轉。」虞靈犀起身，醞釀了一會兒方問，「岑哥哥沒事吧？」

她說的是昨晚墜湖之事。

「嗆水太多，昏沉了一夜，見到二妹妹就好多了。」薛岑回答。

他越是寬容大度，虞靈犀心中便越是愧疚。

「對不起，岑哥哥。」她的聲音低了下來，認真道：「若非受我所累，若非我去晚了，你就不會遭遇這些。」

薛岑一怔，隨即柔和眉眼道：「和妳無關，二妹妹莫要自責。」

他握拳抵著唇輕咳一聲，方略微喑啞道：「其實，我很慶幸妳昨夜逾時未至，沒有撞上歹人。若是連妳也遭遇危險，我才是要後悔一生。」

那是虞靈犀承受不住的情義。

她正思索該如何坦白婉拒，薛岑卻望見虞靈犀纏著繃帶的左手，登時一滯：「妳的手怎麼了？」

虞靈犀搖搖頭，將手負在身後，「沒什麼。」

「是因為救我受傷的嗎？」薛岑眼裡的心疼顯而易見。

大約太過著急，他忽地猛烈咳嗽起來，侍候的僕從立刻端茶順氣，半晌才讓他平復下來。

他病得這樣厲害，卻依舊溫和誠懇，處處為別人考慮。望著他虛弱的模樣，虞靈犀幾度啟唇，又悻悻閉上，打好的腹稿一時找不到機會說出口。

回到將軍府，又下起了綿綿細雨。

剛彎腰鑽出馬車，便見一柄暗青油傘橫斜過來，為她遮擋住了頭頂斜飛的雨絲。

虞靈犀提裙抬頭，對上寧殷浸潤著雨光的眸子。

她抿了抿唇，而後踩著腳凳躍下，躲入了胡桃撐起的紙傘之下。

那股清淡的女兒香僅在寧殷的傘下短暫駐留，便溜得乾乾淨淨，風一吹，了然無痕。

虞靈犀沒有回頭看寧殷的神情，只知他大概在雨裡站了很久。

她不會傷害寧殷洩憤，卻也不能這麼輕易地原諒他，否則嘗到了甜頭，下次他只會變本加厲。

寧殷只說不會殺她。

可寧殷不知道，將欺騙和利用的手段用在對他好的人身上，本身就是誅心之痛。

這些，都要他自己慢慢想明白。

哪怕是想明白那麼一丁點兒，這場豪賭就有了一線渺茫的微光，可以支撐她堅定地按照計畫走下去。

連著數日潮濕，總算雨停了。

空氣恢復了舒爽的乾燥，是個難得的晴朗天氣。

東宮那邊一直沒動靜，也不知是好事還是大動作之前的寧靜。

虞靈犀有了片刻的喘息，猜想緩了這幾日，小瘋子的極端心性應該平靜下來了。

大概，應該，或許……能和他好好談談。

便索性摒退侍婢，去了後院一趟。

剛轉過遊廊，便見一襲暗色武袍的寧殷站在階前，正負手抬頭，饒有興致地望著院中一株花期繁盛的玉蘭樹。

白玉蘭開在他的頭頂，落在他的腳下，如雲似雪，將岑寂的少年框入天然的畫中。

一時間，虞靈犀彷彿回到了前世，那個瘸了一條腿的攝政王也曾這樣站在花樹下。

樹下埋著厚重的鮮血，滋養一樹粉霞燦然。

虞靈犀定了定神，放輕腳步朝他走去。

寧殷頭也不回，彷彿背後長了眼睛似的，淡淡道：「小姐又肯理我了？」

果然連偽裝都懶得偽裝了，又冷又嗆。

唔，真是前世熟悉的口吻。

只不過，面前的少年比前世的攝政王，到底差了點道行。

「在看什麼？」虞靈犀在他身邊站定，玉蘭花香沁人心扉，乾乾淨淨。

寧殷勾著沒有溫度的笑意：「看戲。」

虞靈犀狐疑，順著他的視線望去，登時無言。

哪裡是戲？

分明是一條麻繩粗的黑蛇蟄伏在花叢中，仰首吐信，準備獵殺一隻毫不知情的金絲雀。

一顆石子「啪嗒」打在樹幹上。

那隻傻愣愣站在枝頭上的金絲雀受驚，啾鳴一聲，撲稜飛去。

黑蛇撲了個空，吐信縮回花叢，藏匿了蹤跡。

寧殷的「好戲」沒了，這才側首望向虞靈犀，黑冰似的眸中看不出半點情緒。

花樹下的少女眉目如畫，拍了拍手上沾染的塵灰道：「我不喜歡蛇。被人焐暖了還得反咬人一口，涼薄冷血，忘恩負義皆是牠。」

寧殷笑了，很輕的一聲。

「可是小姐，蛇本就是要咬人的啊。」可他眼裡沒有丁點笑意，帶著淡淡的嘲，「牠生而冷血，活在陰暗之中，已然適應不了人的溫度，怎能怪牠反咬？」

邪門歪理，和前世一樣讓人無從辯駁。

「得找個侍衛，把牠趕走。」虞靈犀想到這種冰冷的東西，還是瘮得慌。

「妳應該把牠殺了。」寧殷望著樹上盤繞的黑蛇，突然說。

虞靈犀望著寧殷的側顏，一時拿不準他話裡的意思。

前世她猜不透寧殷的心思時，便會適時服軟。所以，她垂眸抬起瘀傷結痂的左手，朝他攤開掌心，似是無意地輕嘆：「我手還疼著。」

寧殷果然眼尾微挑。

她自己發狠抽的，到頭來還要在他面前賣可憐。

「小姐為何袒護我？」他薄唇翕合，沒有再繼續蛇的話題。

虞靈犀瞥他：「你說呢？」

寧殷搖頭：「小姐太聰明了，我猜不明白。」

被真正聰明的人誇「聰明」，虞靈犀真不知道是該驕傲，還是自慚。

「讓你欠我一份情，總比讓你多一分恨好。」虞靈犀直言，「何況，此事我也有責任。」

寧殷便不再說話了。

一朵白玉蘭花從枝頭墜落，落在虞靈犀腳下，發出柔軟的聲響。

她蹲身拾起那朵花瓣完好的玉蘭，便聽寧殷淡漠的嗓音自身邊響起：「那小姐對我的表現可還滿意？」

「什麼表現？」虞靈犀尚捧著那朵花，石榴裙逶迤垂地。

「我沒有砍下青霄的右臂。」寧殷嘴角勾了勾，語氣涼颼颼的，「小姐覺得青霄的臂膀，比我的好用嗎？」

他說的是探望薛岑的那日，虞靈犀沒理他，而選擇搭著青霄的手臂上馬車的事。

三天了！

他壓根沒有反思冷靜，就在陰惻惻琢磨這件事！

虞靈犀腦仁疼，什麼脾氣都沒了，起身嘆道：「衛七，你難道對這世間，沒有過丁點的慈悲情愛嗎？」

「愛？」寧殷忽地笑了起來。

重生相逢這麼久來，虞靈犀第一次見他露出這般恣意又涼薄的笑容，春風化雪，卻又嘲弄眾生。

「我是鬥獸場裡廝殺出來的啊。」他雖笑著，眸子像是凍結的潭，毫無波瀾地望著虞靈犀，「沒有人教過我這種東西。」

虞靈犀握著那朵白玉蘭，心緒起伏，又歸於平靜。

她終於篤定了，光靠物質上的小恩小惠，根本不可能扭轉寧殷的心性。

他生活在殘酷的黑暗中，缺乏正常人的感情。而教會他禮義廉恥的前提，是先讓他成為一個知情識愛的正常人。

他們靜靜站了很久，直至花瓣鋪了一地。

虞靈犀走後，寧殷站在遠處，手裡還拿著一朵馨香的白玉蘭。

懶得偽裝的野獸索性露出尖牙，話裡的戾氣都懶得隱藏。

他以為虞靈犀會生氣，但少女沉吟許久，只是將手中的玉蘭花遞了過來，告訴他：「衛七，我們不是仇人。虞府，也不會是鬥獸場。」

寧殷垂眸望著掌心嬌弱的話，片刻，緩緩攏攏修長的五指。

輕嗤一聲，不知該說她是傻還是聰明。

若說她傻，倒也大膽通透，每次都能恰到好處地化去他橫生的戾氣；若說她聰明……

頭頂花枝傳來細微的「嘶嘶」聲，寧殷眸色一寒，抬手準確地掐住那條試圖偷襲的毒蛇。

指間用力，於七寸處一掐，黑蛇的身軀劇烈痙攣纏繞，而後軟綿綿垂下，沒了聲息。

寧殷將死蛇擲在地上，嫌惡地看著自己染了腥味的手指。

若說她聰明，卻不知做事要斬草除根，方能不留後患。

東宮。

「你說什麼？」太子寧檀站起身，「母后不同意虞靈犀為太子妃，為何？」

赭衣玉帶太監崔暗立侍一旁，慢吞吞道：「聽聞虞二姑娘與薛府二郎有婚約，殿下為未來儲君，天下標榜，自然不能做強奪臣妻的事。何況，薛右相的暗中相助有多重要，殿下心中明白。」

提起這事，寧檀就一陣鬱卒。

「廢物！」寧檀揮袖掃落了一桌的紙墨，一片劈里哐噹的響，指著地上跪拜的兩個暗衛，「都是廢物！」

若是薛岑死了，自然就沒有這層阻礙了。可偏偏屬下辦事不力，薛岑沒死成，還驚動了薛家。

今天一早，薛右相便拄著拐杖來了趟東宮，明著是請太子做主徹查薛岑落水一事，但暗地裡是不是敲點警告，誰又知道呢？

太監崔暗眼也不抬，照舊是慢吞吞的語氣：「薛二郎殿下萬萬不可再動。即便沒有薛二郎，殿下也娶不成虞二姑娘。」

「怎麼說？」

「近來京中流言正盛，說虞二姑娘曾在春搜狩獵中遇險，和一個奴子單獨處了一天一夜，有失貞潔。憑著這個汙點，也不可能成為太子妃。」崔暗道：「娘娘說了，會另為殿下擇虞大姑娘為妃。殿下先前送去虞府的重禮，就當是賞虞大姑娘的，莫落人口實。」

寧檀的心思根本不在虞辛夷身上，只問：「你說，虞靈犀已然失貞？」

崔暗道：「傳聞如此，想來並非空穴來風。」

「到底是怎樣勾魂奪魄的美人，才能讓朗風霽月的薛二郎忍下這等奇恥大辱，執意娶她。」

寧檀愣愣坐了回去，摩挲著玉扳指，心裡倒是越發好奇饑渴。

不知想到什麼，他舔了舔乾燥的嘴唇，「既然已經失貞，那多失一次也沒關係吧？」

崔暗抬眼，便知太子不把那女子睡到手，是絕不會甘休了。

寧檀極度好色，若放任下去，他只怕會做出更離譜無腦的事來，到那時，給他擦屁股的還得是皇后娘娘。

「殿下若只想嘗一次滋味，倒也並非不可。」崔暗壓住眼中的譏笑，悠悠道：「後日是德陽長公主的壽宴。」

寧檀一愣，隨即笑了起來，拍拍崔暗的肩道：「還是你聰明，快下去安排吧！」

「是。」崔暗躬身退下。

走出東宮正殿，赭衣玉帶的年輕太監方斂笑頓足，抬手撣了撣被太子拍過的肩膀。

虞府。

德陽長公主是今上的同胞親姐，今上尚是皇子時，全靠這位手段非常的長公主照拂才有今日。

因此長公主的地位非同一般，她的壽宴，京中權貴俱是要派女眷前去赴宴祝壽的，虞家也不例外。

虞夫人原本準備如往常那般，攜長女虞辛夷赴宴，但昨日長公主府裡派了宮侍前來送帖，特地邀虞靈犀出席。

虞靈犀想了想，自己年少時常年養病，極少外出露面，與德陽長公主更是毫無交集。

但德陽長公主早年喪夫，膝下無子，一直將姪兒寧檀視若親子。寧檀能順利入主東宮，這位長公主功不可沒。

前世寧殷殺兄弒父後，這位長公主還試圖聯合殘黨宦官誅殺寧殷報仇，結果被寧殷點一場人皮天燈，將宮殿燒成了人間煉獄……

前世今生記憶歸攏，虞靈犀猜測：此番長公主點名邀她赴宴，多半是為太子的婚事而來。

難不成是好奇，想看看她長什麼樣？

直到出發赴宴之前，虞靈犀還在想這個問題。

德陽長公主喜歡溫婉素淨女子，她便特地挑了身鮮妍的海棠色衣裳，描了紅妝，打扮得珠光寶氣。

看得一旁的胡桃直嘬嘴。

小姐怎麼一天一個喜好，上次春宴打扮得道仙子般素淨，這回又妝扮得神妃般豔麗。

「小姐，該出發了。」虞夫人派來的侍婢在門外請示。

「就來。」虞靈犀對著銅鏡前後審視良久，猶不放心。

但凡涉及東宮皇族的事，她都不能掉以輕心。

長公主府和皇宮一樣，有禁軍嚴加看守，赴宴之人不能帶刀劍利刃，也不能帶奴僕侍從。

想了想，她喚來廊下候著的青霄，低聲吩咐道：「今日赴宴，你多帶兩個侍衛候在門外。外人進不去長公主府，若我午正三刻還未散席出來，便讓阿姐去找南陽小郡王，她會知道怎麼做。」

青霄領命：「屬下明白。」

德陽長公主府，各府馬車已經停了十來丈遠的距離，門庭若市。

虞靈犀隨著母親躬身下車，對面，趙玉茗亦是和趙夫人一同下來。

兩家人碰面，趙家母女臉上明顯劃過一絲尷尬和不自在。

趙夫人與虞夫人是同父異母的姐妹，從閨房時起她便處處要和溫婉美麗的妹妹爭，爭衣服爭首飾，爭到最後妹妹成了高高在上的將軍府主母，她卻嫁了一個不起眼的兵部主事。

趙家不景氣，趙夫人覺得臉上無光，越發與虞家斷了往來。

此番撞上，竟發現趙玉茗和虞靈犀穿了同樣的海棠色裙裳。乍一看兩人背影十分相似，但一瞧正臉，高下立分。

趙玉茗雖美，但長相略微小家子氣，撐不起這樣鮮妍的衣裳。反倒是虞靈犀，穠麗精緻，光彩煒人。

趙夫人撐著假笑和虞夫人寒暄問好。

待虞家母女一走，她立刻沉下臉，朝趙玉茗叱道：「讓妳別穿這身衣裳，妳非要穿！這下好了，撞了衣裳還不如人家好看，真是老臉都被妳丟盡了！」

趙玉茗臉色微白，絞著袖子不吭聲。

趙須一瘸一拐走過來，橫在趙玉茗面前道：「義母，玉茗為了這場宴會精心打扮了許久。何況，兒子覺得玉茗比虞二姑娘好看。」

「你覺得？」趙夫人冷嗤，掃了這個墜馬摔斷了腿的跛子一眼，「你覺得有何用？」

趙玉茗跟在趙夫人身後，邁上臺階時，她停下腳步，回頭看了趙須一眼。

趙須隱在陰影中，眸中翻湧著陰暗恨意，朝趙玉茗點點頭。

長公主府氣勢恢宏，花苑中衣香鬢影，觥籌交錯。

德陽長公主還未現身露面，女眷們便三三兩兩聚在一起寒暄聊天。

將軍府位高權重，向來是各家討好籠絡的對象，虞夫人身邊圍滿了各府夫人，一時脫不開身。

這等宴會，少不了人際往來，虞靈犀便朝虞夫人道：「阿娘先忙，我去找清平鄉君。」

唐不離沒有找到，倒是見著了薛岑。

他氣色好多了，一襲白衣勝雪，正保持著客氣的距離，微笑著同趙玉茗說什麼。

眼角瞥見虞靈犀，薛岑眼睛微亮，婉拒辭別趙玉茗，朝虞靈犀走來。

「二妹妹。」他清朗喚道。

「岑哥哥。」虞靈犀頷首見禮，關切道：「身體可大好了？」

「不礙事，已經痊癒。」薛岑引她在位子上坐下，親手沏了一壺茶道：「這是今年最新的茶種，二妹妹嘗嘗？」

虞靈犀端起一杯嗅了嗅，很香。

她問：「是今年才有的茶種麼？」

薛岑傾茶的姿勢風雅至極，頷首道：「不錯。」

虞靈犀「咦」了聲，又嗅了嗅，這茶香怎麼有點熟悉呢？

與此同時。

太子寧檀一身常服站在高處軒樓之上，望著來往的女客，焦躁不耐地搖著紙扇問：「虞二姑娘在哪兒呢？」

雲翳籠罩一大片陰影，陰影順著長公主府的方向逐漸西移。

將軍府後街，無人的僻靜拐角。

羽翼破空的風響，一隻灰隼張開翅膀，停在少年抬起的臂上。

取下鳥足上綁著的竹筒密信，展開一瞧，寧殷的眸色幽幽冷沉下來。

寧檀悄悄去了德陽長公主府，既然不是光明正大，便定有齷齪勾當。

想起今日盛妝赴宴的虞靈犀，他眸色又冷了幾分，淬著懾人的寒。

「小姐，我早說過的啊。」他呵笑一聲，極低的嗓音帶著些許玩味，「斬草不除根，必有後患。」

她那點仁善的小聰明，在絕對的權勢面前根本算不得什麼。

要救嗎？

他靠著牆，淡淡地想。

還是算了。

若無端出現在那，她說不定又要嫌棄他滿腹心機，布局虐殺之類。

反正她準備了什麼青霄、什麼南陽郡王，根本不需要他，不是麼？

他冷笑一聲，轉身往回走，可腳步卻不自覺慢了下來，最終頓在原地。

五指猛地一攥，灰隼驚飛，密信化作齏粉從他指縫灑落。

可是……

野性難馴的少年抬首，睇眼看著被雲翳遮擋的太陽，薄唇翕合：「心情不佳，宜殺人。」

午宴過後，各家夫人都坐在一塊兒陪德陽長公主敘舊解悶。

大人們說話難免涉及要務，後輩理應迴避。虞靈犀便和各府貴女一同去了芍藥園，閒聊賞花。

那股詭譎的眩暈湧上來的時候，虞靈犀心中咯噔了一下。

發覺不對勁，她第一個反應是去找虞夫人，可才走了兩步，身子就軟得幾乎扶不住遊廊的雕欄。

「哎，虞二姑娘怎麼啦？」

身邊驚呼一聲，有誰扶住她軟綿的身子。

「興許是貪杯喝醉了。」

「扶她去偏殿小憩片刻吧，還要些時候才散席呢。」

視野天旋地轉，一張張模糊的臉圍了上來，有人攙扶著她往西角門偏殿行去。

不能去偏殿，不能離開人群。

虞靈犀張了張唇，想讓攙扶的人送她去見虞夫人，可所有的器官都像是被麻痹似的不聽使喚，完全發不出丁點聲音。

說不出話，手腳也綿軟無力，虞靈犀不傻，知道自己大約是被人暗算了。

求救無門，她只能努力維持著最後一縷薄弱的意識，思索到底是哪裡出了問題。

宴席上她與阿娘同席，兩人吃的是一樣的菜肴，可阿娘並無不適，說明問題並非出在菜品上。

除此之外，便是薛岑給她泡的茶。

當時她覺得茶的香味熟悉，心中遲疑，端著茶盞嗅了很久都沒有飲下。

薛岑以為她是嫌茶淡，又知她酷愛辛辣，便體貼換了新的濃茶過來，又從自己案几上取了隨身攜帶的椒粉甘梅，往她茶盞裡夾了兩顆。

繼而便是德陽長公主來臨後，眾人敬酒祝壽。

因有皇族結親的陰雲籠罩，虞靈犀小心得不能再小心。酒盞是公主府的侍婢統一呈上來的，人人皆有，虞靈犀也只在祝壽時象徵性小抿了一口……

莫非，是這裡出了問題？

人群的熱鬧正在遠去，取而代之的是陌生的僻靜冷清。

虞靈犀咬唇，現在想這些已經沒有用了。

重要的是那人敢在長公主府邸對她下手，到底想做什麼？

進了一幢雅致幽靜的寢屋，虞靈犀被安置在柔軟薰香的軟榻上，甚至有人細緻地為她蓋上了錦被，方輕輕掩門出去。

片刻，一聲極輕的開門聲傳來，走入一個光暈模糊的眼熟身影。

繼而強撐的意識斷弦，她眼前一黑，澈底沒了知覺。

一雙繡鞋停在她的榻前。

趙玉茗戴著素色的面紗，露在面紗外的眼睛怯懦柔和，需要很仔細才能看出她眼底瘋長的嫉妒和怨恨。

她捏緊袖子，行至與虞靈犀並排的那張客榻上躺下。

深吸一口氣，做出頭暈目眩的模樣來，朝外喚道：「來人。」

一個宮婢推門進來，福禮道：「趙姑娘，有何吩咐？」

「我舊疾復發，實在是頭暈乏力，恐敗了長公主殿下雅興，便不去辭行了。」趙玉茗虛弱道：「還請再喚個人過來，悄悄扶我去西角門外，讓家兄送我回府吃藥歇息。」

「好的，趙姑娘請稍後。」宮婢見她看上去實在難受無力，便匆匆退出去喚人幫忙了。

等人一走，趙玉茗忙溜下榻，飛快將虞靈犀扶抱至自己榻上，取下自己的面紗遮住虞靈犀的臉，又將她髻上能表明身分的髮飾一一取下。

虞靈犀還挽著一條極為輕軟的罩煙紗披帛，那是趙玉茗心動許久卻買不起的款式。她便將那條披帛也拽下來，換上自己的舊紫綢披帛。

兩人的衣裳身段極為相似，只將虞靈犀天然絕色的臉一遮，髮飾略作調整，陌生人基本瞧不出其中差別。

外面傳來了腳步聲，趙玉茗心一慌，連忙鑽到裡邊的榻上，偽裝成虞靈犀的身形面朝牆壁躺下。

宮婢只見過趙玉茗和虞靈犀一次，果然沒發現異樣，隱約記得有面紗、躺外間的是趙姑娘，無面紗容貌美麗的是虞二姑娘。

於是沒多想，把外間的虞靈犀當做趙玉茗攙扶走了。

趙玉茗聽著她們的腳步聲遠去，這才敢睜開眼睛，長舒一口氣。

接下來，就看趙須的了。

這個計畫是趙須提出的，她不知道趙須要如何攪黃虞靈犀和薛岑的婚事，反正……和她沒關係。

趙玉茗背對著門縮在榻上，咬著指頭想：是宮婢自己認錯了人，而她，只是撒了一點無傷大雅的小謊。

誰叫虞靈犀處處比她好、比她強。

誰叫連朗風霽月的薛二郎眼裡，也只瞧得見她一人呢？

正想著，忽見身後陰影籠罩，有人躡手躡腳朝她走了過來。

趙玉茗剛做完虧心事，猛地轉頭，卻見一塊棉布當著口鼻捂下，將她的驚呼悶在喉中。

趙玉茗瞪大眼看著面前的兩個小太監，瞪大眼嗚嗚兩聲。很快，她猛力的掙扎慢慢停了下來，閉上不甘驚恐的眼，腦袋無力地軟向一邊。

意識消散前，她聽見其中一個太監模糊的嗓音低低傳來：「這個是虞二姑娘吧？別弄錯了。」

「不會錯。方才咱們跟了這麼久，一共就兩個姑娘進了偏殿。」另一個尖細的嗓音回答，「趙姑娘身體不適，被送出府了。那麼留在這裡的，除了虞家二姑娘還能有誰？」

「嘖」了聲：「這張臉和畫像上挺像的，不會錯。算是個美人坯子吧，難怪太子殿下瘋魔了似的要嘗她滋味……」

虞……二姑娘？

趙玉茗很想大聲尖叫，告訴他們認錯了人。

她忍辱這麼久，不是為了去做虞靈犀的替死鬼的！她心裡有人，寧可死也不願被別的男人玷汙！

可來不及發出丁點聲音，就澈底沒了意識。

唯有一滴淚沁出她的眼角，不知是悔是恨。

「別囉嗦了！趁著沒人，趕緊送去太子殿下那兒。」

用錦被將女人一裹，從後門抬了出去。

角門後院，寧殷穿著內侍的赭衣從假山的洞穴中走出。

洞穴陰影中，一個被剝了衣裳的小太監倚在石壁上，已然昏死過去。

寧殷面無表情，將他的腳往裡踢了踢，這才端起地上的瓜果盤，混入來往的內侍隊伍中。

角門處，兩個宮婢扶著一個戴著面紗的女子上趙府的馬車，寧殷自門口路過時，剛好瞥見塞進車內的一片裙角，以及一點精美小巧的足尖。

藕絲繡鞋，有點眼熟，不像是趙家女人能穿得起的款式。

趙須瘸著一條腿，警惕地環顧四周一眼，方跟著躍上馬車，飛快離去。

一切發生在須臾之間，寧殷不辨喜怒，繼續往裡走。

德陽長公主府邸只有一處無人能去的僻靜之處，便是佛堂後的靜室。

一個大活人沒法瞞過禁軍運出府邸，以寧檀那精蟲上腦的性子，若真想做點什麼見不得人的勾當，必定選那處靜室。

佛堂前的蔭蔽石路上，果然見兩個太監鬼鬼祟祟抬著一包人形物體。

寧殷隱在門洞之後，望著那錦被包裹下露出的女子髮髻，陰冷了目光。

腳尖勾起一塊石子攥在手裡，屈指一彈。

後頭那個太監腳腕劇痛，頓時「哎喲」一聲跌倒在地。

錦被散了，滾出一個海棠裙裳的女人，仰面朝上。

見到那女人眉眼的一瞬，寧殷眸中的殺意一頓。

那不是虞靈犀。

「當心點。」另一個太監連忙將女人重新捲入被中，叱道：「太子殿下對女人最是挑剔，摔壞了可就完了！」

兩人又抬起那包人形物，偷偷摸摸地閃入佛堂後淨室。

嘖，認錯人了？

寧殷靠在牆上，慢慢轉著指間險些出手的刀刃。

那真正的虞靈犀會在哪兒呢？莫不是被她躲過去了？

忽然，方才角門外的畫面於腦中一閃而過，寧殷猛地抬眸。

眼中的玩味漸漸沉澱，化作一片恣肆的狠戾幽暗。

他轉身，朝角門快步走去，驚擾了芭蕉低下曬太陽的獅子貓。

那獅子貓脖子上綴著名貴的金鈴鐺，一看就是前來赴宴的某位貴大人走丟的愛寵。

寧殷停下腳步，一個有趣的計畫在心中醞釀開來。

若不回贈寧檀一份大禮，怎對得起他為虞靈犀費心費力布下的這場局？

他伸手拎起那隻獅子貓的後頸，單手攀著圍牆幾個騰躍，翻身上了淨室的屋簷。

他落腳很輕，沒有驚擾室中那位等得口舌生燥的太子殿下，將瑟縮的獅子貓擱在淨室屋脊的醒目之處。

布好了誘餌，就等著好戲開場了。

雖然他很想留下來看這場好戲，但眼下，還有更重要的事要做。

小姐等不到人去救她，會哭的吧？

真可憐呢。

少年心不在焉地想著，卻不自覺加快了步伐，循著趙府馬車消失的方向而去。

馬車顛簸搖晃，使得虞靈犀在混沌的昏睡中找回一絲神智。

牙齒咬破舌尖，她嘗到了鮮血的鐵鏽味。

劇痛使她神智又清明了一分，可四肢仍是爛泥似的使不上勁兒，別說挪動，便是抬一根手指都費勁。

冷靜，越是此時越不能慌。

她咬唇，先將注意力集中在指尖，直至指尖艱難動了動，繼而就是手掌、手腕……

一邊放慢呼吸，閉目仔細記住馬車外的每一處吆喝、每一種氣味。

一邊搜尋記憶，京城的輿圖在她腦中漸漸顯現。

不到一盞茶，熱鬧消弭，取而代之的是一種別樣的幽靜，耳邊只聽得見車軲轆軋過青石磚的聲響。

待手臂和脖子能勉強轉動了，虞靈犀便吃力地將髮髻往車壁上蹭了蹭。

蹭了半日，直至髮髻散亂，方有一支素銀簪從髮間墜落。

其他的釵飾都不見了，不過不礙事，一支銀簪也夠用。

將尖銳的銀簪握在手心，已耗盡她所有的力氣，汗濕了裡衣。

馬車停了，虞靈犀立刻將簪子藏入袖中，裝作昏睡未醒的樣子。

馬車外來了兩三個人，其中有個腳步聲一輕一重，像是個跛子。

虞靈犀頓時心一涼。

若對她下手的只有一個人，她尚且能拼一把。但來的是三個人，而她方才取簪子已經耗費了太多力氣，手臂依舊痠軟，此時反抗根本沒有勝算。

不能衝動。

阿爹說了，越是危機關頭越要沉得住氣，尋找破綻，一招制敵。

虞靈犀屏息伺機，袖中的簪子幾乎刺破掌心。

倉房前，趙須和兩名衣著暴露的女冠相對而立。

「為了以防她逃跑，待我和這女人進了倉房後，妳便將倉房門鎖上。」趙須將一個錢袋拋給女冠，道：「夜裡自會有人來捉姦，到時妳再打開倉房，務必讓所有在場之人都清楚瞧見裡頭的畫面。別的，妳什麼也不用管。」

趙須將虞靈犀丟在倉房唯一的木榻上。

他陷在陰暗中，冷冷地盯著榻上少女芙蓉般細嫩精緻的臉龐。

不得不承認，這個女人的確有一張美極的臉。可那又怎樣？

在他心裡，義妹才是天上的皎皎明月，是他快死時將他從閻王殿拉出來的光，虞靈犀連趙玉茗一根頭髮都比不上。

可他的身分，註定無法擁有玉茗。

既如此，不如讓這個女人在死前當一次玉茗的替代品。

誰叫她縱容手下的家僕將他拽下馬，成了終身跛腳的瘸子；誰叫她處處打壓玉茗，連玉茗最心愛的東西也要奪取……

趙須扭曲了面容，點燃案几上的香爐，深吸一口甜膩的香味，朝虞靈犀的臉伸出手去。

他要毀了這一切。

仇恨讓趙須忽略了少女漸漸繃緊的身形，以及她袖中露出一點寒光。

手指還未碰到虞靈犀的臉，忽見門外掠過一條人影。

趙須警覺縮回手，站起來聽了片刻動靜，方按著腰間的佩劍，朝倉房外走去。

一個內侍打扮的赭衣少年坐在院中的石桌上，屈起一條腿踩著桌沿，手裡把玩著一柄寒光閃閃的短刃。

趙須立即認出這個少年。

那時春搜，這人僅憑一手之力將他拽下馬，摔落溝渠，讓他成了沒用的瘸子。

恨意在眼中燃燒，他陰聲道：「是你。你來做什麼？」

少年勾著笑，可笑意不曾到達眼底：「來取一樣東西。」

他明明在笑，趙須卻驀地背脊生寒。

「什麼東西？」

「你的狗命。」

淩寒的疾風乍起，院中藕池蕩開一層漣漪，而後漸漸歸於平靜。

一片殷紅從池底升起，緩緩暈散於水波之中，然後消失得乾乾淨淨。

寧殷打開了倉房的門，擦乾淨手指，朝榻邊走去。

見到榻上雙頰緋紅、昏睡不醒的虞靈犀，他目光忽地一沉，開始後悔方才讓趙須死得太便宜了。

應該拔了他的舌頭，再活著一寸寸碾碎他的骨頭。

案几上燃著甜膩的香，一聞便知是不正經的東西。

他走到虞靈犀榻前，剛伸手掐滅了線香，便見一抹寒光朝自己狠狠刺來。

寧殷下意識抬手格擋，攥住那支全力刺來的銀簪。

嘖，好凶狠。

若非自己反應迅速，抑或來的是趙須，方才這一下大概就扎穿他的脖子了。

那奮力一擊已經耗盡了力氣。

虞靈犀喘息著，水光瀲灩的眸子在見到寧殷的臉時，有一瞬的茫然。

她怔怔不語，握著簪子的手還在微微顫抖，只一眨不眨地盯著寧殷。

盯得不可一世的小瘋子垂下了眼睫，問道：「小姐如此神情，是在失望嗎？」

隨即，他勾起莫名的嗤笑，自顧自頷首道：「來得不是青霄，也不是什麼小郡王，而是我這個窮凶極惡的壞人，的確該失望……」

銀簪脫手，「哐噹」墜落在地。

「衛七……」

少女嗓音輕顫，眼裡跳躍著略微迷離碎光，分明沒有半點厭惡失望。

呼吸急促的少女身體沒骨頭似的酥軟，卸力，繼而一頭撲在寧殷懷中，將他滿腹譏誚堵了個一乾二淨。

與此同時，冷不防「哐噹」一聲。

倉房唯一的一扇門被人關緊，從外面上了鎖。

逼仄的空間內暫態一片黑暗，只聽見兩道此起彼伏的呼吸。

那名衣著暴露的女冠將倉房鑰匙揣入懷中，打著哈欠遠去。

# 第九章　繞指

府邸對街，青霄靠著馬車，抱劍望著門口陸續散席出來的女眷。

車內，香鐘燃到指定刻度，銅球墜落，發出清脆的撞擊聲。

午正三刻已至，小姐還未出來。

青霄抬頭看了天色一眼，又等了一盞茶時辰，方沉下臉對下屬道：「小姐逾時未至，恐有意外。你們二人分頭去請大小姐和南陽郡王，要快！」

德陽長公主府，靜室。

寧檀等得口乾舌燥，搖著紙扇又灌了口茶，問道：「什麼東西在叫？」

小內侍側耳聽了會兒，躬身答道：「回殿下，應是貓兒叫春。」

「煩人。」寧檀已然沒了耐性，叱道：「怎麼還沒把人帶過來！」

正躁著，門開了，派去的小太監抬著一包女人快步閃了進來。

「殿下，虞家二姑娘給您送過來了。」女人被擱在榻上，小太監擦著汗，諂媚道：「為防她傷到殿下，稍稍用了些藥。還請殿下留意時辰，莫要貪歡，若她失蹤太久被人察覺，事情就難辨了。」

「知道了知道了。」寧檀扯了扯衣襟，不耐地揮手摒退內侍。

待屋內空了，寧檀咽了咽嗓子，伸手掀開裹著女人的錦被，露出一張清秀的臉來。

手一頓，寧檀咂摸著怎麼不太對。

這女人的身形樣貌俱是上佳，是個美人，卻遠不及當初他遠遠一瞥的那般驚豔，比預想中差了不只毫釐。

難道閱人無數的他，這次看走眼了？

不過既是送到嘴邊來了，焉有不吃之理？虞淵那個老頑固過了這麼久都不肯歸順自己，甚至還與別的皇子相談甚歡，他早就看不順眼了。

今日便拿他的寶貝女兒尋開心，先吃了小的過癮，將來再娶那個大的。

寧檀露出輕浮玩味的笑來，急不可耐地扯了腰帶。

拂雲觀是一處隱祕的銷魂窟，裡頭的女冠，皆是暗娼。

此時，兩名女冠穿著薄可透肉的道袍，意興闌珊地倚在後門處聊天。

「妙真，妳說倉房裡那一男一女，是什麼情況？」其中一位女冠問。

叫妙真的嗑著瓜子，「呸」了聲道：「男的因愛生恨吧！得不到就想毀了，否則怎麼捨得對良家女子用極樂香？」

這種催情香，原是她們在欲界仙都時為挽留恩客使用的。厲害之處就在於，人只需聞過此香，每旬都會發作一次，如此三回，藥效一次比一次厲害，一個月後方能自動消解，如此便能做恩客的長久生意。

想到此，妙真麻木豔俗的臉上劃過一絲鄙夷：果然男人都是畜生，那小姑娘怕是一輩子都毀了。

可又有什麼辦法？她們自己都是受制於人，身不由己。

後院。

倉房逼仄，沒有開窗。

唯有一丈多高的地方開了一處小小的鐵窗，勉強送了些新鮮的空氣進來。

但還是熱，很熱。

這次的異樣明顯和宴會後的眩暈不同，虞靈犀感覺身體裡有一把火在燃燒，面前的寧殷有了重影，她覺得自己像根沒有骨頭的藤蔓，不受控制地想尋求依靠。

「衛七……」虞靈犀目光迷離，眼尾染著嬌豔的紅，呼吸急促道：「我好像……好像不對勁……」

手臂穩穩攬住她下沉的腰肢，寧殷抬手揮散餘煙，晦暗中一雙眼睛蘊著清冷的光。

「因為小姐中藥了。」他端坐看著懷中炙熱酥軟的少女，嘴角揚起淺淺的嘲弄，「催情香。」

虞靈犀咬唇，想殺了趙須的心都有了。

情緒的波動使得那股燥熱愈發濃烈，一波接著一波湧上，衝擊著她脆弱的理智。

偏偏這個時候，她身邊還有個正年輕氣盛的少年。

寧殷折騰人的花樣有多少，她這輩子都難以忘記，不由強撐著理智，往榻裡邊挪了挪，以免自己神志不清真的做出什麼錯事來。

懷中的嬌軟毫不留情地離去，寧殷嘴角的笑沒了。

他一動也不動，靜靜看著虞靈犀埋在臂彎裡的，醉酒般潮紅的臉龐。

片刻，他站起身來，在虞靈犀茫然的目光中，解了腰帶和外袍。

赭色的內侍服飄落在榻沿，虞靈犀不由一緊，短促問：「你作甚？」

「小姐難受，而這裡只有我能幫忙。」

寧殷的聲音低低沉沉的，落在虞靈犀耳裡卻像響起一聲驚雷。

「衛七，你……」虞靈犀驚得眼睛溜圓，「你知不知道……自己在說什麼？」

「知道。」少年單膝跪在榻上靠近，眼睛染墨似的，沒有狎昵捉弄，也沒有情欲渴求，聲音像是在稟告今日吃什麼菜一樣輕淡。

「我不曾和女子試過，小姐多擔待。」

他側首頓了頓，微涼的唇湊了上來。

虞靈犀腦中有一瞬的空白，憋氣半晌，才被下頜的疼痛喚回神智。

寧殷捏著她的下頜，如同前世一般微挑的眸子望著她，輕聲問：「小姐是打算憋死自己，以全名節？」

名節？

虞靈犀這才長長吐出一口氣，恢復呼吸，繃緊的身子重新軟了下來。

當一個人經歷過家族覆滅的苦痛，嘗盡寄人籬下的辛酸，與一個狠厲恣睢的瘋子共同生活兩年……

便該知道，名聲不過是旁人施加的枷鎖，沒有什麼比活下去更重要。

俊美的、熟悉的臉龐就在眼前，似是清晰，又似是模糊。虞靈犀望著他幽深的眼，聽到了來自心靈深處的，破罐破摔的聲音。

又不是第一次了，有甚好怕的。

她意識混沌，完全分不清那些荒唐輕佻的念頭究竟是自己的本心，還是藥效使然。

「衛七。」虞靈犀遲疑著抬手觸碰寧殷的臉頰，捧住，而後忽地一笑，醉酒般輕道：「你的吻技還是這般差。」

寧殷皺眉。

還沒來得及問這個「還是」從何而來，便見方才還瑟縮的少女跪坐而起，垂眸輕輕舐了他的鼻尖。

動作熟稔，猝不及防。

世界悄然無聲，寧殷的呼吸有一瞬的暫停。

他微微睜眼，望著咫尺前桃花般嬌豔迷離的少女，黑冰似的眸底像是翻湧著炙熱的岩漿。

芳澤一觸即分，卻也勾走了寧殷引以為傲的定力。

他從小被惡意餵過不少毒，按理，那線香對他根本產生不了影響。可不知為何，這會兒竟生出不知饜足的微小躁動。

新奇，卻並不反感。

他抿了抿薄唇，微瞇眸子回味片刻，而後伸手扣住虞靈犀的後腦勺，再一次湊了上去。

反正野獸從不講道德廉恥，只遵循本能。

唇上一痛，虞靈犀從迷離的繾綣中回神，強行喚回一絲理智。

自己……這是在做什麼？

「這樣不對……」她似是突然驚醒，推開了寧殷。

茫然了片刻，視線聚焦。

虞靈犀唇瓣嫣紅，看著眸色晦沉的寧殷，呼吸急促地喃喃：「不能再和以前一樣了。」

和名聲無關，若沒有愛，便只是交媾。

寧殷不懂五感，不屑道德，可她懂。

前世她和寧殷已經走了一條錯誤的不歸路，這輩子不應該再是這樣的開局。

不滿她的停止，寧殷微微側首：「小姐？」

「你……你離我遠些。」虞靈犀抱起雙膝縮在榻上，艱難道。

寧殷的眸色微沉。

想了會兒，他問：「小姐討厭我？」

「這樣不對，不對……」虞靈犀重複著這一句，甩了甩腦袋，混沌的意識漸漸清醒。

「那什麼才是對的？」寧殷的身影籠罩著她，嗓音沙啞低沉，「小姐把自己折磨死，就對了麼？」

大約藥效下去了一點，虞靈犀還有力氣瞪他。

寧殷不悅，抬手碰了碰鼻尖被吻過的地方。

嘖，方才她主動撩上來時，怎麼不見這般硬氣？

「人與獸不同，這種事，自然要同所愛之人嘗試。」虞靈犀紅著臉頰道。

愛？

寧殷覺得可笑：他沒有這種東西。

「中了這香，若是沒有那個……」少女難以啟齒的聲音傳來，打斷他的思緒，「會死嗎？」

寧殷想了會兒，說：「不會。」

虞靈犀明顯舒了一口氣。

「只會生不如死。」寧殷道。

一口氣還沒鬆到底，又驟然繃緊。

寧殷穿著雪白的中衣坐在榻沿，冷然半晌，沒忍住道：「小姐不願走捷徑，熬過去便好了。」

虞靈犀輕輕「嗯」了聲，將自己抱得更緊了些。

寧殷眉尖一挑，沒想到她真的這般有骨氣，寧可生捱也不願碰他。

很長一段時間，倉房裡靜得只能聽見一急一緩的呼吸聲。

原想看虞靈犀能撐多久，到頭來越來越空落不耐的，卻是他自己。

天窗的冷光斜斜灑下，打在少女單薄微顫的肩頭。

虞靈犀的呼吸抖得厲害，半張臉埋在臂彎中，寧殷以為她會哭。

可她只是死死咬著唇瓣，靠著疼痛緩過最難熬的片刻，眼睫撲簌，眸中滿是掙扎堅定。

一縷血色在她唇上凝結成珠，又倏地滾落白淨的下頷。

那抹鮮紅刺痛了寧殷的眼，他叩在膝上指節一頓。

嘶，想把趙須的屍首從池底拽出，剁碎了餵狗。

他起身，抓起地上散落的赭色外袍。

虞靈犀立刻一僵，抬起水波瀲灩的杏眸，警戒地看著他。

寧殷抓著衣袍的手一滯，隨即神色如常地撣去上頭的塵灰。

「衣裳是搶來的，有點髒。」他說：「小姐將就些用。」

衣袍如雲般罩在虞靈犀肩上，遮住她胸前略微散亂的襦裙繫帶。

衣袍很大，很溫暖。

虞靈犀方才最難堪、最凶險的時候都沒有掉眼淚，此時裹著寧殷的外袍，卻不知為何有些發酸。

藥效退了很多，但還是十分磨人。

虞靈犀怕自己撐不住斷了思緒，便顫聲道：「衛七，你陪我說說話吧。」

古井無波的嗓音，帶著微微的啞：「說什麼？」

虞靈犀皺眉，忍著翻湧的空虛和渴求，調整呼吸：「隨便，給我講個故事也行。」

寧殷坐在陰暗中，只餘側顏剪影，看不清神情。

半晌，毫無起伏的嗓音傳來：「從前，狼國裡有很多羊崽子。」

沒想到寧殷還真的給她編故事了。

虞靈犀新奇得忘了身體的難受，問道：「既然是狼國，為何有羊崽子？」

寧殷乜了她一眼，繼而低冷道：「狼國裡只允許有一隻狼，其餘的都必須是溫順愚昧的小羊。若是大狼發現還有其他的狼存在，便會毫不留情地咬死他。」

「有一天，王國裡最小的羊發現自己竟然長出了爪牙，他的爪牙鋒利無比，甚至比大狼更甚，原來小羊也是隻狼。小狼的母親很驚惶，唯恐被大狼撲殺，所以哭著拿起鐵鉗，一顆一顆將小狼長出的爪牙一點點拔除，圈禁在籠子裡，以為這樣就能瞞住一切。」

淡漠的嗓音，血腥的故事，虞靈犀終於品出幾分不對勁來。

直覺告訴她，寧殷這個故事，肯定和他的過往有關。

「後來呢？」

「後來，小狼一點點長大，吃肉的天性是掩蓋不住的。有一天，籠外滾進來一塊肉，小狼餓極了，抓起肉便吃了起來，卻不料，那肉裡被人刻意下了毒……」

這故事足以讓虞靈犀藥效盡褪，背脊生寒。

「小狼還活著嗎？」

「命大沒死，卻也暴露了他是狼的事實。」寧殷彷彿真的只是在講故事，不緊不慢道：「大狼派手下抓住了小狼母子，然後丟了一把匕首在他們面前。那些人告訴小狼的母親，她和兒子之間，只能活一個……」

「大狼真可惡。」她竭力穩住聲音，裝作什麼都不知道的樣子問，「後來呢？」

寧殷卻不再說下去。

很長的安靜，虞靈犀看不見他是什麼神情。

「小姐氣息沉穩了不少，想必是藥效褪了。」他兀地笑了聲，不再繼續狼和羊的話題，站起身問，「能走路嗎？」

虞靈犀有些悻然，不曾聽到故事的後續。

但此時追問下去，寧殷必定起疑。

她試著動了動手腳，然後艱難地扶著牆壁起身，深吸一口氣道：「能走。」

寧殷頷首表示明瞭，而後走到緊閉的倉門之前，抬腿一踹。

他的腿很長，踹起來的動作又快又狠。

虞靈犀前世也曾想過，若是寧殷的腿不曾受傷，就該是眼前這副意氣風發模樣。

「轟」的一聲，整塊門板連帶著鎖都被踹倒在地，揚起一地塵灰。

刺目的光撲面而來。

門外兩名女冠聽聞動靜，立刻跑了過來：「怎麼回事……」

沒有看清寧殷什麼動作，那兩名女冠皆是眼睛一瞪，隨即軟綿綿倒在地上。

虞靈犀看得目瞪口呆，扶牆上前道：「你……」

「沒死。」寧殷負手道。

虞靈犀一怔，無奈道：「我不是說這個。我是說，你既然能打開門，方才為何不帶我走？」

寧殷笑了，低低道：「小姐方才藥勁上頭，能走得動路麼？我是不介意抱著小姐招搖過市，只怕小姐拉不下顏面。」

強詞奪理。

虞靈犀惱了他一眼，長長吐納幾口濁氣，方清醒些道：「去喚輛馬車，送我回長公主府。」

寧殷看著她，眼裡多了幾分深意。

她這樣嬌貴的少女，剛經歷了那般危險，第一個反應竟然不是躲回家哭訴，而是敢回公主府直面陰謀……

越來越有意思了。

回去也好，還能趕上一齣大戲。

長公主府，佛堂前的小路上。

「那貓可是皇上御賜給我的，若是丟了，豈非大罪？」

十來名女眷簇擁著一位神色焦急的宮裳女子，眾人在花木叢裡尋找什麼。

「郡主別急，貓兒興許是嫌吵，躲去僻靜之處了。」有人安慰。

「多找些人來尋呀！」安寧郡主急得帶了哭腔，忽而她聽到什麼，屏息道：「噓，妳們聽到貓叫了嗎？」

「好像有。」

「我也聽到了。」

「似是從佛堂後傳來的，去看看。」

「噓，都別出聲！別讓牠嚇跑了！」

安寧郡主領著一行人焦急地穿過石路，朝佛堂行去。

剛欲上石階，便見兩個打盹的小太監一躍而起，著急忙慌道：「哎喲各位姑娘，這裡可不能進啊！」

虞辛夷和南陽郡王聞聲而來，剛好瞧見一行女眷在和兩名太監爭執。

妹妹逾時未出，因為不確定妹妹是否出事，亦或是此事牽涉到德陽長公主，虞辛夷不敢公然要求搜尋妹妹。

她只得按照事先約定，找寧子濯掩護混入了長公主府。

宮婢說虞二姑娘和趙姑娘在偏殿歇息，可等她趕到偏殿，妹妹和趙玉茗都不在，只在軟榻上拾到了妹妹的紅玉珠花。

心中的擔憂更甚，她幾乎篤定妹妹出事了。

整個府邸，只有佛堂是最後一處沒有搜過的地方。

她不假思索，大步朝佛堂走去。

「虞司使，這個地方不能隨便進。」寧子濯白淨的臉上浮現些許焦灼，撓著鬢角道：

「要不，我去請示一下皇表姑？」

「來不及了。」虞辛夷推開寧子濯，闖了進去。

「哎，那位姑娘！」兩個小太監一邊攔著找貓的貴女們，一邊又顧著擋虞辛夷，汗出如漿道：「那裡不能進去！真的不能！」

遮遮掩掩定有貓膩！歲歲不會真的……

虞辛夷懶得廢話，一手揮開一個太監，另一個撲上來，被寧子濯從腰後抱住。

「虞司使快去！」寧子濯臨時反水，死命箍著太監，臉都憋紅了。

虞辛夷快步邁上石階，一把推開靜室大門。

風猛然灌入，撩起垂紗飛舞，床榻上赤條條糾纏的兩人霎時映入眾人眼前。

「誰……」

男的轉過頭，赫然就是當朝太子寧檀！

而他身下神智迷離的女人，竟然是……

「……趙玉茗？」虞辛夷認出了她，一時不知該是鬆氣還是驚愕。

一片死寂，繼而女孩兒們紛紛捂眼迴避，驚叫連連。

「何事如此喧嘩？」

廊下，德陽長公主威儀的聲音穩穩傳來。

「誰許你們進來的？滾出去！」寧檀惱羞成怒，抓起被褥裹住下面。

他只顧自己遮羞，身下的女人卻從頭到腳暴露無遺，場面當即十分精彩。

眾人的視線掃過那個不著寸縷的女子，還真是趙玉茗。

鬆了口氣，她不退反進，當著太子的面拽下一片飄飛的帷幔，蓋在猶神志不清的趙玉茗身上。

雖然虞辛夷不喜趙玉茗，春搜之事後對此女更是反感，但她始終記得，自己也是個女人。

幸而躺在榻上的不是歲歲，如果是，這條帷幔就該絞在寧檀的脖子上了。

寧子濯也傻眼了，大概怕寧檀惱羞成怒動了殺心，忙故意高聲解圍：「虞司使，皇表姑的紫檀佛珠取來了麼？」

說罷踱進門，裝作訝異地樣子問：「咦，太子殿下也在此？」

寧子濯搬出德陽長公主的名號，寧檀湧到嘴邊殺意生生咽了回去，斥道：「都給孤滾！」

「何事如此喧嘩？」

廊下，德陽長公主威儀的聲音傳來。

眾人霎時噤聲，紛紛讓開道來。

寧檀荒淫無度，除了皇帝外，最怕的就是這位姑姑。他匆忙下榻撈衣服蔽體，卻反被被褥絆住，「噗通」摔倒在地。

而趙玉茗神志不清，哼哼呀呀的扭動身子纏了上來。

德陽長公主扶著女官向前，看到的就是這樣一幅不堪入目的畫面。手中的沉香佛珠手串被生生掐斷，珠子濺落一地。

馬車上，虞靈犀重新綰好髮髻，整理好衣裳裙裾。

因她強忍著沒與男人交合，身體到底殘存了藥效，有些難受。她一手貼著餘熱未散的臉頰降溫，一手握著素銀簪，尖銳的簪尖扎在掌心，以此維持冷靜。

大概是她的呼吸太過隱忍短促，前方趕車的寧殷察覺到端倪，單手攥著韁繩一勒，停了車。

「怎麼不走了？」虞靈犀一開口，才發覺自己的嗓子竟是啞得厲害。

寧殷挑開車簾，視線落在她臉上片刻，方道：「小姐稍候片刻。」

說罷躍下車，朝街角鋪子行去。

虞靈犀剛從虎口脫險，此時一個人留在車上，難免有些忐忑。

連她自己都不知道從何時開始，她對寧殷非但不再恐懼害怕，甚至還多了幾分信賴。

很快馬車一沉，虞靈犀警覺抬眼，便見寧殷撩開車簾鑽了進來，手裡還拿著一包油紙包著的物件，挺身坐在她對面。

寧殷打開油紙包，虞靈犀剛想問他要做什麼，嘴裡就被塞入一丸東西。

指腹擦過她柔軟鮮豔的唇瓣，寧殷微頓，冷靜涼薄的眸底掠過些許波瀾。

他垂下手，觸碰過她唇瓣的指腹微微摩挲。

幽閉的倉房內，那短暫卻炙熱的唇舌交流逐漸清晰起來，一點點浮現腦海。

「什麼東西？」虞靈犀含著那枚東西，一邊臉頰鼓鼓的，皺眉略微嫌棄，「好苦！」

寧殷覺得有趣，她能忍得下催情香的折磨，卻受不了舌尖的微苦。

「甘草丸。雖不是解藥，但可讓小姐好受些許。」說著，他視線掃過虞靈犀左掌心的傷口，淡淡道：「比小姐手裡的簪子好用些。」

被他發現了。

虞靈犀不自在地蜷起手指，卻被寧殷一把攥住。

「把手打開。」

他食指敲了敲她緊握的手指，待那細嫩的指尖如花瓣打開，方拿起一旁乾淨的棉布，給她一點一點擦乾淨破皮的血痂，撒上剛買的金瘡藥。

從虞靈犀的角度，可以無比清晰地看到他微垂的眼睫和挺直的鼻梁，沒有病態的蒼白和瘋癲的譏誚，也不曾戴著偽裝的假面，只是疏冷而安靜地清理上藥。

是前世不曾擁有過的寧靜平和。

虞靈犀情不自禁放緩了呼吸，嘴裡的甘草丸熬過最初的苦澀，化開微微的回甘。

「小姐這手，第二次傷了吧？」

寧殷將上藥的動作放的極慢，視線落在她嬌嫩的掌心，忽然開口。

虞靈犀低低「嗯」了聲，拿不準他為什麼突然提這個。

尚殘存了些許藥效，這樣慢條斯理上藥的動作實在磨人，她抿唇小幅度動了動身子，提醒道：「好了。」

寧殷方收回晦沉的視線，為她纏了一圈繃帶，打上一個優雅的結。

他問：「能堅持嗎？」

虞靈犀咬著甘草丸點頭。

她要回去親眼看看，趙家人柔弱可欺的外表下，究竟藏著怎樣陰險醜陋的嘴臉。

長公主府。

虞靈犀剛從馬車上下來，便見青霄越過停靠的車馬迎了上來，焦急道：「小姐！」

「青霄。」

「小姐去哪兒了？屬下不曾見小姐離府，卻為何會從外邊歸來？」

說著，青霄往虞靈犀乘坐的那輛簡樸馬車看了一眼，只見馬車旁隱約露出一片赭色衣角，像是內侍的服飾。

還未看清那內侍是誰，那人已躍上馬車，駕車離去。

「一兩句話說不清，阿娘呢？」虞靈犀問。

「夫人和大小姐還在府中打聽小姐去向，我這就去告訴她們。」

「不用。」虞靈犀喚住青霄，拍了拍微熱的臉頰，定神沉靜道：「我親自進去找她們。」

階前，女眷三三兩兩出來，每個人都神色古怪。

「嘖，沒想到趙玉茗是這種人，竟然在佛堂靜室裡做那種事，和……在佛祖的金身像下偷歡。」

擦肩而過時，虞靈犀聽見她們刻意壓低的議論。

「妳們沒看見麼？趙夫人聞訊趕去的時候，她女兒還恬不知恥地拉著太子殿下不肯撒手。當著長公主殿下的面，趙夫人羞得臉都紫了，連甩了趙玉茗兩個耳光，趙玉茗才清醒過來……」

「想飛上枝頭變鳳凰，也不是這樣的做法呀！長公主殿下最是禮佛，又是殿下壽宴，如此荒唐放誕，長公主殿下必定震怒。我看，趙家要完了。」

「噓，別說了……」

女眷們點到為止，各自登車離去。

趙玉茗……偷歡？

虞靈犀愕然。

她知道若沒有趙玉茗做內應，趙須根本不可能進入戒備森嚴的長公主府邸綁走自己。

難道趙玉茗費盡心機，就為了做這等蠢事？

正想著，府門內傳來一聲驚急交加的呼喚：「歲歲！」

虞夫人快步出來，面上焦急大過責備，低聲道：「妳這孩子，跑哪兒去了？怎麼臉這麼紅？」

「我沒事。」虞靈犀握住虞夫人的手，「方才我聽旁人說，表姐出事了？」

虞夫人神色微頓，嘆了聲，不太好說。

倒是跟著虞夫人出來的虞辛夷將妹妹拉到無人的角落，解釋道：「趙玉茗和太子佛堂偷情，被眾女眷撞了個正著，天家顏面盡失，德陽長公主正為此事震怒。」

虞靈犀滿腔的怒火宣洩了乾淨，心想，這報應未免來得太快了些。

靈光劃過，她想起寧殷今日是穿著內侍的赭衣來救她的。

也就是說，寧殷在救她之前，已經去過德陽長公主府了。

莫非……

她猛然回首，搜尋寧殷的方向。

可馬車賓客來往，已然不見少年蹤跡。

「看什麼呢？」虞辛夷伸手在虞靈犀眼前晃了晃，英眉皺起道：「這一個時辰妳到底去哪兒了？嚇死我了知不知道！」

提及方才經歷的種種，虞靈犀便沉了目光：「阿姐，三言兩語說不清，我們回去再談。」

坤寧宮，佛殿一片肅靜。

皇后馮氏素衣披髮，安安靜靜站於佛像坐蓮之下，手持火引將殿中銅架上的百餘盞燭臺一一點燃。

暖黃的光照亮她素淨的容顏，像是坐蓮之上的佛像，無悲無喜。

整個大衛都知道，馮皇后是個吃齋禮佛、連螞蟻都捨不得踩死的大善人，也正因如此，才使得她與同樣信佛的德陽長公主親近，從而順利將寧檀扶上太子之位。

「太子還在承德殿外跪著？」她問。

「是。陛下親手打了太子十鞭，又罰他跪於殿外，可見是真的動怒了。」太監崔暗依舊一襲赭衣玉帶，抬手替皇后攏著燭火防風，瞥著她的神色道：「陛下氣得舊疾復發，剛吃了藥躺下，言辭之間多有提及其他幾位早夭的皇子，似有追思惋惜之意。」

皇后就像是沒聽見似的，繼續點燃最後一盞燭臺：「本宮聽聞，太子在德陽長公主的壽宴上做出荒唐之事，亦有你的參與。」

崔暗神色一變，立刻撩袍跪在地磚上：「臣一時糊塗，見太子殿下對虞二姑娘念念不忘、朝思夜想，便想順著太子的心意，為他引薦虞二姑娘，誰知底下認錯了人……」

「又是虞二姑娘。」皇后重重放下火引，忽而道：「我記得，虞大將軍是你的老熟人？」

崔暗一愣，隨即很快明白皇后的深意：「是，臣明白了。」

「還有，皇上既對檀兒流露失望，便在東宮侍妾中挑一個溫順可人的，停了她的避子藥。」皇后跪在坐墊團蒲之上，朝著悲憫眾生的佛像合十，「本宮膝下，也該有個小皇孫了。」

正說著，忽聞一陣瓷器碎裂的聲音。

原是送茶水的小宮婢不小心聽見此番對話，著急退下迴避，卻不小心絆倒，打翻了茶盞。

「娘娘饒命！」小宮婢嚇得臉色發白，伏地不起。

一隻小蟲飛進了燈罩，怎麼也闖不出去。

眼見著就要被燒死，皇后卻伸手打開燈罩，放走了那隻可憐的蟲子。

她像是沒有看見地磚上蔓延的茶水，朝崔暗淡淡道：「去清理乾淨。」

崔暗頷首起身，走到小宮婢身邊。

一聲短促的慘叫，身體倒地的悶響後，殿內恢復了平靜。

馮皇后合十誦經，臉上呈現憐憫的平和。

暮色初臨，虞府掛上了燈籠。

虞靈犀吃過藥歇息了許久，身體才徹底緩了過來。

思緒清晰，她開始梳理今日事情的始終。

趙須為何要綁走她？

太子和趙玉茗這兩個完全不相干的人，怎會以那麼可笑的方式勾搭在一塊兒？若趙玉茗想攀高枝入東宮，便不該選取苟合的方式，太傻了。

想起自己在馬車上醒來時，臂上挽著趙玉茗的紫綢披帛，再結合太子為何會偷偷出現在長公主府，一個猜想漸漸浮出水面。

有沒有可能是趙玉茗將她扮成自己的模樣，將她神不知鬼不覺地送出公主府，交給趙須處置，卻反被太子錯認？

太荒唐了，可除此之外，她想不到其他的解釋。

心思一沉，她讓人去請爹娘和兄姊，繼而定心朝大廳行去。

燈影搖晃，虞靈犀坐在案几後，將自己如何被迷暈送出府、如何被趙須帶到拂雲觀，欲損她名聲之事一一道來。

她只隱瞞了自己中藥的那部分。

否則爹娘憂憤心疼不說，寧殷如何恰時出現在那兒，也不好交代。

儘管如此，一向沉穩的父親還是氣得拍桌而起，堅硬的紅木桌子，竟是生生裂開一條縫。

虞辛夷最是護短衝動，立即拿刀道：「我去宰了這個小人！」

「阿姐，別。」虞靈犀忙起身攔住她。

虞辛夷氣得英眉倒豎：「歲歲，妳難道還要為這種渣滓求情？」

「既然是渣滓，宰了豈非便宜他？」虞煥臣鐵青著臉開口，「待我將他綁過來，當著趙家人的面將他剝皮抽筋。」

「不是的。不是我想放過趙須，而是……」虞靈犀放輕了聲音，「而是恐怕，你們已經找不到他了。」

寧殷將她救出來後，並沒有看到趙須的身影。若非他畏罪潛逃，便只有一個可能：趙須這個人，大約不在陽世了。

虞靈犀道：「趙家不足為懼，真正難辨的，是東宮太子。」

聞言，虞將軍攥緊了鐵拳。

若真如女兒所說，太子因婚事不成見色起意，想要玷汙他的女兒，陰差陽錯才錯認了趙玉茗……

這樣的未來天子，真的值得他去效忠嗎？

值得再將大女兒推入火坑嗎？

「我們立下赫赫戰功，灑血疆場，而儲君卻在想著如何吞我的權、欺辱我的妹妹，真是天下莫大的諷刺！」虞辛夷握著刀鞘的手發顫，譏嘲道：「這樣的太子，值得我們拼死守護嗎！」

「辛夷！」虞將軍一聲沉喝，「慎言。」

虞辛夷反向前一步：「父親！」

現在說這些有何用？

他虞淵頂天立地，忠肝義膽，註定做不了反賊。何況當今聖上，並不曾虧待虞家。

虞將軍兩鬢微霜，兩腮咬動，半晌疲乏道：「諸位皇子早夭，三皇子癡傻，七皇子生死不明。如今的大衛，只剩下東宮那一位了……」

父親沉重的喟嘆落在耳裡，虞靈犀眼睫輕顫。

她知道這是個契機，可以順理成章地提醒父兄，為虞家的後路埋一條引線。

她抬起水靈乾淨的眼眸，輕聲道：「阿爹可曾想過，若是七皇子還活著呢？」

點到為止，卻在寂靜的廳中激起千層浪。

夜已深了。

虞靈犀從廳中出來，回房的路上見著廊下站著一個人。

沒有遲疑，她摒退侍婢，獨自朝寧殷走去。

寧殷像是預料到她會來找自己，面上一點波瀾也無，依舊負手看著夜空。

今夜天氣不好，星月無光，天上黑漆漆一片，也不知他饒有興致地在看什麼。

虞靈犀注意到他衣裳上的一片暗色，不由道：「你去哪兒了，袖口怎麼是濕的？」

「去撈魚。」寧殷薄唇一勾，帶著意味深長的冷意，「撈出來，碾碎骨頭。」

虞靈犀才不信他真的去捉魚了。

正想著，寧殷忽地開口：「人是我殺的。」

虞靈犀側首，愣了會兒，才反應過來他說的是趙須。

怕嗎？

不。甚至還有難掩痛快。

虞靈犀與他並肩站著，平靜道：「多行不義必自斃，那是他的報應。」

寧殷總算不看天了，乜過眼盯著虞靈犀，盯了許久。

「小姐這回又不罵自己引狼入室了？」寧殷似是笑了聲，漫不經心道：「我本來還在猜，今夜小姐會抽自己幾鞭呢？」

薛岑墜湖的那夜爭執，他還要記恨多久啊？

虞靈犀無奈，惱了他一眼：「我就是這樣是非善惡不分之人？心術不正的惡人，能和毫無過錯的薛岑比麼？」

「哦，是，沒人能和小姐的薛二郎比。」

也不知道哪句話刺到了寧殷，他非但不開心，反而笑得越發冷冽涼薄。

這個人卸下偽裝後，真是一點奉承也沒了。

「我今夜來，並非想和你說這個。」虞靈犀只好轉換話題。

「小姐想說什麼。」寧殷眼也不抬。

春末夏初的夜風穿廊而過，樹影扶疏。

虞靈犀髮頂落著毛茸茸的暖光，美目澄澈，看著身側高大強悍的少年。

片刻，微笑道：「我想向你道謝。」

寧殷眼尾一挑，墨色的眼睛望了過來，像是不可測的深潭。

虞靈犀便當著他的面後退半步，抬掌攏袖，躬身屈膝，大大方方地行了大禮。

一縷髮絲自肩頭垂落，虞靈犀保持著躬身的姿勢，身上勾勒著明麗的燈影。

這一禮，是她應該還的。

前世活得戰戰兢兢，她一度以為寧殷的存在比惡鬼更可怕。可令人諷刺的是，重生後的陰謀算計接踵而至，前世在攝政王府的兩年竟是難得的「太平」。

比惡鬼更可怕的，永遠是人心。

或許前世寧殷這樣的真瘋子，遠比偽君子要坦蕩得多。

順著袖袍的縫隙垂眼望去，依稀可見那雙鹿皮革靴停在她面前，許久沒有動靜。

可虞靈犀能感受到，他微涼的視線就飄飄落在自己肩頭，試探且考究。

她靜靜地等著。

直到白皙有力的指節搭在她包紮著繃帶的掌上，輕而不容反抗，壓下她攏袖齊眉的手。

「小姐是主，我是僕，何需向我道謝。」

寧殷稍稍彎腰，湊過來的眼睛裡沒了方才的冷淡肅殺，取而代之的是些許看不透的興味。

虞靈犀沒敢說如今的寧殷並不比太子好多少，顯而易見的差別，大約就是他始終不曾傷害虞家。

對於虞靈犀來說，這一點就足夠了。

「今日受困倉房，趙須備了人來捉姦。你原本可以什麼都不做，待我的醜相暴露眾人之前，則必定名聲盡毀……」

說到此事，虞靈犀有些難以啟齒，聲音也低了下去。

但她望著寧殷的眼睛，堅持將話說完：「如若我不當眾自戕，則只能和倉房裡的男人成婚。可是你沒有那麼做，你打開倉房，將我救了出去。」

以寧殷的聰慧算計，不可能不知曉將她放走意味著什麼。

他身為流亡在外的皇子，一心復仇，也不可能不覬覦將軍府權勢。

可他依舊選擇如此。

虞靈犀輕而堅定道：「我必須要謝你，不曾讓我受辱而死。」

說到「死」的時候，她咬字很輕，卻不經意在寧殷死寂的心間投下一圈波瀾。

還以為是個傻子，卻不料心如明鏡。

寧殷倏地笑了起來，緩緩瞇起漂亮的眼，「小姐既知如此，光一句謝怎麼夠？」

他透著半真半假的貪求，像是厭倦了蟄伏，磨牙以待的野獸。

虞靈犀半點怯意也無，甚至嘴角也泛起乾淨輕柔的弧度，問道：「那麼衛七，你想要什麼呢？」

笑意一頓，寧殷止住了話頭。

他意識到虞靈犀是在套他的話，並不回答，只緩緩直起身子，悠然道：「其實我一直很好奇，小姐為何從不問我的過往？」

寧殷是個狠絕又警惕的人，虞靈犀自然不能貿然戳破他的身分，想了想反問：「我問了，你會說麼？」

寧殷乜眼看著她，似笑非笑問，「說了之後會死，小姐還願聽麼？」

「那算了。」虞靈犀見好就收，沒有一絲死纏爛打的憊賴，「等你想說的時候再說，也不遲。」

不可能說的。

寧殷將話嚼碎在齒間，除非他和虞家之間，有一個會死。

厚重的雲翳散開，露出天邊的一點月影。

各懷心事，虞靈犀又打破沉默：「不過倒是好奇，今日我見你身手不差，當初在欲界仙都為何會敵不過那幾個刺客？」

以他正常的能力來看，不太可能被弄斷雙腿。

寧殷嘴角動了動，問：「小姐是懷疑，我刻意賣慘？」

虞靈犀想了想，而後搖頭：「不是。」

寧殷事先並不知她會出現在那，做戲的可能性不大。何況前世的寧殷，是真真正正地斷了左腿。

就當虞靈犀以為寧殷不會開口時，沒什麼感情的嗓音傳來：「被人出賣，鬥獸場上受了傷，刀口有劇毒。」

塵封已久的黑暗，彷彿被撬開一道細縫。光芒灑進的同時，卻也讓她窺見觸目的真相。

寧殷以前，到底過的是什麼生活？

「小姐這是什麼神情？」寧殷悠悠打斷她的思緒。

「難受的神情。」虞靈犀抬起澄澈的眸子，毫不避諱自己的情緒。

寧殷眼底的嘲弄微斂，望著她半晌沒有言語。

「我接受小姐的致謝。」許久，寧殷平靜道：「現在，小姐該回去歇息了。」

廊下的燈火逐漸晦暗，天色的確很晚了。

虞靈犀點了點頭，說：「好。」

她轉身走了兩步，想起什麼，又頓住步履。

「衛七。」虞靈犀喚道。

寧殷不輕不淡地「嗯」了聲。

「你的故事還沒有說完。」她站在闌珊的燈火下回首，問道：「小狼和他母親的結局，究竟如何了呢？」

她竟還惦記著今日在倉房，他編出來的那個狼國故事。

寧殷站在原處，廊下擋風的竹簾在他眉眼間落下陰翳，只餘一縷微光透過竹簾縫隙，窄窄地映在他幽暗的眸底。

他摩挲指腹，似乎在認真思索這個問題。

「小狼的母親，大概會將匕首刺入自己心口吧。然後，小狼在孤獨和痛苦中終此一生。」寧殷將笑悶在喉嚨裡，反問道：「故事裡，所有的母親都會這樣做，不是麼？」

不知為何，虞靈犀在他眼裡看不到絲毫笑意，只有涼薄的譏誚。

前世寧殷親手毀了有關他的一切過往，沒有留下絲毫隻言片語，包括他的母親麗妃。

所以，麗妃是替兒子受難，將生的希望留給了寧殷嗎？

虞靈犀猜不出，總覺得哪裡缺了一環。

「不是的，不該如此結束。」虞靈犀抬起沉靜的眼眸，輕而認真道：「小狼會經歷很多事，遇見許多善良之人。他會漸漸變得強大，聰慧，所向披靡。」

這是她為小狼選的結局。

今夜是最好的機會，適合開誠布公。

虞靈犀眼中沒有一絲陰霾，望著沉默不語的寧殷許久，方抿唇笑道：「我說過的，虞府不是鬥獸場，我們也不是仇人。這句話永遠算數。」

風搖落枝頭的殘紅，溫柔墜地。

寧殷覺得可笑，虞靈犀能代表誰表態呢？

可他笑不出來，理智告訴他應該及時扼殺一切可能動搖他的存在。

但此時，他竟有點貪戀這句「永遠」。

虞靈犀回到房間，並不擔心寧殷的回應。

縱使他再謹慎無情，只要自己拋出的籌碼夠大夠真誠，他便沒有理由拒絕。

思及此，虞靈犀眼底暈開輕鬆的笑意。

今夜廊下談話，她多有試探寧殷的過往底線。他不曾如前世那般捏著自己的後頸妄動殺念，則已是莫大的勝利。

所圖之事，欲速則不達。

四月芳菲落盡，綠意漸濃。

過幾日便是浴佛節，虞靈犀於案几上鋪紙研墨，準備謄抄經文祈福。

不知為何，只覺天氣悶熱，有些心神不寧。

剛落筆，便見虞辛夷執著劍風風火火進門，道：「趙須那貨死了。」

死相極其淒慘可怖。

虞靈犀眼睫微動，平靜問：「怎麼回事？」

「不知道，屍首躺在拂雲觀後的山溝裡，今晨才被人發現。莫非是畏罪自裁？」虞辛夷飲了杯茶，喃喃自語道：「可若是畏罪自裁，又如何會筋骨寸斷，面目全非？」

虞靈犀執筆一頓，筆尖在宣紙上洇開一團墨色。

她不動聲色，重新換了一張紙道：「若非他做盡惡事，心中有鬼，也不會是如此下場。」

「也對，死了反倒便宜他。」虞辛夷將劍往案几上一拍，「若是落在我的手裡，非叫他生不如死。」

正說著，窗外的風灌入，吹得案几上紙頁嘩嘩。

虞辛夷瞥了襦裙輕薄的妹妹一眼，緩下聲音道：「今日陰沉風大，歲歲怎穿得這般單薄？」

說著命胡桃去取外衣來，別著涼了。

「阿姐不覺得，這幾日天氣甚熱麼？」虞靈犀看著三層衣裳齊整的虞辛夷，滿眼疑惑。

「熱麼？」虞辛夷抬眼看了看外頭天氣，不覺得啊。

身子素來嬌弱的妹妹，何時這般貪涼了？

虞靈犀被阿姐逼著罩了件大袖衣裳，熱得臉頰發燙，索性搬了筆墨紙硯，去透風涼爽的水榭中繼續抄寫經文。

因是抄寫時辰頗長，她又喜靜，索性摒退了所有立侍的丫鬟，放她們下去歇息。

剛寫了兩頁，便聽身後傳來輕穩的腳步聲，繼而陰影自頭頂籠罩。

虞靈犀以為是侍婢去而復返，便擱筆道：「這裡無需伺候，下去吧。」

身後之人沒有動靜。

半晌，熟悉淡漠的嗓音傳來，悠悠道：「小姐這支筆，甚是別致。」

虞靈犀回首，便見寧殷負手，站在身後看她謄寫的秀美字跡。

他大概剛沐浴過，並未全部束起髮髻，而是留取一半頭髮從後腦披下，像極了前世那般散漫貴氣。

虞靈犀看了他一會兒，才將視線落回筆架上擱著的白玉紫毫筆上。

「是薛二郎贈送的。」虞靈犀並未多想，順口道：「你若喜歡，回頭我也送你一支。」

寧殷沒說好，也沒說不好，只是笑意深了些許，透著涼意。

他俯下身，紮著護腕的手臂從虞靈犀耳邊掠過，拿起旁邊的鎮紙為她一寸寸撫平宣紙。

彎腰的時候，他耳後的一縷頭髮自肩頭垂落，冰涼微軟，掃過虞靈犀細白的頸項。

寧殷的頭髮很好看。

和他本人的蒼白冷硬不同，他的頭髮黑且軟，是男人裡少有的漂亮。

「小姐的東西，我怎敢橫刀奪愛。」

起風了，也不知有意無意，那支雕工精美的白玉紫毫筆咕嚕嚕滾落案几，摔在地上，斷成兩截。

寧殷掃了那支斷筆一眼，輕聲道：「我的錯，回頭賠小姐一支新的。」

他嘴上說著「我的錯」，可嘴角卻分明上揚，一絲反省也無。

虞靈犀沒有惋惜那支珍貴的玉雕筆，而是怔怔地望著寧殷垂下的那縷頭髮，被髮梢掃過的頸項先是一涼，繼而發燙。

寧殷不喜歡薰香，虞靈犀卻彷彿嗅到一股誘人的……不是香味，說不出來。

虞靈犀怔愣了片刻，滿腹經文忘了個一乾二淨，只鬼使神差地伸手，做了一件她上輩子一直想做、卻不敢做的事。

她握住了寧殷垂下的那縷黑髮，在白嫩帶粉的指尖繞了繞，又繞了繞。

方抬眼笑道：「衛七的頭髮，很漂亮。」

替她撫著鎮紙的那隻大手，微微一滯。

# 第十章 飴糖

虞靈犀微抬的杏眸映著滿池春水，眼睫染了墨線似的撩人。

指尖繞著寧殷的黑髮，她覺得自己約莫中了邪。

直到對上寧殷那雙黑冰般深邃的眼睛，她心中嗡地一聲，回過神來似的，緩緩放下手。

那縷頭髮便從她指間摩挲而過，羽毛般又涼又癢。

「小姐方才，」寧殷保持著手拿鎮紙的姿勢，想了一番措辭，方慢慢問，「是在與我調情？」

風吹皺一池春水，水榭輕紗撩動，虞靈犀感覺那股悶熱又燒了上來，連耳尖都止不住泛起了薄紅。

難為他這樣冷心的人，竟懂得「調情」二字。

「愛美之心，人皆有之，情不自禁讚譽而已。」虞靈犀也不知道自己在胡亂說什麼，垂眸略微不自在，索性攏起筆墨起身道：「我去換支筆。」

說罷，不再看寧殷的神情，抱著宣紙匆匆離去。

寧殷直起身，看著虞靈犀衣袂消失的方向。

略微不滿，撩完就跑算什麼？

他在水榭中站了片刻，抬手撚了撚那縷被纏繞過的黑髮，回味許久，墨色的眸中暈開些許興味。

既是好看，怎麼不多摸一會兒呢？

他極輕地「嘖」了聲，革靴踏過地上的斷筆，在玉器脆弱的碎裂聲中，心情頗好地負手離去。

花苑看不見的拐角，虞靈犀停了腳步，輕輕靠在圍牆上。

她一手抱著揉皺的宣紙，未乾的墨蹟在懷中糊成一團，一手覆在微熱的臉頰上降溫，方才，是怎麼了？

虞靈犀實在是疑惑，怎會頭腦一熱，對寧殷說出這般輕佻的話語？

莫非是前世以色侍人，遺留下來的陋習？

雲翳蔽日，暮春涼風習習，卻依舊吹不散綿延的體熱。

四月初八浴佛節，城中寺門大開，誦經布施，熱鬧非凡。

本朝禮佛，每逢浴佛節，高門大戶都會煮上鹽豆和糖水，散給行人納福。

天色陰沉，可怪熱的。

虞靈犀收拾好自己，倚在榻上搖扇，便見胡桃拿著一張帖子進門。

「小姐，薛府來的帖子，定是請您一起布施呢。」胡桃說著，喜滋滋將請帖呈上。

於她看來，浴佛節布施這樣的大事，薛府請自家小姐登門，無異於當著所有人的面承認了這樁婚事。

薛家如此禮遇，小姐嫁過去必定享福，豈不是一樁良緣？

虞靈犀接過帖子打開，卻是薛岑的筆跡，落款亦是薛岑的私印。

她問：「這帖子，是薛府管事親自送來的麼？」

「那倒不是，聽侍衛說是薛二郎身邊的小廝跑了一趟。」胡桃為她沏茶，不解道：「誰送來不都一樣麼，小姐打聽這個作甚？」

虞靈犀稍加推測，便知這帖子並非薛家二老的意思，而是薛岑自己下的私帖。

薛家家風甚嚴，恪守禮教，想來當初「失貞」的流言攔下東宮婚事的同時，也讓薛右相有了顧忌，故而兩家婚事遲遲不曾定下。

多半是薛岑怕她多想，所以才執意下帖邀請她，以表自己非卿不娶的決心。

心是好心，可惜用錯了地方。

虞靈犀命侍婢取了紙筆來，提筆潤墨，回書一封，婉拒了薛岑的邀請。

貿然登門不合規矩，她不想為難自己，亦不願為難薛岑。

送出帖子，便見虞煥臣身邊的侍從前來請示，於廊下稟告：「小姐，該去布施了。」

今年的虞府的布施禮是虞煥臣負責安排的，設在府前主街的岔口處。

而此時，虞煥臣正憮憮攪動著鍋裡的鹽豆，沒了往日的朝氣。

虞靈犀知道，家人已替兄長下了三書六禮，求娶出身大家的蘇家小娘子。虞煥臣偏愛豪爽巾幗，一聽對方是那種嬌滴滴的大家閨秀便頭疼，眼看婚期將近，越發鬱卒苦悶。

虞靈犀以帷帽遮面，走了過去，才發現寧殷也在粥棚下。

「小姐。」抬眼看見虞靈犀，寧殷喚了聲。

一襲暗色武袍的少年姿容挺拔，頭髮半束半披，連髮根都是齊整的墨色。他俯身取物時，肩上垂下一縷極為漂亮的墨髮，總讓虞靈犀想起那抹絲滑冰涼繞在指尖的觸感……

似乎自前幾日誇讚過他頭髮好看後，他便極少束起全髮了，總要披一半在肩頭，倒多了幾分優雅的少年氣。

虞靈犀不自禁看了他許久，直到寧殷取油紙過來，刻意壓低了嗓音問：「有這麼好看？」

瞥見他眼底恣睢的笑意，虞靈犀耳根的燥熱又湧了上來，總覺得羽毛拂過般輕癢，還好有帷帽垂紗遮面，不至於被他看出端倪。

虞靈犀奪了寧殷手裡的油紙，捲了個漏斗問：「你怎麼在這？」

寧殷隨意道：「青霄不在，這裡缺人幫手。」

虞靈犀輕輕「噢」了聲，轉身接住虞煥臣舀來的鹽豆，包好分給路上的乞兒和行人。

「歲歲！」人群中傳來清脆的一聲喚，是唐不離尋到這兒，擠開人群奔了過來，「我要去金雲寺祈福，妳去不去？」

虞靈犀這幾日十分怯熱，懶懶的沒什麼勁兒。

正遲疑，唐不離卻取走她手裡的紙漏斗，央求道：「去嘛去嘛，今日寺中的姻緣籤最是靈驗，妳就不想給薛某人算一卦？」

身後「哐噹」一聲細響，是寧殷打落了案上的瓷勺。

他笑得涼薄：「抱歉。」

不知為何，虞靈犀總想起水榭邊摔斷的那支白玉紫毫筆。

禁不住軟磨硬泡，虞靈犀只好道：「好吧。」

唐不離歡呼一聲，挽住虞靈犀的手，朝虞煥臣笑道：「大公子，我將歲歲帶走啦！酉時前一定平安送她回來！」

虞靈犀被拉著走了兩步，又倒退回來，撩開帷帽的一角，露出半邊精緻明麗的臉來，朝寧殷道：「衛七，你跟著我去。」

寧殷看了金雲寺的方向一眼，垂眸蓋住眼底的暗色，點點頭。

虞煥臣望著妹妹一行人離去的方向，又隨手指了一名親衛：「你跟上去，保護好二小姐。」

親衛抱拳，按刀跟上。

市集熱鬧，可聞遠處寺院梵音，檀香嫋嫋。

唐不離是個閒不住的性子。一路上各色攤位吆喝叫賣，她不是摸摸這個，就是瞅瞅那個，沒有消停的時候。

虞靈犀跟在後頭，瞥了身側半步遠的寧殷一眼。

她從隨身攜帶的小袋裡摸出一顆東西，隨即轉身道：「把手伸出來。」

寧殷大概正在想事，聽她這般說，便停住腳步。

半晌，順從地抬起手來。

虞靈犀鬆手，一顆油紙包著的小糖掉進寧殷掌心。

拆開一看，是一顆奶香撲鼻的飴糖。

寧殷挑了挑眉尖，嗅了嗅，望向虞靈犀。

周圍人馬往來，絡繹不絕，沉澱著京城千年如一日的繁華。

虞靈犀搖扇驅散燥熱，向前將那顆糖塞入寧殷嘴裡，無奈道：「這個沒有放椒粉，放心吃。」

餵完糖後寧殷怔了，虞靈犀也怔了。

這是下意識的動作，她並未想太多。

似乎最近幾日來，她的心神便越發鬆懈渙散，總不自覺對寧殷做出奇怪的舉動。

好在周圍行人眾眾，誰也不認識誰，誰也不會留意街邊一對少男少女的舉動。

寧殷什麼話也沒說，舌尖一捲，將那顆飴糖含在唇齒之間，瞇了瞇眼。

虞靈犀猜想，他應是滿意的，便問：「甜嗎？」

寧殷漫不經心咬著那顆糖，眼睛卻定定落在虞靈犀身上。

看了她許久，方別有深意道：「挺甜。」

於是虞靈犀便放心地笑了，清透的面紗都遮不住她燦爛明麗的笑顏。

「歲歲，妳愣在這兒作甚？」唐不離見她沒跟上來，又折回尋找，拉著她的手腕催促道：「快走快走，別讓人等急了。」

虞靈犀也是到了金雲寺之後，才明白唐不離這句「別讓人等急」是何意思。

薛岑面對著佛像而立，聽到少女的歡笑聲轉身，眉眼染上斯文克制的笑意。

「二妹妹。」薛岑首先同虞靈犀打了招呼，方朝唐不離一禮，「有勞清平鄉君。」

「好啦，人我給你帶來了，你們慢慢聊。」說罷唐不離擺擺手，一蹦一跳地跑出了門。

虞靈犀無奈，面向薛岑道：「岑哥哥找我何事？」

「二妹妹莫怪清平鄉君，是我讓她請妳前來的。」說著，薛岑從懷中摸出一塊羊脂玉環，雙手遞到虞靈犀面前，「這是我請金雲寺高僧開光後的玉佩，可消災納福。原想今日當著家人長輩之面，親手贈給二妹妹，可……」

頓了頓，他耳根微紅，溫聲道：「……不過，在此處贈予二妹妹也是一樣。」

金雲寺佛殿前有株二百餘年的菩提樹，枝繁葉茂。

每年諸多善男信女皆會來此許願寄情，親手將俗願寫於紅紙箋上，再以紅繩掛於樹梢。

寧殷提筆潤墨，筆走龍蛇，而後停筆，將墨蹟未乾的紙箋封存好，交給迎上來的小沙彌。

沙彌並未將他的紙箋掛於梢頭，而是揣入袖中，趁著人群香客的遮掩，朝後院禪房快步走去。

悄無聲息做完這一切，寧殷回到佛寺偏殿，剛好見薛岑將一枚綴著水碧色穗子的玉佩遞給虞靈犀。

那欲語還休的模樣，一看就沒安好心。

「哢嚓」，寧殷面無表情地咬碎了嘴裡的飴糖，像是嚼碎誰的骨頭般。

「難吃，澀。」

他將糖呸了出來，眸底掠過雲翳的陰暗。

佛殿中，虞靈犀對殿外的視線一無所知。

她望著那枚玉佩，呼出一口燥氣道：「岑哥哥，你已經給我太多東西了。」

而她，卻並無什麼能拿來償還。

「給妳的，怎麼樣也不嫌多……」

薛岑還在說什麼，虞靈犀已經聽不見了。
很奇怪，她看著薛岑的嘴唇一張一合，卻聽不懂他一個字，只覺嗡嗡吵鬧。
她睜大眼，可眼前的一切都在渙散，扭曲，她的目光不可控制地遲鈍起來。
鐺——
佛塔上傳來雄渾的撞鐘聲，虞靈犀察覺有股熱血倏地沖上頭頂，灼燒臉頰，又散入四肢百骸，朝下腹彙聚。
太奇怪了，太奇怪了。
這種感覺就好像……好像是那日在幽閉的倉房中，她中了藥香後的反應。
不，甚至比那時候更糟糕。
薛岑察覺到她臉色不對，臉上浮現擔憂，忙上前問：「二妹妹，妳怎麼了？」
「別過來！」虞靈犀下意識躲避他伸來的手，卻腳步虛軟，碰倒了案几上供奉的香灰。
一片「哐噹」聲，外間的沙彌聞聲望了過來。
虞靈犀顧不上薛岑是什麼反應，強撐著最後一抹意識戴上帷帽，朝殿外走去。
本能告訴她，絕對不能待在人多的地方，會出事的！
今日香客很多，摩肩擦踵。
她的視野模糊扭曲，慌不擇路，全然沒發覺自己離候在牆下的虞府侍衛越來越遠。
等到那名侍衛和胡桃發現她離開時，虞靈犀已經和他們背道而去，被擁擠的香客沖散了。

呼吸急促滾燙，所有人的臉都是模糊，所有人都像在朝她微笑。明明在佛寺，卻好像有靡麗的喧鬧撲面而來，似夢似幻，誘她沉淪。

虞靈犀跌跌撞撞，不知道自己走了多遠，怎麼也找不到出路。她的意識開始飄散，只剩下絕望，難堪的絕望。

忽然，腕上一緊。

有人逆著人群而來，抓住她的手腕。

虞靈犀下意識想要甩開，卻看到一抹熟悉的模糊身影，高大，挺拔，站在人群中像是鋒利的劍。

「是我。」熟悉低冷的嗓音。

虞靈犀怔怔看著他，滾燙的掌心回握住他的指節，彷彿溺水之人抓到了救命的浮木。

「衛、衛七……我不對勁……」她將唇咬得蒼白，兩鬢汗津津的，斷斷續續顫聲道：「我不知道……怎麼回事……」

說著身子一軟，被寧殷及時撈住。

掌心觸及她纖若無骨的腰肢，隔著衣料都能感受到滾燙的熱意。

她面色呈現不正常的緋紅，眼尾含媚，呼吸間散發出淡淡的甜香……和上次在倉房一樣。

寧殷眉頭一皺，知道是怎麼回事了。

他們所處的地方只有兩處出口，一處通往前院，已被來往的香客和僧人堵住。若強行闖出，必定讓人察覺異樣。

而另一處，則通往無人涉足的後院禪房——

他從不帶活人進去那裡。

寧殷抱著虞靈犀，直接踹開禪房的門。

折戟剛打開沙彌遞過來的紅紙箋，猝然見寧殷闖進來。

他有些訝異，立即起身道：「殿……」

而後發現，寧殷的懷裡還抱著個女人。

寧殷將虞靈犀平放於床榻上，冷冷一瞥：「出去。」

折戟目不斜視，立即掩門而出，守在十丈開外。

陰了幾日，雲翳墨染似的壓在天邊，風一吹，捲落幾點雨滴。

漸漸的，這雨越來越大，劈里啪啪地濺在瓦楞間。

香客狼狽舉袖避雨，簷下及佛殿中密密麻麻擠滿了人。胡桃和侍衛分別從東西兩個方向而來，與薛岑匯合。

「找到了嗎？」薛岑難掩擔憂。

胡桃和侍衛俱是搖搖頭。

「薛公子，你到底和我家小姐說什麼了？」

胡桃剛開口，就被一旁的虞府侍衛扯了扯袖子，示意她莫要多嘴失言。

可胡桃護主心切，甩開侍衛的手繼續道：「她怎麼會聊得好好的，突然離開？」

薛岑握著手裡沒來得及送出的玉佩，想起他當著虞家父母的面下跪求親後，虞靈犀在庭院中那句溫柔堅定的「岑哥哥很好，可我不曾想過成婚」，心中便漫開難言的苦澀，摻雜著焦急擔憂，真是百感交集。

莫非，真是自己的多情嚇到她了？

可她明明曾經說過，最喜歡溫潤博才的男子……

「再去別處找找。」侍衛開口道：「小姐的馬車尚在，不會走遠。」

胡桃環顧佛殿高塔，苦著臉：這麼大的雨，小姐能去哪兒呢？

寺前高臺，十餘名高僧於大雨中巋然不動，依舊閉目虔誠，誦經渡厄。

鐘聲歇，雨點漸濃，潮濕陰涼的氣息透過窗縫鑽了進來，可虞靈犀依然覺得燥熱難捱。

就好像骨頭都酥軟了般，燻烤得她神智模糊。

寧殷給她把了脈，餵了一顆不知道是什麼的苦澀藥丸，可還是沒用，藥效一疊高過一疊。

「衛七。」她望著面前面目清冷模糊的少年，明明想解釋，身子卻不自覺攀附上去，急促喑啞道：「我不曾吃……來歷不明的東西……」

今日出門，她連一口外面的茶都不曾喝過，她不知道哪裡出了紕漏。

「嗯，我知。」寧殷任由她倚著，將手指從她脈象上撤離，「應是上次殘留的藥香。」

虞靈犀眼角泛紅，怔怔咬唇。

上次的危機明明已經挺過去了，為何還會發作？

寧殷看出她的疑惑，倒是想起曾在欲界仙都聽聞的一種藥香，名叫「極樂香」，能讓人三番沉淪，欲罷不能。

若虞靈犀所中的就是此等混帳香，那第二次的發作，遠不是光憑意志能抵擋的。

「解……解藥……」

虞靈犀細碎的聲音從唇齒溢出，渙散的眼直愣愣地望著寧殷，彷彿那是她唯一能抓住的稻草。

「沒有解藥，小姐。」寧殷攬著她不斷下滑的身形，手臂貼緊，「唯一的解藥，便是……」

「衛七！」虞靈犀痛楚地閉上眼睛。

寧殷默了會兒，看著她的臉頰燒起了胭脂紅，眸色也幽幽沉了下去。

「此處安全，絕對不有人打擾。」見虞靈犀顫抖著不肯動，寧殷抬手拂開她的面紗，極輕地皺眉，「第二次，小姐生捱會比死了難受。」

「不。」虞靈犀將字從齒縫擠出。

「小姐還是厭我？」寧殷了然頷首，嗓音淡了下去：「便是厭我也沒法子。若隨便從路邊抓個男人，事後少不了要滅口……」

想起她有個青梅竹馬、且不會被人詬病的薛岑，寧殷話音一頓。

趁虞靈犀尚不清醒，他自動將此人跳過，繼而道：「小姐又不喜我殺人，此法自然行不通。」

「不。」虞靈犀還是這句話，絞著他衣襟的手指發白，「我若在此……和趙玉茗、有何差別？」

案几上的檀香嫋嫋，牆上斗大的「佛」字，彷若禁咒籠罩。

寧殷眸色微動，有時候真是佩服虞靈犀的臉薄與執拗。

「身處佛寺禪房又如何？」寧殷「嗤」了一聲，「小姐眼下如萬蟻噬骨、欲焰焚身，可座上之佛依舊無悲無喜，可曾來救妳？」

陪在她身邊的，只有他這個惡人。

虞靈犀無力反駁，在他懷中蜷緊身子，汗水浸透了內衫，已然撐到了極致。

忍這麼久，定是很痛苦吧？

真是可憐。

寧殷將視線投向禪案下那塊不起眼的青色地磚，屈指有一搭沒一搭地叩著大腿，遲疑了一瞬。

終是在虞靈犀難耐的低吟中起身，走到案几前，用力踩下那塊地磚。

隨著機括的輕響，虞靈犀身下的打坐床轟隆移開，露出一條幽深不見底的石階密道來。

都說狡兔三窟，此處便是寧殷最後的據點，除了幾個親信，並無其他活人知曉。

若是折戟見他帶生人來此，並且，還是個女人……

多半會以為他瘋了。

他彎腰抱起難耐喘息的虞靈犀，伸手，將她的腦袋輕輕往懷裡靠了靠，方一步一步邁下密道石階，直至神情沒入陰暗中。

虞靈犀五感遲鈍，感覺自己一會兒飄在雲端，一會兒又落入水裡。

從混沌中睜眼，方覺眼前一片漆黑，已經不在禪房之中。

她不知道寧殷要帶她去哪裡，只能聽見寧殷沉穩的呼吸自頭頂傳來。

黑暗中微微顛簸，虞靈犀本能地伸手繞上寧殷的脖子，貪婪地靠緊些。她像渴水之人遇見一片綠洲，每貼近他一分，那股難堪的燥熱便消減一分。

她的臉貼得緊緊的，散著甜香的滾燙呼吸掃過寧殷的頸側。

寧殷的腳步微不可察地一滯，又若無其事地重新邁開腳步。

「快到了，忍著些。」他的嗓音低啞了些許，步履也加快了些。

不知過了多久，寧殷停了下來，將虞靈犀平擱在一張坐榻上。

四周還是很黑，沒有一點光亮，唯有封閉已久的陰涼陳腐之味淡淡縈繞。

寧殷坐在榻邊，過了須臾，又俯身靠近些，望著榻上小小隆起的一團輪廓道：「此處已不在寺院，小姐可放心了。」

離得近了，才發現虞靈犀抖得厲害。

並非是情難自耐的微顫，更像是恐懼的顫抖。

想起上次在黑暗的倉房內，她亦是蜷縮抱膝，渾身顫抖……

怕黑？

寧殷想了想，撐著手臂起身。

才剛離開一步，手腕就被人攥住。

她柔軟嬌嫩的手掌像是沒有骨頭似的，散發出不正常的灼熱。

寧殷嘴角一勾，拍了拍她的指尖道：「小姐怕黑，我去點燈。」

腕上的手一顫，稍稍鬆開些許。

寧殷熟稔地摸到火引，負手將四壁的油燈一盞盞點燃。火光將他的影子投在牆上，高大，冷峻，像是一隻跳躍著的巨獸。

待光芒驅散了陰寒黑暗，寧殷方吹滅火折，轉身望向蜷縮低哼的虞靈犀。

火光照亮了她如玉般緋紅的臉頰，也照亮了她唇邊刺目的殷紅。

寧殷皺眉，丟了火折過去，伸指按住她豔紅的唇瓣道：「別咬嘴，沒用的。」

她雙目緊閉，牙關緊咬，寧殷這才發現那抹血色並非咬破了嘴唇，而是從她齒縫中溢出來的。

再憋下去，小命都沒了！

寧殷目光一沉，立刻捏住她的下頷：「鬆口。」

俯首撬開她的牙關，虞靈犀立刻扭頭咳出一小口瘀血，涸澤之魚般，靠在寧殷懷裡直喘氣。

寧殷嘴唇上染著鮮豔的紅，盯了她半晌，嗤地輕笑。

「小姐為了薛岑，至於做到這般田地？」他勾著靡麗的笑，眼底卻一派幽冷。

虞靈犀根本聽不清他在說什麼、譏嘲什麼，她的視線全然被那鮮血染紅的薄唇吸引，身上每一寸肌膚就在叫囂著想靠近。

她的身體已然放棄頑抗，可意識還在做掙扎，整個人像是生生被撕裂成兩半，漂亮的眸子裡溢滿了水光。

這是一個渾身都透著嬌氣的女子。

她太過美麗精緻，以至於世人忘了她也是將軍府養出來的女子。

寧殷沒見她哭過。

但現在，她那雙美麗的杏眸中波光瀲灩，隱隱淚痕。

寧殷讀懂了她眼睛裡殘存的、無聲的決然，唇瓣的笑一頓，漸漸沉了下來。

下一刻，虞靈犀拼盡最後一絲力氣，將手中的簪子刺向她的左肩下。

「哐噹」，簪子被打落在地。

寧骰的俊顏霎時十分精彩。

他攥著虞靈犀纖軟如玉的手腕壓在頭頂，黑冰似的眸底似有怒意翻湧，「小姐最是惜命，此舉未免糊塗了些。」

這樣的寧殷，著實有些陌生。

虞靈犀雙目沒有焦點，像是風雨中一朵顫顫的花。

「衛、衛七……」她難受地貼著他的脖頸，帶著哭腔，似委屈又似撒嬌。

寧殷嘖了聲，神情莫辨。

若是換了旁人，哪怕是流露出試圖觸碰他頸項的意向，此時也該沒命了。

然而，他只是慢條斯理地握住虞靈犀髻後點綴的杏白飄帶。

手一拉，飄帶纏繞掌中，三千青絲如瀑散落，順著她妙曼的腰線蜿蜒流淌。

虞靈犀攀著他的肩膀，氣息急促，愣愣看著他抬手將那條飄帶蒙在自己的眼睛上。

「在欲界仙都時，我聽聞女子無需破瓜，亦有消遣愉悅的法子。」寧殷將飄帶在腦後繫了個結，轉過被蒙眼的臉龐，向著懷中虞靈犀的方向，「小姐若顧忌，我便蒙眼遮面，不聽不看不言，此時不過是個有溫度的器具。」

飄帶遮目的少年俊美無雙，卻遮不住他骨子裡的恣睢瘋狂。

他循著呼吸湊了過來，低低道：「儘管使，小姐。」

虞靈犀彷彿聽到了，意識斷弦的聲音。

暮春，這場蓄勢已久的暴雨如猛浪湧來。

幾番驚雷過後，吞天食地，頃刻間萬物渺茫，煙波浩渺。

不知過了多久，雨勢漸歇，只餘些許潮濕的餘韻，淅淅瀝瀝地自屋脊溝壑滴落。

密室裡安靜得很，只聽得見些許起伏的呼吸。

壁上燈影跳躍，虞靈犀咬破的嘴唇暈開血色，連眼睫都濕成一簇簇。

第二次毒發太過痛苦，她所有的精神消耗殆盡，像是死了一回又重新活過來。

寧殷照舊蒙著遮目的杏色飄帶，只是飄帶的位置沒有之前端正，鬆鬆歪歪的，好像隨時會掉下來。

他抬起修長有力的指節，慢慢悠悠自虞靈犀鬆散的髮絲間穿過，似是安撫，又好似只是隨意地把玩。

「好了？」

寧殷低頭循著她的方向，唇上還沾著解毒蹭來的鮮血，給他過於冷淡的面容增添了幾分顏色。

虞靈犀點了點頭，坐起，默默理了理皺巴的裙裾。

她還有些呼吸不穩，彰顯她此刻心緒的不寧靜。

寧殷姿態隨意地倚著，似是在思索什麼，修長的手指有一搭沒一搭地叩著邊沿。利用完他，不會不認帳了吧？

正悠悠想著，忽覺眼上一鬆，繼而刺目的光線湧入視野。

寧殷下意識微微瞇眼，便見鬢髮微濕的少女抓著那條皺巴巴的飄帶，水潤的眼睛定定地望著他。

她臉還染著毒發後的緋色，但眸色已經恢復些許清明，就這樣抿唇望了他許久。

這是寧殷嗎？

虞靈犀失神片刻：他肯放下姿態為自己解毒的情景，前世的她想都不敢想。

「小姐不會，又要自戕謝罪吧？」寧殷勾走她手裡的飄帶，嗓音帶著微微的啞。

「不會。」思緒回籠，虞靈犀搖頭。

待呼吸不那麼急促，她將視線從寧殷染紅的唇上挪開。

頓了頓，補充道：「已經毒發，死也改變不了什麼。」

寧殷撚著飄帶，似笑非笑：「小姐又不曾損失什麼，倒也不必說得這般沉重。」

虞靈犀沒吭聲，只垂下濕潤的眼睫，一聲不吭地替他撫平被攥皺的衣裳。下裳洇濕了小塊，不知道能否清理乾淨。

「衛七不是工具。」虞靈犀嗓音短促輕軟，視線微頓，而後緩緩上移。

她看穿什麼似的，靜靜望著寧殷晦明難辨的眼睛，「器具沒有感情。」

寧殷把玩她頭髮的手，微不可察地一頓。

真有意思。

明明毒發狼狽的是她，可她的第一個反應並非逃避也不是厭惡。平靜熟稔得，就好像為誰做過無數次一樣。

寧殷嘴角的笑意淡了些許，視線垂下，又抬眸。

他指腹穿過她的髮梢道：「是我疏忽了，下次定注意些。」

這毒……還有下次？

未等虞靈犀反應過來，寧殷撚了撚被她弄濕的下擺，又涼涼問：「不過我倒是好奇，小姐還使喚過哪個野男人？」

她招招都用在軟肋上，彷彿對解毒瞭若指掌。

思及此，寧殷的那點愜意沒了，甚至有點想殺人。

虞靈犀沒敢說，那個野男人就是您自己。

上輩子陪了寧殷兩年，他又是個喜怒無常的主兒，折騰來折騰去。虞靈犀要是再不學會點苦中作樂，早憋屈死了。

當然，此等實話虞靈犀萬萬不能說出口。

寧殷太聰明了，抓住一點破綻就能順藤摸瓜，到時候她圓謊都圓不過來。

她索性岔開話題，環顧四周一眼，問道：「這是何處？」

之前神智模糊，根本沒來得及留意四周環境。如今定神細看，方知是一間密不透風的暗室。

「密室。」寧殷回答。

虞靈犀當然知道這是密室。

她還欲追問，便聽寧殷淡笑道：「聽了答案會死，小姐還要問嗎？」

虞靈犀知道他不會再透露什麼了，只好悻悻住嘴。

「小姐還未回答，我方才的問題。」

寧殷又將話題繞了回來，語氣泛著連他自己都未曾察覺的涼薄酸意。

眼見躲不過去了，虞靈犀扶著暈乎乎的腦袋，只好搪塞道：「那都是毒發使然，我不記得自己做了什麼。」

「不記得？」寧殷咬字重複了一遍，問她，「可要我再幫小姐複述一番？」

「不、必！」這個話題沒完沒了了，虞靈犀便起身道：「出來得太晚，該回去了……」

可身體毒發後太過乏力，剛直起腰便脫力地跌坐回寧殷腿上，忙下意識攀住他的肩穩住身形。

又疼又麻，兩人俱是悶哼一聲。

「小姐急什麼？」

寧殷一僵，單手穩穩扶住她的腰，眉尖微挑，聲音明顯喑啞了些。

虞靈犀像是被燙著似的，忙推開他起身。

寧殷沒防備被她推得後仰，曲肘撐在榻上，怔了片刻，忽地失聲低笑起來。

年少恣意的笑，讓他眉眼都驚豔起來，像是黑夜裡惑人的妖魔。

虞靈犀不知這種窘況有何好笑的，說好的「不聽不看不言」呢？

「小瘋子，不許笑！」她微惱，卻沒力氣去捂他的嘴。

兩人都平復了些，便動身離開密道。

這密室應該還有另外一個出口，不知通往何處，寧殷不曾透露，只帶著她往回走。

密道狹窄黑暗，寧殷手裡的火折勉強只夠照亮方寸之地。

虞靈犀體力消耗太多，扶牆走得磕磕絆絆的，全然不似寧殷那般如履平地。

這條長長的密道埋著太多祕密，虞靈犀很想開口詢問，但想了想，還是選擇緘默。

寧殷這樣的人生性警覺狠辣，對自己的領域有種不容侵犯的執拗。他能將虞靈犀帶進來紓解避難，已是莫大的妥協。

若再試探，便該踩他底線了。

「小姐在想什麼？」這片磨人的靜謐中，寧殷清冷的嗓音自前方傳來，一語驚人，「在想如何殺我，還是在想這條密道？」

虞靈犀指尖一顫，遲疑抬眸。

「小姐應該殺了我的。」寧殷半邊臉沒在黑暗中，迎光的那半張臉卻是極為俊美朗潤，執著火引笑道：「我知道了小姐祕密，玷汙小姐清譽，實在該死。」

「清譽這種東西，自我攪黃東宮的婚事開始就沒有了。」虞靈犀咬唇，吃力道：「閉嘴吧你。」

寧殷笑了聲，似是對這個回答勉強滿意。

可當他真的不再說話時，虞靈犀又覺得瘆得慌。

密道太長、太安靜了，還未看清火引掠過的路，黑暗便立刻從四面八方包裹，就像是有隻黑色的巨獸在身後張開大嘴吞噬。

虞靈犀不喜幽閉的黑暗。

前世她死後，寧殷便將她的屍首關在斗室冰棺之中，靈魂飄蕩沒有著落。那種顫慄的恐懼，她這輩子都難以忘懷。

正踉蹌著，前方的寧殷停了腳步。

待她跌撞扶牆趕了上來，他方將火引擱在地上，淡淡道：「我抱小姐出去。」

虞靈犀嚇了一跳，忙道：「不必。」

她此時尚未完全恢復，被他抱著恐怕更加出不去了。

寧殷看了她一眼，半晌抬手道：「將手給我。」

他的手掌修長有力，骨節勻稱，天生就是雙能掌控一切的手。

但現在，虞靈犀對這隻手有些介懷，畢竟方才……

見她不肯動，寧殷極輕地「嘖」了聲，取出杏白的飄帶在她掌心纏了兩圈，另一端握在他自己手裡。

那是……

虞靈犀目光一熱，那是她的飄帶，前一刻鐘，這飄帶還蒙在寧殷的眼上，任她將滾燙的唇輾轉壓過。

「牽著。」

寧殷一手執著火引，一手握著飄帶引她前行，雖還是冷淡寡情的模樣，但腳步明顯緩了許多。

虞靈犀望著他高大的背影，熱潮過後，便是無盡的空寂。

談不上後悔，只是多少有些惆悵。

重活一世，她以為會和寧殷有個不一樣的開始。利益合作也好，相忘江湖也罷，唯獨不該步前世後塵，糊里糊塗攪和在一起。

今日浴佛節，她本想帶寧殷看看人間的燈火與善意，可到頭來，還是搞砸了。

不知走了多久，光亮隱現，驅散她滿腹心事。

推開禪房的門，被大雨沖刷過的芭蕉綠得發亮。

虞靈犀鬆開握著飄帶的手，低聲道：「謝謝。」

寧殷自然而然地將飄帶疊好，握在掌中，垂眸望著她嬌豔的臉頰道：「想好怎麼解釋了？」

「嗯。」虞靈犀深吸一口潮濕微涼的空氣，恢復鎮定，「走吧。」

禪房門口有一把紙傘，不知是誰擱在那裡的。

虞靈犀隱約記得，自己來時這裡還沒有傘。

寧殷倒是認得那傘，順手拿起來撐開，等在階前。

雨色空蒙，寧殷執傘的身影格外挺拔俊朗，指了指自己傘下。

虞靈犀定神走入傘簷之下，寧殷便負起一手，將傘簷往她那邊稍稍傾斜。

另一邊。

薛岑尋到禪房前的竹徑，遠遠瞧見虞靈犀的身影，不由心下一喜，總算鬆了口氣。

正要向前打招呼，卻見她身邊還站著個執傘的少年。

少年俊美疏冷，像是一柄出鞘的劍，薛岑情不自禁頓住了腳步。

「公子，那人不是曾和虞二姑娘一起困在山崖上的少年嗎？」薛岑貼身的小廝踮了踮腳，不滿道：「這樣的汙點，虞將軍怎敢留他在府上？還和虞二姑娘走得這般近。」

「慎言。」薛岑看著自己的小廝。

小廝委屈：「奴也是為公子打抱不平，虞二姑娘分明沒把您放在心上，您還這般護著她……」

「住口。」薛岑難得沉了語調，「這些話，不許你再對第二個人說。」

他又朝竹徑上望了一眼，沒有向前追問虞靈犀消失的這大半個時辰，究竟去了哪裡。

只要她平平安安的，便足夠了。

薛岑轉身離去，沒有打傘。

竹徑中，寧殷停住腳步，望向薛岑離去的方向。

虞靈犀也跟著一頓，問道：「怎麼了？」

寧殷將視線從寺牆月門下收回，冷冷勾唇道：「沒什麼，礙眼的傢伙。」

和胡桃會合，胡桃果然焦急得不行，不斷詢問虞靈犀方才去哪兒了。

「真的只是身體不舒服，去禪房小憩了一會兒。」

寺門中，虞靈犀捂著微熱的臉頰，小聲解釋了三遍，胡桃才勉強作罷。

「欸，衛七。」胡桃攙扶著虞靈犀上車，目光瞥見寧殷袖中隱現的一抹白，也沒看清是繃帶還是什麼，好奇道：「你受傷了嗎？」

虞靈犀順著胡桃的視線望去，頓時呼吸一滯，剛壓下的「毒」又湧了上來。

寧殷竟是把她那條杏白的飄帶纏在手腕上，繃帶般繞了幾圈，還打了個優雅的結。

「這個啊。」

寧殷笑著看向虞靈犀，尾指勾著飄帶末端，輕揉慢撚。

如願以償地見她瞪起杏眸，他方將那抹纖白藏入袖中，負手道：「是我的紀念品。」

胡桃嘟囔著放下車簾：「真是個怪人，來金雲寺不求籤求符，倒求這個。」

虞靈犀默不作聲地將頭髮理了理，沒敢讓胡桃發現她的飄帶不見了。

果然，不該招惹這個瘋子的。

# 第十一章　贈筆

東宮。

陰雨連連，太子寧檀煩悶地推開揉肩的侍妾，起身道：「崔暗！」

屏風外，年輕的赭衣太監應聲向前，拖著嗓音道：「臣在。」

寧檀一臉憋悶：「這都十天了，孤還得禁足到什麼時候！」

「這幾日因德陽公主壽宴之事，御史臺幾位大人聯名上書彈劾殿下，皇上尚在氣頭上。」崔暗道：「皇后娘娘說了，讓殿下安心待在東宮避避風頭。」

「不是，那都多少天前的事了，御史臺的老頑固怎麼還揪著不放？」

「皇后娘娘本將此事壓了下來，無奈不知誰走漏了風聲，傳到民間說……」崔暗看了寧檀一眼，方繼續道：「說殿下強逼貴女、好色昏庸，近來民怨逐漸沸騰，這才讓御史臺揪住了殿下把柄。」

「豈有此理！這些狗屁話都是誰放出來的！」寧檀提起這事就來氣，真是羊肉沒吃到，還惹一身騷，不由氣沖沖道：「孤是未來天子，便是沒有認錯人，興致一來御個美人又怎麼了？」

崔暗微微躬身：「今上龍體康健，太子慎言。」

寧檀哼了聲，耐心已然到了極致，心道：既是不能出東宮，那送批美人進來賞玩總可以吧？東宮的舊人，他早就玩膩了。

不由問道：「太子妃的事呢，可有著落？」

「皇后娘娘倒是提過此事，只是虞將軍頗有顧慮……」

「什麼？」

「不只虞將軍，出了佛堂之事後，京中有名望的世家嫡女恐怕皆不願嫁入東宮。」

「放肆！」寧檀勃然大怒，抓起案几上的酒盞朝崔暗擲去，「都怪你底下的人辦錯事，送了個贗品來我榻上，惹來這場風波！」

酒盞砸在崔暗的肩上，濺開一片暗色的茶漬。

他就像沒有察覺似的，不動聲色道：「殿下息怒，坊間流言來勢蹊蹺，必有人在推動。」

「孤不管誰在推動，都得儘快解決此事！」寧檀氣喘吁吁坐下，攥緊手指喃喃，「還有虞淵這塊啃不下的硬骨頭，孤就不信了！」

如今他在朝中失信，身邊越發沒有可用之才，唯一一個崔暗，還是皇后的人。

皇后雖然是他的母親，但整日面對佛像靜坐，也猜不透她心底到底在想什麼……

得想個法子，早些將虞家收為己用。

彷彿看出了他的心思，崔暗嘴角微動，不動聲色提醒：「聽說洛州四縣遭遇風災，朝廷正要派人押送糧款前去賑災。」

寧檀白了他一眼，哼哧道：「說這個作甚？現在孤哪還有心思議國事……」

想到什麼，他腳步一頓。

「有了。」寧檀細窄的眸中閃過一抹算計，招手喚來崔暗。

一番耳語後，他問：「記住了？」

崔暗斂目蓋住眼底的譏嘲暗色，頷首道：「臣這就去辦。」

寧檀這才心滿意足地癱在座椅中，瞇眼獰笑。

只要計畫成功，別說拿下虞淵，便是他的兩個女兒也得乖乖來東宮下跪求饒。

想到一直沒能吃到嘴的虞家姑娘，寧檀下腹湧上一股燥熱。

「等等。」他喚住崔暗，「那個勾引孤的贗品呢？就姓趙的那個，你把她弄進宮來。」

崔暗停住腳步：「此女為德陽長公主所厭，德行不淑，無法封為良娣。」

「那就讓她做最下等的妾婢，反正只是個贗品，隨便玩玩也罷。」

寧檀不耐地嘖了聲，等虞家那個正主來了，自然就用不上她了。

閃電撕破夜空，將京城樓臺殿宇照得煞白。

疾風乍起，又是驟雨將至。

清晨，雨霽天青，階前水窪倒映著樹影浮雲。

虞靈犀坐在妝檯前出神，冷不防聽身後為她梳髮的胡桃道：「奴婢發現小姐近來的氣色越發好了，白皙透紅，像是含春而放的桃花一樣好看。」

說者無意，聽者有心。

虞靈犀想起昨日在密室裡的情景，斑駁荒誕的零碎記憶像是潮水般湧來，燒得她臉頰生疼。

在攝政王府的兩年，從來都是她取悅寧殷，寧殷享用她。偶爾他心情好時，也會耐心逗得她臉頰赤紅，但和昨日又有極大不同……

哪裡不同呢，虞靈犀說不出。

她只知道從禪房出來的漫長竹徑，她都無法直視寧殷那片被洇濕的暗色下擺。

萬幸那日下雨，細雨斜飛打濕衣物，倒也不會讓人起疑。

寧殷說此毒還有一次發作。

前兩次已是要了半條命，第三次還不知會折騰成什麼樣……莫非，又要去找他？

前世做了兩年籠中雀，虞靈犀惜命得很，倒不是介意世俗禮教束縛。

她只是不甘心屈服藥效，走前世老路。

前世以色侍人是迫不得已，這輩子不清不白攪和在一起，又算什麼事呢？

想到此，虞靈犀定神道：「胡桃，妳去給我抓幾味降火去燥、清熱解毒的藥煎了，越多越好。」

胡桃抓著梳子，眨眨眼道：「小姐哪裡不舒服麼？是藥三分毒，可不能亂喝的。」

「近來天熱，我心燥難安，需要降火。」

虞靈犀胡亂編了個理由，雖不知解藥，但聊勝於無。

胡桃放下梳子出去，不到一盞茶，又轉了回來。

「小姐，趙府的表姑娘來了，說要見小姐。」胡桃請示道：「大小姐正橫刀擋在外邊，讓我來問小姐，是將她綁了來給小姐謝罪，還是直接剮了？」

趙玉茗？

虞靈犀思緒一沉，還沒找她算帳呢，她倒自己送上門來了。

府門前，虞辛夷大刀闊斧地坐在階前，將出鞘的佩刀立在地上。

虞辛夷身後，兩排侍衛按刀的按刀，拿繩的拿繩。

趙玉茗被她的氣勢駭得面色蒼白，儼然弱不禁風的模樣。見到虞靈犀出來，趙玉茗如見救星，細聲道：「靈犀表妹……」

虞靈犀一聽她故作柔弱的聲音，便直犯噁心。

「歲歲，妳出來作甚？」虞辛夷起身攔在妹妹身前，冷然道：「不用妳出面，我替妳料理她。」

虞靈犀面色平靜地掃了趙玉茗一眼，方道：「阿姐，我有話想問她。」

水榭，虞靈犀徑直落座，也沒招呼趙玉茗。

趙玉茗便尷尬地站在一旁，喚了聲：「靈犀表妹，我知道我們之間有許多誤會……」

「誤會？」虞靈犀乜了她一眼，「春搜之時，眾人的馬匹皆中毒受驚，只有求勝心切的妳和趙須沒事，這是誤會？」

趙玉茗張嘴欲辯，虞靈犀卻不給她機會：「德陽長公主壽宴，我處處小心，卻還是中招暈厥，落入趙須手中，這也是誤會？」

「是宮婢將妳錯認成了我，才將妳帶出公主府的，真的跟我沒有關係。」趙玉茗泫然欲泣，「我是替妳受罪，才被太子……我亦是受害之人，表妹怎可如此怨我？」

聽她顛倒黑白，虞靈犀簡直想笑。

她不明白，前世的自己怎麼就沒看出來，趙玉茗是這等表裡不一的蛇蠍之人？

「妳知我嗜愛辛辣，亦知壽宴之上，我唯一不會提防的人便是薛岑。那日長公主壽宴，我見妳纏著薛岑聊了許久。」虞靈犀站起身，逼視趙玉茗道：「還要我說得更清楚些麼？薛岑隨身攜帶的椒鹽梅子，便是那時被妳掉包的，對麼？」

趙玉茗絞著手帕，心虛色變。

虞靈犀便知道，自己猜對了。

那日從壽宴歸來後，虞靈犀便反思了許久。德陽長公主因為太子佛堂偷腥之事震怒，則說明她對太子的意圖並不知情，不可能在虞靈犀的酒菜裡動手腳……

那麼，對她下手的人只有可能是趙家人。

宴席上虞靈犀並未吃什麼來歷不明的東西，唯一例外的，便是薛岑夾在她杯盞裡的那兩顆梅子。

再聯繫之前趙玉茗為何要纏著薛岑說話，為何要分散他的注意力，一切疑惑都迎刃而解。

甚至前世……

前世在趙府飲過的那杯香茶，她在長公主壽宴上也聞到了一模一樣的茶香。

前世，姨父已經靠著獻美人巴結寧殷而坐上戶部尚書的位置。如此家纏萬貫的趙府，為何會用四年前就出現過的陳茶招待自己？

或許原因只有一個：那種茶夠香，香到能夠遮掩毒藥的苦澀。

思及此，虞靈犀嗤地笑出聲來。

笑她前世戰戰兢兢提防寧殷、恐懼瘋子，到頭來殺死她的，卻是一個柔柔弱弱的「大善人」。

若真是趙家做的，她絕不忍讓！

趙玉茗一直在小心觀察虞靈犀的神色，不由心虛道：「一切都是趙須安排的，我以為他只是想教訓妳出氣，不知道他竟存了那樣的心思……」

見虞靈犀抿唇冷笑，趙玉茗聲音低了下去，淚眼漣漣道：「我知道我說什麼，妳都不會信了。我已被封了東宮奉儀，後日就要入宮侍奉太子殿下，此生都不能再出宮牆，更不會和妳爭搶什麼了……」

想起那低賤的「妾婢」身分，趙玉茗眸中隱忍著強烈的不甘，哽咽道：「我今日來找妳，並非奢求妳的原諒，只是想在入宮前問個明白，趙須他……到底是怎麼死的？」

倒這個時候了，還想著來套話？

虞靈犀沉靜道：「如果不是畏罪自裁，表姐何不親自去問他？」

趙玉茗一顫：趙須已經死了，虞靈犀說的「親自去問他」，莫非是暗示……

面前的虞靈犀沉靜通透，儼然不再是當初那個單純好糊弄的懵懂少女。她這短短半年，到底經歷了什麼？

正想著，一顆石子不知從哪裡飛來，砸在趙玉茗的額上。

趙玉茗立即尖叫一聲，捂著破皮流血的額角後退一步。

又一顆石子飛來，她顧不上惺惺作態，落荒而逃。

虞靈犀又解氣又好笑，心底的那點沉重陰霾散了大半。

半晌，她望向假山後：「你是小孩子麼，衛七？」

居然用石子砸人，也只有他這樣隨性妄為的人會做。

黑衣少年自假山後轉出，緩步轉過曲折的棧道，有一搭沒一搭地拋著手裡的石子。

雨後潮濕的風拂來，他耳後垂下的墨髮微微飄動，瞇著眼悠然道：「我不喜歡她的臉，還是劃花了比較好。」

虞靈犀微怔，那些刻意被壓抑的記憶倏地復甦。

前世寧殷劃破趙玉茗的臉，有沒有可能並非是厭惡她，而是厭惡趙玉茗那樣的人竟然生著和她相似的眉眼？

「小姐又在想什麼呢？」寧殷已走到水榭中，盯著虞靈犀的神色。

虞靈犀動了動唇角，笑了起來。

是一個真正的，開懷而又自嘲的笑容，霎時眉眼初綻，色如春花。

寧殷捏著石子，墨色的眸中含著她掩唇而笑的身形。

「我在想，我以前真是個大傻子。」虞靈犀坐在石凳上，撐著下頷，不經意地抹去眼角笑出的眼淚。

寧殷看了她許久，方淡淡頷首：「是挺傻，應該殺了那個女人的。」

他還是這般，不是殺人，便是在殺人的路上。

但很奇怪，虞靈犀卻並不覺得可怕。

她搖了搖頭，抬眸望向寧殷，嗓音輕柔堅定：「死亡是一件簡單的事，而我想要的，不僅如此。」

她要和眼前這個俊美的瘋子為伍，將趙玉茗和那個糜爛的東宮，一起踏平。

「小姐總看著我作甚？」寧殷坦然迎著她的目光，輕輕勾唇。

虞靈犀心中思緒翻湧，關於前世，關於今生，亦關於那些正在逐步顛覆重塑的認知。

「衛七，我以前，很怕很怕一個人。」她垂眸輕笑，「但現在，我好像有那麼一點懂他了。」

手中的石子墜地，寧殷微微挑眉。

「那個野男人？」他瞇起黑冰似的眸。

「什麼？」虞靈犀尚未反應過來。

寧殷涼涼道：「小姐先怕後懂的，是那個教會小姐消遣自愉技巧的野……」

虞靈犀忙撲上前，捂住寧殷那張可恨的嘴。

「你胡說什麼呢？」虞靈犀耳尖宛若落梅般緋紅。

虧她方才還在一本正經地思索，如何助他回宮踏平東宮，他卻只顧著吃自己的醋！

寧殷被她捂住嘴，無辜地眨了眨眼，而後薄唇輕啟，用牙懲罰般細細地磨著她柔嫩的掌心。

又疼又癢，虞靈犀縮回手，惱了他一眼。

「吃荔枝，宮裡賞的。」

這裡沒有別人，虞靈犀便將石桌上的荔枝果盤朝他推了推，試圖堵住他那張亂咬的嘴。

推完才反應過來，寧殷大概對宮裡沒有什麼好印象。

好在寧殷神色如常，拿起托盤上的帕子擦淨手，方摘了顆掛綠。

抬手的時候，虞靈犀瞧見他左臂上還綁著那條杏白的飄帶，不由一愣：「你怎還綁著這飄帶？還我。」

寧殷卻是縮回手，倚在水榭廊柱上，慢條斯理地剝著荔枝道：「小姐昨日蹭濕了我的衣裳，這條飄帶，就當是小姐的補償。」

說罷，他白皙修長的指節撚著瑩白的荔枝肉，有意無意地捏了捏，方張嘴含入唇中，舌尖一捲，汁水四溢，甜得瞇起了眼。

小池微風粼粼，吹不散虞靈犀臉頰的燥熱。

她索性不去看寧殷，沒好氣問：「你來找我，有事？」

寧殷從懷中摸出一個錦盒，擱在虞靈犀面前的石桌上，修長沾著荔枝水的指節點了點，示意她打開。

「什麼東西？」虞靈犀瞥了他一眼，倒有些好奇。

打開一看，卻是一支剔紅梅紋的毛筆。

筆桿雕漆花紋極其繁複，卻不似雕筆名家那般精湛，應該是個生手做的。

寧殷負手，舌尖將荔枝肉從一邊腮幫捲到另一邊：「之前失手打壞了小姐的筆，我說過，會賠一支更好的。」

「你做的？」

虞靈犀忍著嘴角的笑意，一手托著下頷，另一隻手細嫩的指尖輕輕掃過筆毫，撚了撚。筆鋒墨黑，很有韌性，不像羊毫也不似狼毫，有種說不出的冰涼絲滑。

「這筆毫，是什麼毛做的？」虞靈犀好奇道。

「頭髮。」寧殷道。

虞靈犀以為自己聽錯了。

「什麼？」

「我的頭髮。」寧殷又重複了一遍，挑著漂亮的眼尾緩緩道：「小姐不是喜歡我的頭髮麼？剪下兩寸長，挑出髮尖最細最軟的，上漿做成筆鋒，挑了一整夜呢。」

風一吹，水榭翹角上懸掛的銅鈴「叮噹」作響。

寧殷轉著指間的荔枝核，望著怔然握筆的虞靈犀，挑眉道：「小姐不喜歡？」

「非是喜不喜歡的問題，任憑誰收到用頭髮做的毛筆，都需要點時間來反應。」虞靈犀握著雕漆繁複光滑的筆身，白皙的指尖與嬌豔的剔紅交相映襯，睨眸道：「若是下次，我誇你的眼睛漂亮呢？」

「小姐若是喜歡，把眼睛剜出來送給小姐，也未嘗不可。」寧殷居然還認真地思索了一番，方不緊不慢道：「只是小姐仁善，眼珠處理起來有些麻煩，不能嚇著小姐。」

「不必了。」虞靈犀連忙止住這個危險的話題，「頭髮剪了還能長，眼睛、手足若是沒了，那可就殘缺了。人身上的東西，還是活著的時候最好看……」

正說著，忽聞寧殷低低一笑：「哦，原來小姐喜歡使用活物。」

托他的福，虞靈犀現今一聽「使用」二字，便下意識臉頰生燥。

她蹙蹙眉，有些無可奈何：「我的意思是，你自己的身體，好生愛惜些。」

這回寧殷倒是沒有笑，漆黑的眸子久久望著她的眼睫，也不知聽進去了沒。

默了片刻，他忽而道：「小姐可否用這筆，題字一幅？」

一旁的小案几上，便置辦了紙墨。

只是拿寧殷漂亮的頭髮去蘸墨，莫名有些不忍。

虞靈犀定了定神，方用清水化開筆鋒，潤墨道：「想讓我寫什麼？」

寧殷右手負在身後，纏了杏白飄帶的左手慢條斯理地研磨墨條，回想了昨日情景一番，道：「荔頰紅深，麝臍香滿[1]。」

筆鋒一頓，在宣紙上拉出一條墨色的小尾巴。

「這筆韌勁十足，適合灑脫大氣的行草，不適合寫這句。」

虞靈犀裝作不明白他的小心思，落筆卻是《周易》中的一句：君子藏器於身，待時而動。

「君子」乃品德兼備之人，亦是君王之子，隱而不發，等候時機。寧殷自詡聰明，卻摸不清虞靈犀寫的是哪層意思。

---

1 引自黃庭堅《醉蓬萊》。

他磨墨的動作慢了下來，似笑非笑：「小姐這話，未免太看得起我了。」

「我眼光甚準，不會看錯人。」虞靈犀吹乾字跡，將寫好的字遞到寧殷面前，笑意赤誠，「謝謝你的筆，很好用。」

寧殷垂眸，緩緩抬手，握住了宣紙的另一端。

紙上大氣灑脫的字跡，像是烙印落在他眸底。

微風吹皺一池春水，柳葉簌簌。

寧殷眸色微暗，乜眼望向假山後的月門，一片素色的衣角一閃而過。

趙玉茗去而復返。

她本想旁擊側敲虞靈犀身上那極樂香的現狀，卻冷不防將水榭中的一幕盡收眼底。

在黑衣少年微微側首的一瞬，她一驚，匆匆轉身離去。

直到出了將軍府角門，她方心有餘悸地停下腳步。短暫的驚訝過後，便是深深湧上的妒意。

水榭中的少年被廊柱遮了一半身形，她沒看清臉，從衣裳來看應是個侍衛之類的，虞靈犀一顰一笑待他皆是十分親近信任，不曾恪守男女大防。

再想起從趙須那兒聽來的，極樂香的藥效……

趙玉茗捂住破皮的臉，心中湧起一股陰暗的竊喜。

自從三年前她來虞府賀壽，宴上初見明月朗懷的薛二郎，便再難忘懷。她自知父親只是不上進的七品小官，門第微寒，家中也無可靠的親兄弟撐腰，只能將心意深埋心底。

但漸漸的，這份心意在日復一日的嫉妒與自卑中扭曲、膨脹，將她蠶食得面目全非。

虞靈犀中了極樂香，不可能是完璧之身，又比自己乾淨到哪裡去呢？為何薛二郎能接受她，卻不能接受自己？

自己失身於太子，是承恩；而虞靈犀失身於卑賤的奴僕，卻是恥辱。

趙玉茗緩緩攥緊手指，對身邊侍婢道：「紅珠，咱們去薛府一趟。」

「小姐，您還沒死心吶？」侍婢面露為難，「薛二郎不會見您的，幾次登門拜訪，他連門都沒讓您進。而且您馬上就要進宮了，他更加要避嫌。」

趙玉茗腳步一頓，不甘道：「那便打聽一下，薛公子今日何時出門，我去外邊堵他。」

見侍婢支吾沒動，她催道：「明日就沒機會了，快去！」

不論用什麼方法，她一定要將自己親眼所見的告訴薛岑，讓他死了娶虞靈犀的心。

廂房，獸爐香煙嫋散。

虞靈犀將那支剔紅梅紋的墨筆洗淨，又用棉布仔細吸乾水分，方擱在筆架上晾乾。

指腹碾過雕漆繁複的花紋，不由輕笑：瘋子的想法，還是這般不可理喻。

身體髮膚受之父母，也就恩愛情人在新婚結髮時，捨得割下那麼一縷相贈。用頭髮做筆，他怎麼想出來的？

正笑著，虞辛夷推門進來，虞靈犀便收回了手。

虞辛夷沒有察覺她的小動作，隨手將刀擱在案几上，揉了揉脖子道：「我方才見趙玉茗鬼鬼祟祟從角門溜出去了，沒對妳做什麼吧？」

「趙玉茗？」

她不是早該走了麼？

想起什麼，虞靈犀哼笑道：「無所謂，她自以為是把柄的那些，不過虛名而已，根本傷不了我分毫。」

只有心裡髒的人，才會看誰都是髒的。

正想著，忽聞前院傳來人聲喧鬧。

「阿姐，外邊什麼事？」虞靈犀問。

「哦，是虞煥臣從宮裡回來了。據說洛州四縣突發風災，損壞田舍千頃，災民數萬。」虞辛夷道：「皇上命虞煥臣押送賑災糧款，今夜便要出發。」

「這麼快？」

「災情緊急，連夜拔營也是常事。」

雖說如此，可虞靈犀還是覺得有哪裡不對。

運送賑災糧這樣的事，為何會讓將軍府的人出面呢？

酉時末，天剛擦黑，虞煥臣便整頓好人馬出行。

虞靈犀提著一盞紗燈站在階前，想了想，叮囑戎服鎧甲的虞煥臣道：「賑災之事牽涉甚廣，萬望兄長小心。」

虞煥臣將韁繩往手上一繞，郎然笑道：「這等小事都辦不好，未免對不起我虞家少將軍的身分。歲歲勿憂，等阿兄回來！」

說罷看向一旁抱臂的虞辛夷，沉下臉硬聲道：「虞辛夷，好生照顧阿娘和妹妹！」

「還用你管？」虞辛夷嫌棄道：「快滾，別遲了時辰。」

虞煥臣一揚馬鞭，帶著虞家軍親信朝城門而去。火把蜿蜒，很快消失在夜色之中。

颳了一夜的風，空階滴雨。

罩房後角門，寧殷越過執勤的虞府親衛，踩著厚重的殘紅落葉邁下石階。

迎面走來一個貨郎，挑著貨箱，手搖撥浪鼓吆喝。見到寧殷，他忙向前殷勤道：「郎君，買糖麼？」

寧殷頓住腳步，掃了貨箱中五顏六色的果脯和糖粒一眼，隨意問：「有飴糖嗎？」

「有的有的。」貨郎忙取出一張油紙，為他舀了一勺飴糖。

「屬下已按照殿下吩咐於坊間造勢，御史臺正彈劾太子失德，只待時機成熟。」貨郎手上動作不停，用只有彼此能聽見的聲音彙報，「還有，將軍府的人正在暗中查殿下過往，屬下怕虞家查到殿下就在他們府上，可要動手……」

「不必。」寧殷摸出幾個銅板擱在貨箱抽屜中，神色平靜，「讓他們查。」

就看虞煥臣有沒有這個命，活著回來查他的底細。

畢竟寧檀那頭豬雖無本事，卻記仇得很呢。

「替我查查極樂香。」寧殷勾笑。

「好嘞。」貨郎堆笑，將包好的飴糖雙手奉上：「郎君慢走。」

寧殷將糖包負在身後，於漸行漸遠的撥浪鼓聲中上了臺階，朝水榭行去。

虞靈犀果然在那裡練字。

風撩動她淺緋色的裙擺，像是一抹朝霞飄散。

似乎知道會遇見他似的，特地沒有帶侍婢侍奉。

於是寧殷走過去，伸手慢悠悠替她研墨。

他姿態悠閒，天生不是服侍人的料，與其說是研墨，更不如說是興致來焉的逗弄賞玩。

「去哪裡了？胡桃說，你不在罩房。」

虞靈犀瞥著他那隻骨節修長的手，膚色襯著濃黑的墨條，有種冷玉般的質感。

她總覺得寧殷這雙手，很適合與人十指相扣……

意識到自己在回味什麼，虞靈犀心一緊，忙搖散腦子裡亂七八糟的想法。

「買糖。」寧殷擦擦手，將剛買的飴糖擱在石桌上，往虞靈犀身邊推了推。

而後微頓，垂眸拖長語調：「小姐用的，並非我送的筆。」

虞靈犀順著他的視線看了手中的竹筆一眼，假裝沒聽出他語氣中的涼意：「你那筆毫太漂亮了，我捨不得用。」

虞靈犀沒有用頭髮寫字的癖好，便將寧殷親手做的剔紅筆好生收在房中。

她都盤算好了，將來寧殷得勢後若不認舊情，她就將那筆拿出來給他瞧，換一份安逸前程。

「小姐在算計什麼呢？眼珠子滴溜溜亂轉。」

寧殷似是看穿了她的心不在焉，輕笑一聲。

虞靈犀收攏飄飛的思緒，索性擱了筆。

「衛七，我有話問你。」她抿了抿唇，似是斟酌許久，方輕聲道：「如果……我是說如果，有一個人服侍你兩年，猝然身死，你會如何處置她？」

這個念頭，從昨日起便有了。

昨日寧殷說他不喜歡趙玉茗的臉，所以虞靈犀才隱約猜出前世的寧殷為何會在她死後，用手杖劃花趙玉茗的臉。

於是她想，是不是前世的疑惑與介懷，可以從這輩子的寧殷身上得到答案。

寧殷眉尖微挑，似是好奇她為何會問這個。

可他的語氣依舊是涼薄的，輕飄飄道：「死了便死了，挖個坑埋了便是。」

他也不知自己為何會回答這個無聊的假設，大約，是虞靈犀此時的眼神太過凝重認真。

「那若是，連個坑也沒有呢？」虞靈犀又問。

直覺告訴她，接下來寧殷的回答或許是癥結的關鍵。

寧殷想了想，從桌上撚了顆糖道：「那便是無名之輩，不值得我費神。」

聞言，虞靈犀一口氣堵在心間。

自己介懷了這麼久的事，於寧殷看來竟只是一句冷冰冰的「無名之輩，不值得費神」。

因為不值得費神，就讓她的屍身躺在黑暗的密室中，連入土為安的機會都不給？

得到了答案比沒得到答案還苦悶。

虞靈鬱卒半晌，奪過他手裡的那顆飴糖道：「不給你吃了。」

寧殷怔然。

望著空落落的掌心，「嘖」了聲：好凶哪。

虞靈犀以為事情都過去那麼久了，毒害自己的真凶也即將水落石出，她應該不介意成為孤魂野鬼的那段日子……

可親口聽到寧殷的答案，依舊難掩心酸。

奇怪，以前的她很看得開，才不會這般矯情。

見她一個人坐著不說話，寧殷眸中的涼薄散漫總算沉了下來，化為些許疑惑。

他盯著虞靈犀微顫的眼睫看了許久，方為她剝了顆糖，遞到她眼前。

他極慢地眨了下眼睛，喚道：「小姐？」

奶香的飴糖就撚在他指尖，虞靈犀皺了皺鼻子，又覺得沒意思。

前世大瘋子造的孽，和現在的小瘋子計較什麼呢？

她瞥了寧殷一眼，還未說話，卻見胡桃神色匆忙地跑過來，打破寂靜道：「小姐……」

見寧殷在，胡桃有所顧忌。

虞靈犀整理好情緒，示意她：「直說吧，什麼事？」

「小姐，趙府出事了。」胡桃壓低聲音，「表小姐死了。」

# 第十二章　不甜

趙玉茗死得太突然了，以至於虞靈犀一時未能反應過來。

見侍婢的神色不像是開玩笑，她緩緩皺眉問：「如何死的？」

胡桃道：「趙府那邊的說法，是突發惡疾暴斃。」

「怎麼可能？」虞靈犀認識趙玉茗兩輩子，從未聽說她有什麼惡疾。

「是呢，奴婢也奇怪。趙府那邊人手不夠，要從咱們府上借幾個僕從去幫忙料理後事，奴婢便趁機打聽了一番，說是今晨東宮的內侍前來接表小姐入宮，婆子去催她梳洗，才發現人已經沒了。」說到這，胡桃撫了撫胸脯，心有餘悸道：「聽他們府上知情的人說，表小姐倒在床榻下，嘴唇紅紫，那模樣不像是暴斃，倒像是服毒自盡。」

服毒？

趙玉茗那樣的人，前世即便親眼看著滿門被滅，尤敢攥著寧殷的下裳求饒，她愛自己的性命勝過一切，怎會輕易自盡？

而且，還是在即將入宮侍奉太子的前一刻。

何況她昨日來虞府時，明著示弱實則示威，實在不像是會自尋短見的樣子。

疑點太多了，虞靈犀下意識看了身側的寧殷一眼。

寧殷依靠在陰影中，面無表情，只在虞靈犀望過來時扯了扯嘴角。笑得格外冷。

虞靈犀察覺出他不開心，唇瓣輕啟，又不知該如何問起。

她索性抿唇，顧不得多想，轉而對胡桃道：「備車馬，我要去趙府一趟。」

「啊？」胡桃眨巴眼，忙勸道：「小姐，您身子不好，去不得那種地方。」

趙玉茗死得太蹊蹺了，虞靈犀怕將寧殷捲入其中。

她下定決心，吩咐道：「去準備香燭和紙錢。」

走出水榭，她回頭看了一眼，寧殷還倚在水榭中，半截臉上落著陰翳，看不出喜怒。

虞靈犀深吸一口氣，又走回去，拿了一顆寧殷贈送的飴糖，這才望著他明暗不定的漆黑眸子道：「等我回來，衛七。」

寧殷看著她離去，許久，將手中的飴糖含入嘴中，嚼骨頭般嘎嘣嘎嘣咬碎。

呸，難吃。

趙府。

這座宅邸尚未擴建，不如前世恢弘氣派，房門的獸首門環掉了漆，褪了色的福字剝落一角，顯出幾分寒酸冷清。

兩世生死，再次踏入趙府，虞靈犀沒有想像中那般憤懣不平。

堂中的那口薄木棺材和滿堂白綢，已然是在替她嘲笑趙玉茗的作繭自縛。

短短半個月內，趙府先是義子畏罪暴斃，繼而又是嫡女，趙夫人已經哭暈過去，趙姨父冷血些，嫌棄義子和女兒丟人，連面都沒有露，只想快些封棺掩埋了事。

靈堂冷冷清清，虞靈犀從胡桃手中接過香燭籃，往炭盆裡撒了一把紙錢。

可她萬萬沒有想到，棺材還未來得及封嚴實，直起身時，便瞧見了棺槨裡躺著的趙玉茗。

先是怔忪，繼而呼吸停滯。

她瞳仁微縮，不敢相信自己看到了什麼！

那些刻意被遺忘的回憶如潮水洶湧而來，將她的鎮定從容肆意吞沒。

慘白的臉，嫣紅的唇，鼻腔唇角還有沒來得及擦淨的黑色血跡……

那張臉在面前模糊、融合，最終變成了躺在密室冰棺上的，她自己。

而她此時就像是當初的遊魂一樣，飄在半空，審視著自己慘死的屍身。

一陣惡寒自背脊攀爬而上。

「小姐？小姐！」胡桃察覺到她的僵冷，忙伸手擋在她眼前，心疼道：「早說不讓您來了，多可怕呀。」

視線被籠罩，掌心的溫度喚回了虞靈犀的神智。

這裡不是前世密室，棺材裡躺著的也不是她。

她還活著，會帶著家人、帶著虞府的驕傲好好地活下去。

虞靈犀閉目，幾度深呼吸，方顫抖而堅定地拉下胡桃為她遮眼的手掌。

現在絕非害怕的時候，她必須要確認，趙玉茗是否和她死於同一種隱毒。

如果是，此毒是什麼？何人所下？

虞靈犀感覺自己的指尖在發抖，可思緒卻前所未有的清明。

再睜眼時，已然恢復鎮定。

她站在飄飛的紙灰前，略一沉思，轉身道：「胡桃，妳替我去辦一件事……」

一刻鐘後，胡桃塞了幾兩銀子給問話的趙府丫鬟，而後朝馬車上等候的虞靈犀走來。

「小姐，都打聽清楚了。」胡桃上了馬車，用手搧著風喘氣道：「表小姐昨日申時歸府後，便有些心神不寧，一個人悶在房中發了很久的呆。」

「申時？」

虞靈犀略一回想，昨日趙玉茗去府中找她，最遲巳時便離開了，怎麼會申時才回府？

莫非中間的三個時辰，她還去了別處？

「的確是申時方回，奴婢確認過幾遍了。」胡桃繼續道：「到了晚上戌時，表小姐說有些腹痛乏力，飲了養胃湯才睡下。亥時丫鬟吹了燈，便沒再聽見房中有什麼動靜，早晨卯時，宮裡太監前來傳旨接她入宮，丫鬟進門喚她梳洗，就發現她……她已經沒了。」

虞靈犀心一沉，問：「可有嘔血？」

「有有有！」胡桃忙不迭點頭，「聽說吐了好大一灘黑血，衣襟和帳簾上都噴濺了許多，最先衝進去的丫鬟、婆子都瞧見了！也有人說她是死於中毒，可宮裡的太醫來了，愣是沒查出死於什麼毒。」

「沾了血跡的衣裳呢？」

「趙府老爺嫌晦氣，早命人將衣裳帳簾等物燒了。」

虞靈犀越聽越心冷，一切症狀都和前世如此相似。

既然連宮裡的太醫都查不出那種毒，便絕非常人能擁有的。虞靈犀越發篤定趙玉茗並非死於自盡，否則若她有如此好用的毒，必定會先用在虞靈犀身上。

或許殺死趙玉茗的人，與前世殺死她的人，是同一個。

可是，殺人的理由呢？

虞靈犀覺得自己彷彿站在巨大的迷霧面前，離真相只有一步之遙。

定了定神，她想起一個關鍵的問題：「趙玉茗離開虞府後，中途可有去見其他人？」

胡桃搖了搖頭：「都按照您的吩咐問了，可是當時表小姐身邊只帶了紅珠一人。」

「紅珠呢？」

「表小姐出事後，紅珠便有些奇奇怪怪的，彷若失了神。旁人審問她許久，她反覆只有一句『不知道』，後來大約逼急了，她便一頭觸了牆……」

說到這，胡桃合十念了句「阿彌陀佛」，「人雖然沒死，卻也和死了差不多，腦袋上一個血窟窿，至今還躺在柴房未醒呢。」

不管如何，紅珠是唯一一個能派上用場的人，決不能讓她死了。

得想個法子，將紅珠救醒，好生盤問一番。還有那種連太醫都查不出源頭的毒藥……

虞靈犀眼睛一亮，想起了一個人。

當初她缺「九幽香」為藥引，跑遍了京城也尋不見蹤跡，唯有欲界仙都黑市中的毀容藥郎能拿出這味藥來。

欲界仙都雖然沒了，或許藥郎仍在。

思及此，她撩起車簾，喚來侍衛去查探此人。

侍衛一聽要查欲界仙都的罪奴，登時犯了難，半晌抱拳道：「小姐有所不知，那時欲界仙都大火，裡頭的人即便沒有被燒死，也逃的逃，發配邊疆的發配邊疆，根本無跡可尋。」

虞靈犀眼中的光彩又黯了下去。

胡桃不明白主子為何對趙玉茗的死這般上心，遲疑道：「要不，小姐再找找別人？」

別人？哪還有別人知道欲界仙都的藥郎……

靈光一現，虞靈犀認命地嘆了聲：「回府吧。」

半個時辰後。

虞靈犀摒退侍從，提著一個漆花食盒邁進了罩房。

後院中那株參天的白玉蘭樹花期已過，只餘幾朵零星的殘白點綴枝頭。

寧殷倚坐在院中的石凳上，一手拿著一根鼠尾草，在逗弄那隻被養得油光水滑的花貓，另一隻手拿著一支青瓷酒盞，也不飲酒，就百無聊賴地將那酒盞擱在手中把玩。

虞靈犀輕聲走過去，他就像沒瞧見她似的，眼也不抬道：「小姐看完現場，這是準備來審我了？」

語氣涼得很，冰刃似的扎人。

虞靈犀莫名有些心虛，將食盒輕輕擱在桌子上，坐在他對面道：「我審你什麼？」

「小姐不是懷疑趙家那女人，是我殺的麼？臨行前看我的那眼神，哼。」寧殷嗤了聲，勾著唇線冷冷道：「我是大惡人，天底下所有的壞事皆是我的手筆，小姐可滿意了？」

他這般嗆人，虞靈犀便知此事和他沒有半點干係。

寧殷壞得光明正大，真是他做的，他反而會很冷漠平靜，而非現在這般語氣。

何況，他不可能用前世害死她的毒，去鴆殺趙玉茗。

「先前……是有點懷疑，那也是因為你昨日對她出過手，而且總是將『殺人』掛在嘴邊，也不能怨我呀。」虞靈犀放軟聲音，耐著性子同他解釋，「何況你都這樣說了，我反而放了心。」

寧殷笑得無比俊美：「放心什麼？說不定人就是我殺的呢。」

虞靈犀將下巴抵在食盒的提柄上，抬眸望著他笑：「即便是你殺的，那也定是為了保護我。」

白玉蘭的殘花飄落，「吧嗒」落在桌上，嚇跑了那隻膽小的花貓。

寧殷把玩著杯盞，乜眼看了她許久，方嗤了聲：「小姐的眼睛再好看，也不能當嘴巴使。有什麼話，還是直說吧。」

果然什麼心思都瞞不過他。

虞靈犀索性開誠布公，打開食盒道：「我今日遇到一個難題，一個只有欲界仙都才能解的難題。」

寧殷把玩的手一頓，片刻，將杯盞扣在石桌上。

他不做聲，虞靈犀便將食盒裡冰鎮的荔枝拿出來，殷勤道：「吃荔枝，可甜了。」

寧殷看都沒看那荔枝肉，自顧自屈指，將青瓷杯咕嚕推倒，扶起來，再推倒。樂此不疲。

小瘋子可記仇了。

虞靈犀只好親自剝了一顆荔枝，白嫩的指尖將深紅的荔枝殼一點一點剝乾淨，方撚著晶瑩剔透、冒著絲絲涼氣的荔枝肉，送到寧殷嘴邊。

她舉著荔枝許久，寧殷才勉強轉過墨色眼睛，側首傾身，張嘴含下她指尖的荔枝肉。

微涼的唇擦過她的指尖，咬了口，只餘一點托手的荔枝殼還留在她指間。

一抿一捲，汁水四溢，潤濕了他淡色的薄唇。

虞靈犀怔神，原想讓他用手拿，沒想到他竟然直接上嘴咬。

罷了，只要他肯幫忙，咬了便咬了罷。

正想著，寧殷卻是搖了搖頭，淡淡道：「這顆不甜。」

說罷，視線落在食盒裡剩下的荔枝上，挑著眼尾。

「……」虞靈犀垂眸抿唇，耐著性子又剝了一顆，送到寧殷嘴裡，「甜了麼，衛七？」

大約荔枝性燥，吃了七八顆後，寧殷冰冷帶刺的眸色總算稍稍消融。

他摩挲著手中的杯盞，朝她空蕩蕩的身後看了一眼：「小姐今日來此，怎的不帶侍從？」

難道就不怕他尚在氣頭上，捏碎她那美麗脆弱的頸項麼？

虞靈犀認真剝著荔枝，想了想，坦誠道：「你若在生氣，我哄你的樣子被下人瞧見了，那該多沒面子？」

說著，她將剝好的荔枝肉遞到寧殷唇邊。

寧殷瞇著眼睛含住，虞靈犀撚了撚指腹，上頭沾染了荔枝水，有些甜黏。

她沒帶帕子，黏得難受，眉頭也輕輕蹙起。

寧殷看了她許久，方起身回房取了乾淨的棉布，罩在她指尖擦了擦。

他垂眸擦拭的動作散漫隨意，指節冷白修長，力道不重，卻給人酥麻之感。

虞靈犀不自在地蜷了蜷手指，寧殷看在眼裡，頓覺有趣。

她撩撥人的時候，可大方坦蕩得很。如今他不過碰她幾根指頭，便受不了了？

他可是克制著，沒有上嘴咬呢。

眼神幽深，聲音倒是冷淡得很：「小姐是想讓我找人，查那女人的死因？」

「不錯。」虞靈犀看著他彎腰擦拭時，肩頭垂下的墨色頭髮，「她中的毒，連宮中的太醫都查不出來。」

「連太醫都查不出的東西，小姐倒是相信我。」寧殷似笑非笑，將她擦手的棉布攥在掌心，「小姐請回吧。」

虞靈犀抬起秋水眼看他，遲疑問：「那，你答應了？」

寧殷負手看著她，沒有說話。

虞靈犀便當他默認了，忙起身道：「明日我等你消息。」

她走了兩步，想起什麼似的又折回來，取走寧殷手裡的棉布道：「這個，我讓人洗好了再還你。」

說罷燦然一笑，提著食盒輕快離去。

寧殷看著她窈窕的身形消失在垂花門下，舌尖捲去唇上殘存的荔枝清甜，輕笑一聲。

這會兒甜了。

虞靈犀回到房中，不知道寧殷能否順利找到黑市裡的那個藥郎，查出毒藥來源。以防萬一，還是需要再掌握其他線索。

思忖片刻，虞靈犀喚來胡桃，吩咐道：「妳叫上陳大夫去趙府一趟，看看紅珠醒了不曾。若是醒了，便帶她來見我……記住謹慎些，別讓人起疑。」

胡桃知道主子對趙玉茗的猝死甚是在意，沒多嘴問，伶俐地應了聲便下去安排了。

初夏多雨潮熱，虞靈犀忙了半日，倚在榻上小憩。

昏昏沉沉睡去，夢裡全是幽閉的暗室，以及前世僵冷躺在冰床上的假白臉龐。

寧殷就站在冰床旁，雪色的中衣上濺著星星點點的黑血，垂著幽冷的眼睛喚她：「靈犀，過來。」

硬生生驚醒，冷汗浸透了內衫。

虞靈犀許久不曾做過這般真實的夢，怔了會兒，下榻飲了兩盞涼茶壓驚，剛巧外出的胡桃回來了。

虞靈犀一見她皺著眉，便知事情應當不順利。

果不其然，胡桃苦著臉道：「小姐，紅珠不見了。」

胡桃說，她趕去趙府柴房的時候，柴房便是半開著的，裡頭一個人影也沒有，只餘草席上幾點還未乾涸的血跡。

「奴婢暗中找了許久，都沒有紅珠的下落，不知是跑了還是被誰拖出去埋了。」胡桃有些自責，「要是奴婢早去一刻鐘，興許……」

「罷了，不怪妳。讓侍衛暗中查探紅珠的下落，未脫離奴籍的人跑不遠，只要她還活著，便必定會留下蹤跡。」

虞靈犀寬慰了胡桃幾句，心中越發篤定趙玉茗的死遠不只表面看見的這般簡單。紅珠這條路暫且不通，接下來，就只能等寧殷的消息了。

夜裡起風，淅淅瀝瀝下起了小雨。

翌日雨停，虞靈犀陪虞夫人用了早膳，一同在廊下散步。

談及趙府之事，虞夫人多有感慨：「昨日下午，妳表姐的棺槨就被拉出城草草掩埋了，連個像樣的葬禮都沒有。平日裡看那孩子怯懦安靜，誰知心思深沉，竟落得如此下場。」

虞靈犀平靜道：「可見心術不正，必作繭自縛。」

「誰說不是呢？也怪她爹娘功利心太重，淡薄親情，才將孩子教成這副模樣。」虞夫人嘆了聲，「玉茗在進宮侍奉太子的當日自盡，是為大不敬，不管如何妳姨父都逃不過『教女無方』的降罪，明日便要被貶去嶺南瘴地了。」

在寧殷身邊待了兩年，見過那麼多折騰人的法子，虞靈犀自然知道被貶去嶺南意味著什麼。

名為貶謫，實則流放，蛇鼠毒蟲橫行的蠻荒之地，能活下去都是個問題。

前世，趙家人不惜先將虞靈犀當做花瓶擺設圈養在後院待價而沽，又將她按上花轎送去人人視為煉獄的攝政王府，只是為了換取權勢利益。

而今生，趙家人算計來算計去，終是竹籃打水一場空。死在他們最害怕的貧窮落魄中，也算是因果報應。

正想著，她遠遠地瞧見寧殷站在角門外而來。

見著虞靈犀，寧殷腳步微頓，朝她略一抱拳。

虞靈犀心下明白，尋了個理由告別虞夫人，朝花園水榭走去。

在水榭中等了沒半盞茶，便聽身後傳來了熟悉而沉穩的腳步聲。

虞靈犀轉身，見寧殷髮梢和衣靴上都帶著濕意，不由訝異，起身問道：「你一晚未歸？」

今天卯時末雨便停了，他這滿身的濕意只可能是夜裡沾染上的。

寧殷不置可否，虞靈犀便將昨日洗好的棉帕子疊好遞給他，眉頭輕輕皺著：「去哪兒了？」

「開棺。」寧殷抬手接過帕子，面不改色道。

虞靈犀一頓，抬眼便撞進了寧殷深不見底的眸色中。

她愣了會兒，才反應過來他說的「開棺」是剖誰的棺。

「小姐不必擔心，挖墳剖棺這等髒事自然有旁人做，用不著我親自動手。」

話雖如此，他到底展開那片薰香的素白棉帕，將修長白皙的手指一根根擦淨。

虞靈犀想的卻是另一件事：寧殷既然趁夜去開棺驗屍，則說明找到能驗毒的藥郎了？

想到這，她心下浮出些許希冀，問道：「那，可有查出什麼來？」

寧殷看了她一眼，道：「剖屍驗骨，少則三日，多則五日。」

虞靈犀「噢」了聲。

也行，這麼久都等過來了，也不在乎這三日五日。

她的視線落在寧殷濕透的髮梢，指了指道：「頭髮還濕著。」

寧殷順著她的目光，望向自己垂胸的一縷墨髮，用帕子隨意搓了搓。

前世也是如此，他沐浴出來總是不耐煩擦頭髮，又不許旁人觸碰，就任憑頭髮濕漉漉披著。他髮梢的水滴在胸膛，順著腰腹線條濡濕褻褲，整個人像是從湖底跑出來的俊美水鬼一樣，散發出潮濕的寒氣。

在榻上時，虞靈犀總會被他髮梢滴落的水冰得一哆嗦。

回憶收攏，面前的少年見那縷頭髮擦不乾，已然沒了耐性，手勁也大了起來。

用如此粗暴的手法對待這麼好看的頭髮，還真是暴殄天物。

虞靈犀暗自喟嘆，向前接過他手中的棉帕子道：「我來吧。」

前世不敢碰他的頭髮，這輩子倒是摸了個夠。

她用帕子包住他的髮梢，攏在掌心，按壓吸乾濕氣，神情自然坦蕩，沒有扭捏作態的羞怯，也沒有阿諛諂媚的討好。

寧殷「嘶」了聲，微瞇眼眸道：「小姐伺候人的技巧，怎的這般嫺熟？」

虞靈犀眼睫一顫，心道：您又發現啦？

「這天底下，也就你有這份面子。」虞靈犀壓下身體裡湧起的那點燥熱，哼道：「受了我的照顧，可得要幫我幹活，把我想要的結果查出來。」

水榭四周的垂簾輕輕鼓動，寧殷垂眸勾笑，眼底映著明滅不定的粼粼微光。

「好了。」虞靈犀將帕子還給寧殷。

寧殷站著沒接帕子，眼睛往肩上一瞥，理所當然道：「衣裳也是濕的。」

「差不多得了，衛七。」虞靈犀將棉帕塞他手裡，瞪眼道：「自個兒回去換衣服，別著涼了。」

正說著，忽聞遠處傳來胡桃的聲音。

虞靈犀收回思緒，顧不上寧殷，從水榭中探出頭道：「胡桃，何事？」

「小姐，您怎麼還在這？」胡桃滿臉焦急，匆匆道：「大小姐找您，說是出事了！」

阿姐一般不輕易找她，除非……是涉及到家族大事。

虞靈犀一咯噔，前兩日的忐忑不安終究應了驗。

她沉了目光，朝寧殷道：「趙玉茗那邊的事，你先查著，一有結果馬上來告訴我。」說罷不再逗留，朝前廳匆匆而去。

她走得太過匆忙，全然沒留意到寧殷神情平靜玩味，對虞府即將到來的風波並無半點意外。

他在水榭中站了會兒，伸手勾住一縷髮絲撚了撚，皺眉輕嗤。

「急什麼，明明還濕著呢。」

「轟隆」一聲平地驚雷，雲墨翻滾，疾風吹得滿庭樹影嘩嘩作響。

虞靈犀雙袖灌滿疾風，抿著唇推開偏廳的門。

虞辛夷立刻站起來，喚道：「歲歲。」

她還穿著百騎司的戎服，顯然是來不及換衣裳就從宮中趕了回來，神情亦是少見的嚴肅。

「出什麼事了？」虞靈犀掩門，將滿庭風雨隔絕在外。

虞辛夷不知該如何開口，虞靈犀卻已猜到端倪，小聲問：「是……兄長出事了嗎？」

虞辛夷猝然抬頭，虞靈犀便知自己猜對了，登時心下一沉。

「我方才接到父親百里加急的密信，虞煥臣押送的那批賑災糧出現了問題。」虞辛夷不再隱瞞，拉著虞靈犀的手坐下，沉聲道：「數萬石救命的糧食，全換成了穀殼。」

——《嫁反派》（上卷）完——

——敬請期待《嫁反派》（中卷）——

高寶書版集團
gobooks.com.tw

YE 094
嫁反派（上卷）

作　　者　布丁琉璃
責任編輯　吳培禎
封面繪圖　夏　青
封面題字　單　宇
封面設計　夏　青
內頁排版　賴姵均
企　　劃　何嘉雯

發 行 人　朱凱蕾
出　　版　英屬維京群島商高寶國際有限公司台灣分公司
　　　　　Global Group Holdings, Ltd.
地　　址　台北市內湖區洲子街88號3樓
網　　址　gobooks.com.tw
電　　話　(02) 27992788
電　　郵　readers@gobooks.com.tw（讀者服務部）
傳　　真　出版部(02) 27990909　行銷部 (02) 27993088
郵政劃撥　19394552
戶　　名　英屬維京群島商高寶國際有限公司台灣分公司
發　　行　英屬維京群島商高寶國際有限公司台灣分公司
法律顧問　永然聯合法律事務所
法律顧問　永然聯合法律事務所
初版日期　2024 年10月

本著作物《嫁反派》，作者：布丁琉璃，由北京晉江原創網絡科技有限公司授權出版。

國家圖書館出版品預行編目(CIP)資料

嫁反派/布丁琉璃著. -- 初版. -- 臺北市：英屬維京群島商高寶國際有限公司臺灣分公司, 2024.10
　冊；　公分. --

ISBN 978-626-402-108-1(上卷：平裝). --
ISBN 978-626-402-109-8(中卷：平裝). --
ISBN 978-626-402-110-4(下卷：平裝). --
ISBN 978-626-402-111-1(全套：平裝)

857.7　　113014846

GOBOOKS
& SITAK
GROUP©